THE LIFESPAN OF A FACT

사실의 수명

사실의 수명

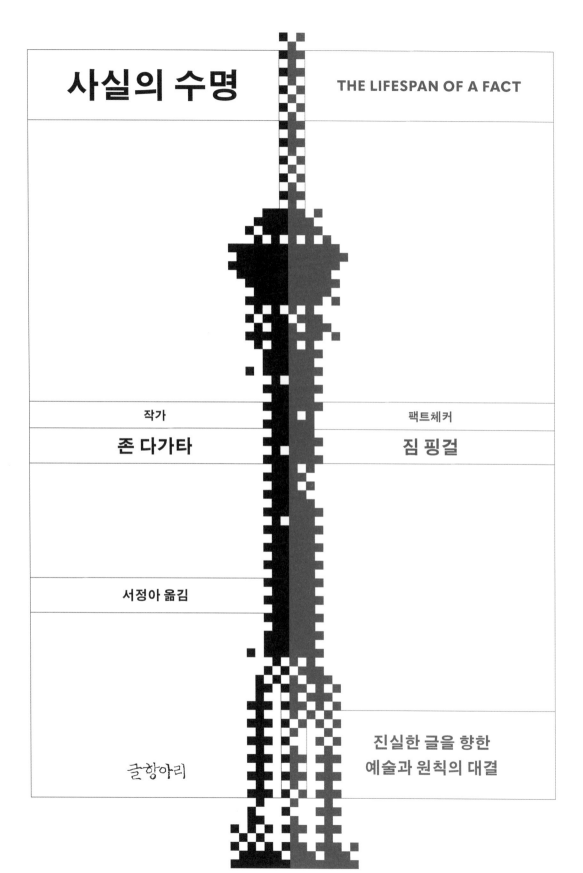

THE LIFESPAN OF A FACT

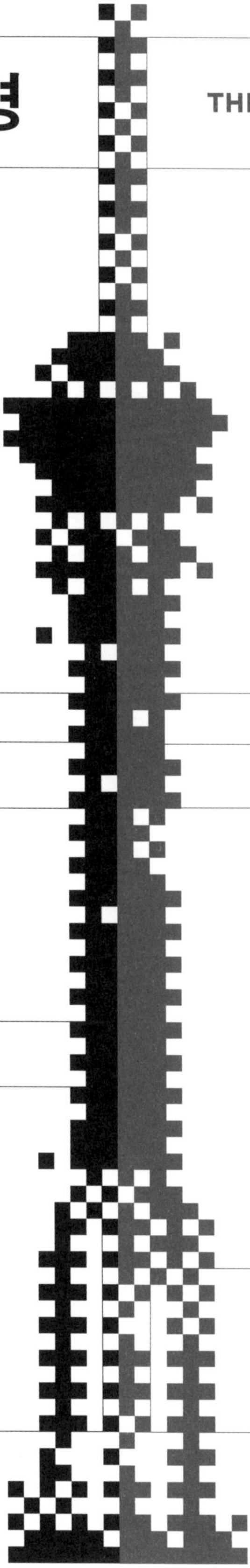

작가

존 다가타

팩트체커

짐 핑걸

서정아 옮김

진실한 글을 향한
예술과 원칙의 대결

글항아리

믿음직스러운 말은 아름답지 않으며,

아름다운 말은 믿음직스럽지 않다.

노자

일러두기

- 본문의 ( )와 [ ]는 지은이의 것이고, 〔 〕와 각주는 옮긴이의 것이다.
- 팩트체킹 과정에서 언급된 참고문헌은 본문에 번역해서 싣되, 미주를 달아 서지 정보를 찾아볼 수 있게 했다. 그중 실제 문헌을 확인할 수 있는 자료는 확인해 표기했고, 그렇지 않은 것은 번역 저본에 적힌 표기를 따랐다.
- 원문의 일부 오류나 모호한 기술 중 단순 오기가 아닌 두 저자의 주장에 해당되는 것은 대부분 임의로 수정하지 않고 그대로 적었다.

편집장입니다.

재밌는 일거리가 생겼어요. 방금 존 다가타한테서 새 원고를 하나 받았는데, 팩트체크가 필요합니다. 그것도 철저하게. 저자가 자유롭게 각색한 부분이 제법 보이거든요. 본인이 인정하기도 했고요. 내가 알고 싶은 점은, 그게 어느 정도냐는 거예요. 그러니까 누구든 뜻있는 사람이 나서서 세밀하게 검토해줬으면 합니다. 사실로 확인되는 건 뭐든 다 표시하고, 미심쩍어 보이는 것도 전부 표시해주세요. 필요하면 빨간 펜도 한 상자 사드리죠.

고맙습니다!

1

열여섯 살 레비 프레슬리가… 고인의 나이와 이름은 2002년 7월 13일 자 클라크카운티 공식 검시관 보고서에서 확인했습니다.

…스트래토스피어 호텔앤드카지노의 350미터 높이 타워… 타워의 이름과 높이는 스트래토스피어 호텔 웹사이트에서 확인했습니다.

…전망대에서 뛰어내린 그날… 프레슬리가 스트래토스피어 호텔앤드카지노 '전망대'에서 추락했다는 것 역시, 같은 보고서에 기술된 내용을 근거로 확인했습니다.

> 열여섯 살 레비 프레슬리가 스트래토스피어 호텔앤드카지노의 350미터 높이 타워 전망대에서 뛰어내린 그날, 라스베이거스에서는 시 당국이 영업 허가를 받은 관내 스트립 클럽 서른네 곳에 대해 한시적으로 랩댄스를 금지시켰고, 고고학자들은 세계에서 가

…시 당국이 … 한시적으로 랩댄스를 금지시켰고… 사실 충돌: 『라스베이거스 선*Las Vegas Sun*』이 7월 12일, 즉 레비의 사망 하루 전 발행한 기사에 따르면, 스트리퍼와의 신체 접촉을 시 차원에서 금지할 가능성이 대두되긴 했지만, 당시에 그 법안이 집행되진 않았네요. 『라스베이거스 선』 2002년 7월 12일 자, 에린 네프의 「정치 수첩」[1]에서 보도한 내용입니다. 따라서 엄밀히 말하면, 이 설명은 부정확합니다.

…영업 허가를 받은 관내 스트립 클럽 서른네 곳에 대해… 사실 충돌: 저자가 이 수치를 어디서 얻었는지가 불분명합니다. 라스베이거스 소재 스트립 클럽 수와 관련해 저자의 노트에서 참고할 만한 자료라곤 『어덜트 인더스트리 뉴스*Adult Industry News*』라는 포르노 업계 소식지에서 복사했다는 기사 한 편이 전부거든요. 그러니까 정보의 출처부터가 좀 의심스럽단 얘기죠. 어쨌든 그 기사에선 1995년 이래로 "[라스베이거스 내] 스트립 클럽 수가 세 곳에서 열여섯 곳으로 급증"했다고 이야기합니다. 그런데 더 읽어보면 "상의 탈의 혹은 나체 쇼 클럽이 서른한 곳"이라는 설명도 나오거든요(『어덜트 인더스트리 뉴스』 2003년 1월 3일 자에 수록된 앤지 와그너의 기사 「라스베이거스 섹스 산업, 정부 랩댄스 단속에 맞서」 참조).[2] 따라서 설령 이 자료를 믿고 기사의 모순을 눈감아준다 해도, 여전히 스트립 클럽이 서른네 곳이라는 저자의 설명이 뒷받침되진 않습니다. 그리고 설령 기사가 저 수치를 뒷받침한다 해도, 한 기사에서 전혀 맞지 않는 두 수치를 제공하고 있다는 모순을 고려할 때, 기사 자체의 권위가 여전히 문제로 남습니다. 어떡할까요, 저자에게 수치를 명확히 해달라고 요청해야 할까요?

편집장 그래야죠, 얼른 수치가 맞는지 좀 봐달라고 요청해보세요.

짐 안녕하세요, 존 선생님. 인턴 편집자 짐 핑걸이라고 합니다. 다름이 아니라, 집필하신 라스베이거스에 관한 기사를 팩트체크하던 중, 라스베이거스 소재 스트립 클럽 수와 관련해 선생님이 기술하신 수치와 근거 문헌에 적힌 수치 간의 소소한 불일치를 발견했습니다. 우선 제가 이런 업무는 처음이라, 서툴러도 양해를 부탁드립니다. 문의드리려는 내용은, 사용하신 자료엔 스트립 클럽이 서른한 곳이라고 나와 있는데 선생님은 서른네 곳이라고 단정하시게 된 경위입니다.

존 안녕하세요, 짐 편집자님. 제 생각엔 아마 의사소통 과정에서 뭔가 착오가 있었던 것 같네요. 왜냐하면 말씀하신 제 '기사'에는 문제가 없거든요. 팩트체커가 불필요할 거란 얘깁니다. 적어도 제가 함께 일해온 편

집자님과 합의한 바로는 말이죠. 에세이를 군데군데 조금씩 자유롭게 각색하긴 했지만, 개중 해가 될 만한 건 없어요. 오히려 저는 제가 써낸 결과물을 다들 좋아할 거라고 생각하는데요. 그렇더라도 이와 별개로, 제가 조사한 자료는 전부 잡지사에 제출했습니다. 집필 과정에서 때때로 자유로운 각색을 단행하게 된 근거를 거기 계신 분들도 아실 수 있게요. 그래서 저는 이 글에 대한 팩트체크가 어쩐지 시간 낭비라는 생각이 듭니다. 어차피 그 모든 '불일치' 사항에 대해서는 제 쪽에서 솔직하게 밝혀둔 상태니까요.

짐 말씀은 잘 알겠습니다. 다만 잡지사 정책상 모든 논픽션물은 수록에 앞서 팩트체크를 거쳐야 하는 듯합니다. 저는 담당자로서 그 일을 해야 하고요. 벌써 한 번 출장도 다녀왔는걸요. 마침 친구가 결혼한다기에, 간 김에 에세이 내용을 몇 가지 확인해봤죠. 이 일을 맡게 될 걸 예감하고 있었거든요. (그나저나 펜이랑 텔러가 안부 전해달랍니다!) 말하자면 저로서는 약간의 투자를 한 셈이죠. 어쨌든 잡지사 측에서는 이 글에 언급된 모든 사실의 진위 여부를 꼭 확인할 작정인 듯합니다. 워낙 많은 사실이 언급되기도 하고, 선생님 서술이 살짝 도발적인 곳들도 있어서요(물론 좋은 뜻에서요…^^). 그래서 외람되지만, 그 수치와 관련해 선생님께 도움을 부탁드려도 될까요?

존 도발적이라고요?

짐 저는 다만 강렬하고 매혹적이란 의미에서 드린 말씀입니다. 단어 선택이 잘못됐네요. 죄송합니다!

존 괜찮습니다. 아무튼, 기억을 더듬어보자면, 그 수치는 레비가 사망한 시기에 그 지역 업종별 전화번호부에 등록된 스트립 클럽 수를 직접 세어서 알아낸 겁니다. 한데 막상 집필을 시작했을 무렵엔 그 전화번호부가 없어진 지 오래라, 제 추정치가 맞는지 확인하실 수 있도록 문제의 포르노 기사를 찾아서 잡지사 측에 제출한 것이고요.

짐 고맙습니다, 선생님. 도움이 많이 됐어요. 아마도 거기서 불일치가 발생한 것 같네요. 처음부터 기사에 언급된 수치를 가져와 쓰신 게 아니라서요.

존 글쎄요, 그보단 아마 운율상 '서른넷'이 '서른하나'보다 문장에 더 잘 어울려서였을 겁니다. 그래서 제가 수치를 바꾼 거예요.

짐 아, 그렇군요. 아무튼 선생님, 시간 내주셔서 감사합니다. 조만간 확인차 또 연락드리겠습니다.

장 오래된 타바스코소스 병을 버키츠 오브 블러드라는 술집 지하에서 발굴했으며, 미시시피에서

짐 이 해명을 받아들여도 될까요?

편집장 '운율'에 대한 설명은 안 되고, 클럽 수 추산 절차에 관한 설명은 괜찮겠네요. 일단 2002년 전화번호부상 서른네 곳이라는 수치가 정확한지부터 확인해보세요.

짐 음, 저더러 다시 라스베이거스로 날아가서 2002년도 전화번호부를 찾아보라는 말씀이 아니라면, 지금 제가 사용할 수 있는 자료라곤 온라인 전화번호부뿐인데, 그걸로는 2002년도 스트립 클럽 실태를 알아보는 게 도저히 불가능합니다. 또 최신판에는 현재 시내에 있는 스트립 클럽이 스물아홉 곳으로 나오는데, 만약 그 수가 과거에 늘었다가 다시 줄어든 게 아니라면, 보나마나 여기에도 사실 불일치가 있을 테고요.

편집장 예, 알았어요. 그럼 이 부분은 일단 메모만 해두고 넘어가죠.

고고학자들은 세계에서 가장 오래된 타바스코소스 병을 버키츠 오브 블러드라는 술집 지하에서 발굴했으며… 사실 충돌: 이 발굴이 이뤄진 날은 2002년 6월 28일, 즉 레비 프레슬리가 스스로 목숨을 끊기 보름

전이므로, 그가 죽던 날 소스병이 발견되었다는 서술은 사실이 아닙니다. 더욱이 그 병은 버지니아시티, 그러니까 리노에서 남동쪽으로 32킬로미터가량 떨어진 지역에서 발견됐습니다. 리노는 라스베이거스에서 724킬로미터가량 떨어진 곳이고요. 다시 말해 소스병 발견이랑 라스베이거스 사이에 관련성이 미약하다는 얘기죠. 더욱이 『라스베이거스 리뷰저널 *Las Vegas Review-Journal*』 보도에 따르면, 소스병이 발굴된 장소는 '보스턴 설룬'이라는 곳으로, '버키츠 오브 블러드 뒤편'에 자리한 술집이거든요. 요컨대 이 내용 가운데 레비 프레슬리의 죽음과 어떻게든 상응하는 부분은 전무하다는 뜻입니다(『라스베이거스 리뷰저널』 2002년 6월 28일 자에 실린 스콧 소너의 기사 「1870년대에 사용된 핫소스 병 발견」 참조).[3] 이 건은 어떻게 할까요?

편집장 이것도 얼른 문의해보세요.

짐 선생님, 제가 알아봤더니, 글 도입부에 언급하신 타바스코소스 병이 발견된 술집 이름이 실제로는 '보스턴 설룬'이더라고요. 혹시 이름을 고칠 의향이 있으신지요?

존 아니요, 그걸 제가 왜 고칩니까? '보스턴 설룬'보다는 '버키츠 오브 블러드' 쪽이 더 흥미롭기도 하고, 마침 발견 장소가 버키츠 오브 블러드 주점에서 가깝기도 하니, 여긴 그냥 그대로 둬도 괜찮을 듯한데요. 제가 잘 이해한 게 맞는다면, 맡고 계신 업무가 팩트체크이지, 교정은 아니잖아요?

짐 여기에 더 보탤 의견이 있으신가요?

편집장 일단 메모만 해두고 넘어가세요. 불일치하는 부분들은 나중에 같이 살펴보도록 하죠.

…미시시피에서 온 한 여성은 진저라는 소녀를 상대로 35분 동안 틱택토 게임을 벌인 끝에 승리를 거두었다.

사실 충돌: 저자가 이 일화의 현장인 호텔 측으로부터 제공받은 보도자료에 따르면, 해당 틱택토 게임이 벌어진 실제 날짜는 2002년 8월 13일, 그러니까 레비 프레슬리가 사망한 날로부터 꼬박 한 달이 지난 시점입니다. 게다가 이 대결에서 승리한 여성은 출신지로 따지면 미시시피 사람이 맞지만, 실제로 게임이 벌어진 시기에는 라스베이거스 주민이었습니다. 그럼 이것도…?

편집장 알았어요, 저자에게 문의해보세요.

짐 저, 선생님… 또 접니다. =) 다름이 아니라 그 소녀가 참가했다는 틱택토 게임과 관련해 궁금한 부분이 있어서요. 보아하니 게임이 벌어진 시기가 레비 프레슬리의 사망 시점보다 한참 뒤이기도 하고, 승리한 여성도 사실은 미시시피 사람이 아니라 라스베이거스 지역 주민이었던 것 같거든요. 혹시 이게 문제가 되진 않을까요?

존 그건 저도 알지만, 라스베이거스라는 도시의 일과성 — 즉, 거의 모든 사람이 타 지역 출신이라는 점 — 을 강조하기 위해 일부러 그 여성을 라스베이거스가 아닌 다른 지역에서 온 사람으로 설정한 겁니다. 게다가 마침 출신지가 미시시피이기도 해서, 그 내용은 그냥 그대로 둬도 괜찮을 것 같네요.

짐 그게 프레슬리 사망 당일에 일어난 일이 아니란 사

온 한 여성은 진저라는 소녀를 상대로 35분 동안 틱택토 게임•을 벌인 끝에 승리를 거두었다.

———

• Tic-Tac-Toe, 두 사람이 가로와 세로로 각각 세 칸씩 그려진 게임판에 동그라미(○)나 가위(×) 중 하나를 번갈아가며 표시하다가, 먼저 가로세로 혹은 대각선 방향으로 동일한 표시 세 개가 일직선으로 이어지게 만드는 사람이 승리하는 게임.

실은요? 정확히 말하면, 그날 일이 아니잖아요.

존 그때 그 여름의 단편적 분위기가 그랬다는 겁니다.

짐 그럼 애초에 그렇게 말해야 글의 정확성이 높아지지 않을까요?

존 아니죠, 정확성에 치중하다 보면 극적 효과도 떨어지고 글이 너무 투박해지죠. 독자들은 제가 거론한 사건들이 같은 날에 일어났든 며칠이나 몇 달 간격으로 일어났든 관심도 없을걸요. 모르긴 해도 독자들의 대체적 관심사는 이 복합적 사건들이 암시하는 의미일 겁니다. 각각의 사건이 얼마만큼의 간격으로 일어났는지는 중요하지 않아요. 여기서 다뤄지는 사실들이 반드시 명백한 '사실'로서 기능할 필요도 없고요. 기본적으로 정보 제공보다는 이미지 구축에 그 목적이 있으니까요. 다시 말해 라스베이거스 인구조사를 하거나 지역사회 행사 일정을 확인할 목적으로 이 글을 읽는 사람은 없을 거란 얘깁니다. 그런 종류의 정보는 다른 데서도 얻을 수 있으니까요.

레비 프레슬리가 죽던 그날엔,
그 외에도 다섯 사람이 두 가지
암으로, 네 사람이 심장마비로,

짐 다수의 세부적 사실을 비중 있게 다루면서도 정작 정확성은 등한시한다는 점에서, 문제의 소지가 다분한 글입니다. 그렇게 생각하지 않으세요?

편집장 일단은 계속 팩트체크에 집중해주세요. 그중 용인 가능한 오류가 무엇인지는 최종적으로 내가 판단할 테니까.

짐 문제는 아직 이 글에서 한 문장밖에 들여다보지 않았다는 겁니다. 앞으로 이보다 더 심각한 오류가 발견되지 않을 것 같지도 않고요.

편집장 걱정 말아요. 그보다 이제부턴 저자랑 일대일로 작업해보는 게 어때요? 그럼 문제를 발견할 때마다 나한테 일일이 확인받을 필요가 없으니 시간도 절약될 테고요. 그렇다고 질문을 받지 않겠다는 뜻은 아닙니다. 면밀한 검토를 거친 뒤 문제의 소지가 있어 보이는 건 무엇이든 물어보되, 질문받는 사람 입장도 적절히 배려하란 얘기죠.

짐 잘 알겠습니다.

…그 외에도 다섯 사람이 두 가지 암으로 … 사망했다. 이 내용은 저자가 검시관 사무소의 한 비서로부터 수신한 2002년 8월 12일 자 이메일을 근거로 확인했습니다.

…네 사람이 심장마비로… 사실 충돌: 검시관 사무소 측에 따르면, 그날 심장마비 사망자는 두 명이었습니다. 하지만 검시관 사무소에서 수습한 이 두 명 외에도, 추정컨대 병원에서 사망 당시 검시관 사무소의 조사를 거치지 않은 심폐정지 사망자가 다섯 명, 심근경색 사망자가 한 명 더 있었습니다. 따라서 사실상 그날 '심장마비'로 사망한 사람은 네 명이 아닌, 여덟 명이었단 얘기죠.

선생님, 여기 이 '네 사람이 심장마비로'를 '여덟 사람'으로 고쳐도 될까요?

존 저는 그 문장 속 숫자가 다섯에서 넷으로, 또 셋으로 점차 줄어드는 느낌이 좋습니다. 그래서 그 부분은 건드리고 싶지 않네요.

짐 하지만 그러면 의도적으로 오류를 범하는 셈이 되는데요.

존 아마도 그렇겠지요.

짐 독자의 신망을 잃을 수도 있는데, 걱정되지 않으세요?

존 딱히요. 제가 무슨 공직에 출마할 것도 아니고. 그저 흥미롭게 읽을 만한 글을 쓰고자 할 뿐인걸요.

짐 하지만 독자의 신뢰를 잃으면 그게 다 무슨 소용일까요?

존 ‘넷’과 ‘여덟’의 차이에 관심을 갖는 독자의 신뢰는 잃을 수도 있겠죠. 하지만 흥미로운 문장과 그런 문장의 축적이 빚어내는 은유적 효과에 관심을 갖는 독자라면 아마도 저를 용서할 겁니다.

짐 저는 이해가 잘 안 가는데요. 이 문장에서 ‘여덟’ 대신 ‘넷’을 사용했을 때 얻어지는 이익이 정확히 뭔가요?

존 그 얘긴 이제 그만하시죠.

…세 사람이 뇌졸중으로… 확인 완료: 검시관 사무소에서 발송한 2002년 8월 12일 자 이메일 참조.

이 다 검토해줄 순 없어요. 존 선생은 작가로서 남다른 면이 있고, 따라서 앞으로도 작업물에서 변칙적인 부분들이 발견될 겁니다. 일단은 계속 최대한 면밀하게 살펴서 보고해줘요. 나중에 전부 철저하게 들여다볼 테니까.

짐 하지만 모든 작가에겐 ‘남다른’ 데가 있죠. 그게 저희한테 그토록 철저하게 교육하신 이 잡지사의 팩트체크 정책에 있어 특정 작가를 예외로 규정해야 할 온당한 사유가 되나요?

편집장 꼭 그렇다고 할 순 없지만, 우리가 이 글의 변칙성을 열린 마음으로 대해야 할 이유 정도는 되겠죠.

그날은 두 사람이 권총으로 자살한 날이기도 했다. 클라크카운티 검시관 사무소의 셰리 르노에 따르면, 실제로 총기 자해로 인한 사망자가 두 명 있었습니다.

그날은 또 한 사람이 목매달아 자살한 날이기도 했다. 사실 충돌: 하지만 르노 씨에 따르면, 그날 추가로 발생한 이 세 번째 자살은 희생자가 목을 매단 게 아니라 건물에서 뛰어내려 발생한 사건이었습니다.

선생님, 이 점 명확히 설명해주실 수 있을까요?

존 물론이죠. 제 기억으론 레비의 죽음이 그날의 유일한 추락사였으면 해서 수정했던 듯합니다. 그의 죽음을 더 각별하게 만들고 싶었거든요.

짐 그래요, 제가 일개 인턴일 뿐이라는 건 저도 잘 압니다. 하지만 “그의 죽음을 더 각별하게 만들고 싶었”다니요?

편집장 짐, 그냥 메모해두고 넘어가세요. 나중에 우리가 알아서 할 테니까. 글에서 걸리는 부분을 내가 일일

세 사람이 뇌졸중으로 사망했다.

그날은 두 사람이 권총으로 자살한 날이기도 했다.

그날은 또 한 사람이 목매달아 자살한 날이기도 했다.

또한 그날은 기온이 섭씨 47.8도로 기록된, 그해 여름 가장 무더운 날이었다—세계에서 ‘가장 키

또한 그날은 기온이 섭씨 47.8도로 기록된, 그해 여름 가장 무더운 날이었다… 사실 충돌: ‘라스베이거스 공식 여행 사이트’ 베이거스닷컴Vegas.com에 따르면, 기록상 라스베이거스에서 가장 더웠던 날은 1942년이었고, 그날 기온은 섭씨 47.2도였습니다. 레비가 사망한 날의 기온은, ‹웨더 언더그라운드Weather Underground›라는 웹사이트의 통계 자료에 따르면 섭씨 45도였고요. 게다가 같은 웹사이트에 따르면, 그해 가장 더웠던 날의 기온 역시 섭씨 45도였습니다. 그러니까 실상은 이 수치가 ‘기록’인 셈이죠.

…세계에서 ‘가장 키 큰 온도계’가 망가졌고… 사실 충돌: 세계에서 가장 키 큰 온도계가 위치한 곳은 캘리포니아주 베이커 자치구 내, 바스토와 라스베이거스 사이의 도로변입니다. 실제 공식적으로 알려진 올바른 명칭은 ‘세계에서 가장 큰Largest 온도계’이고요. 따라서 사실 자체만 놓고 보자면 가장 키 큰Tallest 온도

계라는 얘기도 맞긴 하지만, 온도계 이름을 그렇게 불러버리면 얼마간 진실을 흐리는 꼴이 됩니다. 또한 그 온도계는 약 40미터 높이의 전자식 표지판으로, 1913년 7월 10일의 기온을 기념할 목적으로 세워졌는데, 기록에 의하면 당시 라스베이거스에서 241킬로미터 남짓 떨어진 데스밸리의 기온이 섭씨 56.7도였다고 합니다. 한데 그 온도계의 파손과 관련해 제가 찾아낸 자료라고는, 설치 초기에 한 번 강풍으로 인해 쓰러진 적이 있다고 기술된 보도기사 한 편이 전부거든요. 이게 프레슬리의 사망일에 부서졌다는 내용은 그 어디에서도 확인할 수 없었습니다. 게다가 전자식 표지판이 고온으로 인해 부서졌을 것 같지도 않고요. 다시 말해 전자가 끓어 넘치거나 할 것 같지는 않다는 얘기죠. 따라서 모종의 이유로 그 온도계가 하필 그날 망가졌다고 해도, 그 원인이 고온 때문이란 식의 설명은 개연성이 떨어집니다.

큰 온도계'가 망가졌고, 병에 담긴 생수 가격이 8온스당 5달러로 치솟았으며, 한 관광객 가족이 렌트한 도지 스트레이터스 차량이 라스베이거스 도심으로 향하던 길에 어느 홈리스 여성의 카트에서 떨어져 깨진 병 위를 지나가는 바람에 뒷바퀴 타이어가 터지며 주차되어 있던 다른 승용차에 부딪친 뒤 스트래토스피어 호텔 출입구 바깥쪽에서 시동이 꺼지고 그때 트렁크에 들어 있던 잭이 열로 연화된 도로면 아스팔트에 박히면서 라스베이거스 스트립 구간 최북단에 교통 체증이 일었다.

…병에 담긴 생수 가격이 8온스당 5달러로 치솟았으며… 사실 충돌: 길거리 상인이 물 한 병 값을 얼마로 매기는지와 같은 단시적 사항을 이처럼 세세한 수준까지 확인하기란 아무래도 어렵기 때문에, 여기에 대해서는 저도 딱히 드릴 말씀이 없네요. 이 사실이 언급된 뉴스 기사도 찾지 못했고, 저자가 사실을 뒷받침하는 메모를 남겨두지도 않았거든요. 하지만 그나마 확실히 말할 수 있는 부분은, 주요 생수업자들이 대부분 물을 12온스나 16.9온스, 20온스들이로 판매한다는 것입니다. 그래서 저는 이 '8온스'라는 대목이 약간 의심스럽습니다.

…한 관광객 가족이 렌트한 도지 스트레이터스 차량이 라스베이거스 도심으로 향하던 길에 어느 홈리스 여성의 카트에서 떨어져 깨진 병 위를 지나가는 바람에 뒷바퀴 타이어가 터지며 주차되어 있던 다른 승용차에 부딪친 뒤 스트래토스피어 호텔 출입구 바깥쪽에서 시동이 꺼지고 그때 트렁크에 들어 있던 잭이 열로 연화된 도로면 아스팔트에 박히면서 라스베이거스 스트립 구간 최북단에 교통 체증이 일었다. 사실 충돌: 라스베이거스 지역 내 두 주요 신문인 『라스베이거스 리뷰저널』과 『라스베이거스 선』의 기록보관소를 뒤져봤습니다만, 이 사고에 대한 언급은 찾을 수 없었습니다.

선생님, 이걸 뒷받침할 만한 자료가 있을까요?

존 스트래토스피어 길 건너편에 위치한 아즈텍 인 호텔에서 어떤 여성을 인터뷰하던 중에 들은 이야깁니다. 레비가 사망하고 다음 날 스트래토스피어 호텔 인근을 중심으로 가벼운 조사를 시작했는데, 그때 그 여성이 레비의 투신은 물론 그 이전 교통 체증까지 목격했다고 주장하더군요.

짐 혹시 그 인터뷰 기록 사본을 보내주실 수 있을까요?

존 그 인터뷰에 관한 기록은 보관하고 있지 않습니다. 여성의 발언 중 예컨대 '홈리스 여성'이나 '교통사고'와 같은 구절을 급히 받아적긴 했지만, 그 밖의 내용은 제 기억에 의존한 것입니다. 더군다나 정식 인터뷰도 아니었고요. 당시엔 그저 정보나 좀 수집할까 싶어서 스트래토스피어 주변을 어슬렁거리던 참이었거든요. 훗날 레비에 관한 글을 쓰게 되리란 것은 꿈에도 모른 채 말이죠.

짐 솔직히 저는, 선생님의 그 '가벼운' 인터뷰 전략에 문제의 소지가 다분하다고 봅니다. 저희로선 선생님이 쓰신 내용을 미약하게라도 증명할 자료를 확보할 길이 요원하다는 뜻이니까요.

존 글쎄요, 송구하지만, 문제의 소지가 있다고 한들 그건 그쪽 문제지 제 문제가 아니잖아요. 저는 취재기자도 아니고, 취재기자를 자처한 적도 없습니다. 잡지사 측에서도 제가 기자 역할이나 기사 작성에는 관심이 없다는 점을 충분히 인지한 상태에서 이 프로젝트를 진행했고요. 게다가 설령 정식 인터뷰였다고 해도, 제가 구구절절 장황한 메모를 작성했을 가능성은 매우 희박합니다. 제가 늘 가벼운 인터뷰를 선호하는 이유는 사람들에게 더 편안하게 다가가기 위해서니까요. 인터뷰 중에 녹음기나 공책을 꺼내들면 그 순간 사람들은 시선을 의식하면서 일종의 '연기'를 시작합니다. 자신의 발화 내용과 발화 방식을 스스로 검열하는 것이죠. 그래서 저는 보통 누군가를 인터뷰할 때 점심이나 술을 같이하기도 하고 산책 같은 걸 함께하기도 합니다. 사람들은 인터뷰가 아닌 대화에 참여한다고 느낄 때 훨씬 더 여유롭고 솔직해지거든요.

짐 음, 그래요… 그렇겠네요…. 하지만 그렇더라도 이건 저널리즘의 무결성에 관한 준칙을 열 가지쯤 위반하는 처사로 보이는데요.

존 그게 과연 문제가 될지 모르겠네요. 이건 그냥 에세이예요. 따라서 언론 보도 준칙은 여기에 적용되지 않는다고요.

짐 그게 과연 그렇게 간단할지 모르겠네요.

그러므로 레비 프레슬리가 스트래토스피어 호텔의 그 고층 전망대에서 뛰어내린 오후 6시 1분 43초에—그러곤 마침내 지면에 부딪친 오후 6시 1분 52초까지… 사실 충돌: 검시관 보고서에 따르면, 사건이 '18시 01분'에 발생한 것은 사실이지만, 레비 프레슬리가 떨어지는 데 걸린 시간은 9초가 아닌 8초로 추정됩니다. 따라서 실제 추락 시간은 '6시 1분 43초부터 6시 1분 51초까지'일 공산이 큽니다.

선생님?

그러므로 레비 프레슬리가 스트래토스피어 호텔의 그 고층 전망대에서 뛰어내린 오후 6시 1분 43초에—그러곤 마침내 지면에 부딪친 오후 6시 1분 52초까지—스트래토스피어 타워 아래

존 예, 제가 좀 고쳤습니다. 근데 그게 그렇게 큰일인가요? 겨우 1초잖아요. 게다가 그건 필요에 의한 조치였습니다. 레비를 8초가 아닌 9초 동안 떨어지게 해야, 에세이 뒷부분의 주제들이 매끄럽게 전개되거든요.

짐 그런데 타바스코소스 병이나 온도계 따위와 관련된 세부사항을 변경하는 건 넘어간다쳐도, 아이의 죽음과 직결된 세부 사항에 손을 대는 건 좀 비윤리적이지 않나요? 제 소견으로는 대단히 부적절해 보이는데요. 더욱이 검시관이 프레슬리가 8초 만에 떨어졌다는 점을 명확히 밝혀두기도 했고요.

존 전 그게 비윤리적이라고 여기지 않습니다. 무엇보다 레비가 떨어지는 데 9초가 걸렸다고 생각한 사람은 비단 저 혼자만이 아니거든요. 한동안은 그의 양친도 아들이 떨어지는 데 9초가 걸렸다고 생각했으니까요. 사실 저도 그래서 애초에 그 숫자를 마음에 두었던 것이고요. 아무렴 제가 단지 문학적 기교나 부릴 욕심에 이걸 되는대로 고쳤겠습니까? 레비의 양친과 저는 이 9초란 시간에 관해 아이의 예전 태권도 사범

과 허심탄회한 대화를 나눈 적이 있습니다. 그래서 그때 얻은 소소한 정보를 바탕으로 9라는 숫자를 이 에세이의 주제로 활용할 방안을 구상하기 시작했던 거예요.

짐 그렇군요, 하지만 한때 정확한 수치를 몰랐더라도, 이제는 제대로 알았으니 내용을 고쳐야 하지 않을까요?

존 이 시점에서 '9'는 에세이의 필요불가결한 부분이 되었습니다. 고로 저는 이후로도 계속 '9'에 대해 잘못된 입장을 견지할 작정입니다. 다시 말해 에세이를 수정하지 않겠다고요. 그건 이 에세이를 망치는 짓입니다.

짐 더 정확하게 다듬는 작업이 에세이를 '망치는' 짓이라고요?

존 옙.

…스트래토스피어 타워 아래쪽에서는… 논쟁 소지: 이 부분은 스트래토스피어 타워 '아래쪽에서'를 어떻게 정의하느냐에 따라 논쟁거리가 될 수도 있고 안 될 수도 있겠습니다. 스트래토스피어 타워 아래쪽은 문제의 교차로에서 몇 미터쯤 떨어져 있습니다. 달리 말하면, 타워가 정확히 그 교차로에 있는 것은 아니란 얘기죠. 카지노로 통하는 주요 진입로는, 라스베이거스 대로를 타고 북쪽으로 이동하다 보면 바로 왼쪽에 있습니다. 또한—보도와 호텔 앞 작은 누각 쪽으로—15미터 남짓을 계속 이동해야만 실제로 문제의 타워 '아래쪽'에 당도하게 되고요. 그러므로 타워 '아래쪽 부근에서'라는 표현이 더 정확하겠네요. 선생님, 이렇게 고칠 의향이 있으신가요?

존 아니요. '아래쪽에서'가 보기에 더 뚜렷하고, 또 명확합니다.

짐 하지만 부정확한데요. 어떻게 그게 더 명확할 수 있죠?

존 보기에 명료하면, 더 정확하게 읽히고 그로써 문장이 한결 명확하면서도 권위 있게 느껴지니까요. '아래쪽 부근에서'는 두루뭉술하게 읽히는 감이 있어요. 굳이 비유하자면, 이 에세이의 도입부 문장을 '레비 프레슬리의 사망 시각과 기본적으로 동일한 시간대에…'라고 고쳐 쓰는 격이랄까요.

> 쪽에서는 백 명도 넘는 관광객이 차량 예순 대에 몸을 실은 채 경적을 울리고 충돌하고 시간을 허송하며 고함치는 중이었다고 알려진다.

…백 명도 넘는 관광객이 차량 예순 대에 몸을 실은 채 경적을 울리고 충돌하고 시간을 허송하며 고함치는 중이었다고 알려진다. 인식론적 문제: 저는 이 주장이 임의적인 추측이라고 확신합니다. 누군가가 실제로 사고 현장에서 이 차들 안에 있던 사람의 수를 세어본 게 아니라면 말이죠. 어느 쪽이든, 만약 실제로 '교통 체증'이 발생했다면, 현장에 있던 인원수는 백 명을 훨씬 웃돌았을 공산이 큽니다. 문제의 교차로는 (서쪽 볼티모어애비뉴에서 시작해 라스베이거스 대로와 만나면서 끝나는) T자형 삼거리인데, 라스베이거스 방면으로는 6차로, 볼티모어 방면으로는 4차로가 나 있습니다. 그런데 저자는 차량이 '예순 대', 고작 60대 있었다고 추산하죠. 만약 문제의 교차로와 연결되는 각 도로에 차량을 그 대수만큼—T자형 삼거리의 세 방면에 각각 차량을 총 대수의 3분의 1대씩—배치하면, 볼티모어 방면으로는 차로당 고작 다섯 대의 차량이 다니게 되고 라스베이거스 방면으로는 차로당 고작 세 대의 차량이 다니게 됩니다. 또한 설령 그 60대의 차량이 모두 라스베이거스 대로, 정확히는 레비의 추락 지점 부근에 있었다 해도, 각 차로에 고작 열 대의 차량이 있었던 셈이 됩니다. (차량 한 대의 평균 길이가 약 4미터라고 치면, 정체 거리는 50미터에도 못 미쳤겠지요.) 제가 직접 토

요일 저녁 6시에 그곳에 가서 눈대중으로 헤아려본 결과, 인근을 오가는 차량 대수는 아무리 적게 잡아도 예순 대 이상이었습니다. 눈에 띄는 사고는 없었고요. 그래서 저는 저자가 추산한 이 수치가 대단히 의심스럽습니다. 사실 라스베이거스에서는 거의 모든 구간에 기본적으로 얼마간 교통 체증이 있거든요. ‹가이드 투 베이거스Guide to Vegas›라는 웹사이트에 따르면, 라스베이거스에서 극심한 교통 체증은 일종의 기본값입니다. 실제로 그 웹사이트에서는 관광객에게 "라스베이거스 대로(스트립 구간)에서는 운전을 지양할 것"을 권고하는데요. "그보다는 되도록 동쪽으로 난 패러다이스 길이나 서쪽으로 난 인더스트리얼 길을 이용하라"는 겁니다. 또한 "사견을 전제로, 금요일 초저녁 때 라스베이거스 스트립 구간의 교통 체증을 경험하느니, 서던캘리포니아주에서 405번 주간고속도로를 타고 42킬로미터를 이동하는 편이 차라리 낫다"는 이야기도 있고요. 따라서 제 나름대로 추산해본 결과, 물론 어디까지나 대략적인 추측이긴 하지만, 당시 문제의 교차로에는 짐작건대 200대 이상의 차량이 있었고, 차 한 대당 탑승자 수가 평균 1.6명이었다고 치면, 저자가 주장하는 유의 엄청난 교통 체증을 겪은 실제 인원수는 대략 600명이라는 결론이 나옵니다. 선생님, 이에 대해 명확히 설명해주실 수 있을까요?

존 아즈텍 인 호텔의 그 여성에게서 차량이 예순 대쯤 있었다고 들었습니다. 이 정도 설명이면 충분하겠죠?

그들 중 일부는 그 밤 꽉 막힌 도로에서 위를 바라보다가 어두운 하늘에서 무언가 야자나무 사이로, 이어 도시의 포장도로 위로 떨어지는 장면을 설핏 보았다. 그들 중 일부는 차에서 내려, 떨어진 그 무언가를 내려다보았다. 그리고 그중 열 명은 자신이 본 것을 경찰에게 진술했다.

그들 중 일부는 그 밤 꽉 막힌 도로에서 위를 바라보다가 어두운 하늘에서 무언가 야자나무 사이로, 이어 도시의 포장도로 위로 떨어지는 장면을 설핏 보았다. 그

들 중 일부는 차에서 내려, 떨어진 그 무언가를 내려다보았다. 인식론적 문제: '관광객들' 관련. 이 사건에 관한 공식 목격자 진술이 공개되지 않았거니와(아래 단락 참조), 저자가 그 자리에 실제로 참석하지도 않았으므로, 사건에 대한 사람들의 진술을 청취한 게 아니란 점을 고려할 때 이 내용은 추측으로 사료됩니다. 또한 에세이 뒷부분에 서술된 내용과 검시관 보고서를 통해 확인된 바와 같이, 레비가 떨어진 위치는 '보도'가 아니라 스트래토스피어 호텔의 차량 진입로입니다. 그뿐 아니라 스트래토스피어 호텔 주변 보도는 '〔아스팔트〕 포장도로'가 아닌 벽돌길입니다. 다시 말해 이 가운데 정확한 내용은 사실상 전무하다는 뜻이죠. 또 다른 쟁점: 스트래토스피어 호텔 주변에는 야자나무가 많습니다. 보도에는 늘어서 있고 차량 진입로에는 둘러서 있죠. 그러므로 거리에서 호텔 쪽을 건너다보던 사람이 그 야자나무들로 인해 시야가 가려진 상태에서 레비가 떨어지는 장면을 보았을 순 있지만, 떨어지다 이들 야자나무에 부분적으로 걸리는 장면을 보았을 가능성은 지극히 희박합니다. 즉, 관건은 그들이 '야자나무 사이로, 그가 떨어지는 모습을 보았는가' 혹은 '야자나무 사이로 그가 떨어지는 모습을 보았는가'입니다. 한데 문장이 워낙 모호해서요, 아무래도 수정이 필요해 보입니다.

존 죄송합니다만, 무슨 소린지 도통 모르겠군요. 그냥 그대로 두시죠.

그리고 그중 열 명은 … 진술했다. 검시관 보고서에 기술된 목격자 진술은 도합 여섯 건에 불과합니다. 더욱이 그 여섯 명 가운데 두 명만이 실제 '목격자'로 기록되었습니다. 또한 저자가 경찰관과의 대화를 기록해 둔 노트에도 "보고서에 여섯 건의 목격자 진술이 담겨 있다"는 사실이 언급돼 있습니다. 그 외에 사건을 목격했다고 주장하는 또 다른 네 사람을 상대로 저자가 자체 인터뷰를 진행하기는 했지만, 그들의 진술은 경찰 기록이나 검시관 보고서에 기재되지 않았으므로 '공식적' 진술이 아닙니다. 아무래도 저자가 이 부분을 약간 혼동한 듯합니다.

그 목격자들이 제공한 진술 가운데 일부를 읽어볼 수 있겠느냐고 라스베이거스 메트로폴리탄 경찰국 측에 문의했을 때, 스티브 버렐라 경사는 이렇게 설명했다. "선생님이 읽고 싶어할 만한 내용이 아닙니다. 그저 사실의 나열일 뿐이죠. 마이키 스필레인 소설처럼 읽힐 만한 내용은 전혀 없어요. 아시겠습니까?"

그 도시에서 10대들의 자살이 문제시되느냐고 라스베이거스 틴 크라이시스Las Vegas Teen Crisis 측에 문의했을 때, 그곳의 한 여성은 이렇게 회답했다. "그런 글은 뭐든 쓰지 않으시는 편이 나을 듯싶네요."

"선생님이 읽고 싶어할 만한 내용이 아닙니다. 그저 사실의 나열일 뿐이죠. 마이키 스필레인 소설처럼 읽힐 만한 내용은 전혀 없어요. 아시겠습니까?" 변경 가능성: 경사의 발언과 관련해 저자의 노트에 나오는 실제 인용문은 이렇습니다. "제가 말씀드릴 수 있는 내용이라곤 공식적인 것들—여과를 거친 것들—뿐입니다. 마이키 스필레인 소설처럼 읽히진 않을 거라고요." 본문 중에 '사실의 나열' 운운하는 부분은 저자가 임의로 삽입한 문장인 듯합니다. 그뿐 아니라, 경찰관 이름도 바꾼 것 같습니다. (그래도 되나요?) 제가 찾아봤을 때는 '스티브 버렐라'라는 이름이 라스베이거스 경찰국 직원 명부에 올라 있지 않았거든요. 다만, 릭 버렐라라는 이름은 찾았습니다. 지역 신문을 검색하던 중에 발견했죠(『라스베이거스 리뷰저널』 2004년 6월 30일 자, 「난투 끝에 체포된 라스베이거스 경찰관」 참조).[4]

존 제가 조미료를 좀 치긴 했지만, 진술의 기본 골자는 그대로인 것 같은데요.

짐 '조미료'를 치셨다고요?

그 도시에서 10대들의 자살이 문제시되느냐고 라스베이거스 틴 크라이시스 측에 문의했을 때, 그곳의 한 여성은 이렇게 회답했다. "그런 글은 뭐든 쓰지 않으시는 편이 나을 듯싶네요." 사실 충돌: 이 인용문은 저자의 노트 어디에서도 찾을 수 없었습니다. 단, 그렇더라도 만약 이 여성이 저자의 다른 노트에 등장하는 여성과 동일 인물이라면, 이 발언은 표면상 『라스베이거스 리뷰저널』 기사에서 자살에 관한 진솔한 담론의 중요성을 이야기하는 그의 다음 진술과 상충됩니다. "'사람들은 자살에 관한 대화를 꺼립니다. 알게 모르게 금기시하는 분위기가 조성돼 있죠. 하지만 이곳 네바다는 문제가 심각합니다. 해마다 미국에서 가장 높은 자살률을 보이니까요. 비록 대화로 상황이 근절되기는 어렵겠지만, 인식이 나아지면 얼마간 속도를 늦출 수는 있을 거예요.' 여성은 그렇게 말했다."(『라스베이거스 리뷰저널』 2002년 12월 1일 자에 실린 리처드 레이크의 기사 「아들의 자살, 엄마의 삶에 새로운 의미를 부여하다」 참조)[5] 보세요, 저자의 인용문에서 풍기는 정서와는 결이 확연히 다르죠.

존 이 여성이 본문에 언급된 여성과 동일 인물이란 건 어떻게 아셨죠? 제가 신원까지 바꿔놓았는데요. 게다가 '라스베이거스 틴 크라이시스'라는 곳은 존재하지도 않고요.

짐 제가 또 맡은 일은 잘해내는 편이라서요.

존 존재하지 않은 기관의 직원들까지 알고 있을 정도로?

짐 선생님 글에서 행간을 읽어낼 정도의 깜냥은 됩니다.

…먼저 농담이냐고 되묻더니, 이어서 이렇게 말했다. "이보세요, 저는 자살한 아이와 조금도 엮이고 싶지 않습니다. 아시겠어요? 그러니까 제 말은, 아니, 그래서 대체 좋을 게 뭐냐는 겁니다. 제 눈엔 그저 나쁜 것만 보이는데. 혹시 이런 얘기가 호텔에 어떤 이익이 된다고 하면, 그땐 논의해볼 여지가 있겠지만, 지금 당장은 관여하고 싶지 않군요." 인용문 변경: 저자의 노트에 인용된 길마틴의 실제 발언은 이렇습니다. "저는 스스로 목숨을 끊은 사람에 대한 글에는 어떤 방식으로도, 어떤 모습이나 형태로도 엮이고 싶지 않을 따름입니다. 그러니까 제 말은, 그래서 대체 좋을 게 뭐냐는 겁니다. 제 눈엔 그저 나쁜 것만 보이는데."

또 다른 변경: 길마틴의 스트래토스피어 호텔 내 공식 직함은, 2002년 이후로 직함이 바뀌었을 수도 있지만, 어쨌든 제가 찾아낸 보도자료에 의하면, '홍보 부수석'입니다. 또한 이 대목은 현재 관점에서 과거를 회고하는 내용이기 때문에, 직책을 '당시 홍보 매니저'라고 하는 편이 적절할 듯한데요?

존 아니요, 그럼 글이 말도 안 되게 투박해집니다. 그대로 두세요. 그리고 앞으로 제 글을 저 대신 고치겠다는 제안은 모쪼록 삼가주시기 바랍니다. 감사합니다.

스트래토스피어 타워에 투신 방지 시스템이 갖춰져 있느냐고 내가 호텔 측에 문의했을 때, 홍보 매니저 마이클 길마틴은 먼저 농담이냐고 되묻더니, 이어서 이렇게 말했다. "이보세요, 저는 자살한 아이와 조금도 엮이고 싶지 않습니다. 아시겠어요? 그러니까 제 말은, 아니, 그래서 대체 좋을 게 뭐냐는 겁니다. 제 눈엔 그저 나쁜 것만 보이는데. 혹시 이런 얘기가 호텔에 어떤 이익이 된다고 하면, 그땐 논의해볼 여지가 있겠지만, 지금 당장은 관여하고 싶지 않군요."

레비 프레슬리에 관해 내가 확실히 아는 부분은 그가 어떻게 생겼는지, 몇 살인지, 어떤 차종

레비 프레슬리에 관해 내가 확실히 아는 부분은 그가 어떻게 생겼는지, 몇 살인지, 어떤 차종을 몰았는지, 어떤 학교에 다녔는지, 그가 좋아한 소녀는 누구이고 그를 좋아한 소녀는 누구인지, 어떤 옷차림을 특히 좋아했는지, 어떤 영화를 특히 좋아했는지, 어떤 식당을 특히 좋아했는지, 어떤 밴드를 특히 좋아했는지, 태권도 몇 단이었는지, 그가 침실 벽에 색칠은 나중에 하기로 하고—연필로, 아주 연하게—스케치해둔 밑그림은 어떤 모습인지, 그가 예술학교에 다니며 손수 그린 데생 가운데 유달리 자랑스러워했다고 여겨지는 작품은 무엇인지, 그것들의 주제에서 자살 '관념'의 징조가 드러난다고 말할 수 있는지, 그의 차에 붙여진 별명은 무엇인지, 양친이 제각기 그에게 붙여준 두 가지 별명은 무엇인지… 존 선생님께: 선생님이 기자가 아니라는 건 저도 잘 알지만, 레비의 양친과 진행하셨다는 이 인터뷰에 대한 기록이 저한테 주신 노트에는 없어서, 혹시 다른 공책에 따로 적어두신 걸까요? 선생님이 주신 노트에 적힌 기록이라곤 레비 모친과의 짤막한 전화 통화, 그리고 부친이 했다는 두어 마디 농담에 관한 내용이 전부거든요. 이와 관련된 나머지 내용을 혹시 다른 데서 찾아볼 수 있을까요? 프레슬리 부부에게서 얻은 정보가 이 글의 사실성을 결정짓는 상당히 중요한 자료라서 되도록 철저하게 검

증하고 싶습니다.

존 전에도 말했지만, 저는 이런 종류의 인터뷰를 진행할 때 따로 기록을 남기지 않습니다. 전통적 방식은 아니죠, 프로답지 않은 것일 수도 있고요. 하지만 레비의 양친을 만남에 응하도록 설득하는 데만 석 달이 걸렸습니다. 그런데 녹음기나 공책을 가져간다고요? 그랬다가 그분들이 부담을 느껴서 귀한 기회를 날리기라도 하면 어쩌려고요? 저는 그런 위험을 감수하고 싶지 않았습니다. 그래서 '사실 수집'을 목적으로 경찰이나 검시관과 진행한 인터뷰를 제외하면, 실제 사람들과 만나서 하는 인터뷰에서는 대체로 기록을 남기지 않았어요. 다시 말하지만, 제가 이러는 이유는 통상 사람들이 인터뷰를 당하는 데 익숙하지 않다고 생각하기 때문입니다. 긴장한 상태로 인터뷰를 하다 보면 온통 판에 박힌 대답만 내놓게 마련이거든요. 그래서 레비의 양친을 인터뷰할 때는 약 2주에 걸쳐 정보를 더디게 수집했습니다. 그분들 차를 타고 같이 돌아다니기도 하고, 그 댁에서 함께 시간을 보내기도 하고, 저녁 식사를 함께하기도 하고, 텔레비전을 같이 보기도 하고, 레비가 다니던 도장에 같이 방문하기도 하고, 레비의 작품을 살펴보기도 하고, 레비의 친구들과 담소를 나누기도 하면서 말이죠. 이런 식의 정보 수집을 대부분의 논픽션 작가와 독자가 긍정적으로 여길 거라고는 저도 기대하지 않습니다. 아무래도 논픽션으로서의 검증이 불가능하니까요. 하지만 전 신경 쓰지 않습니다. 이런 장르가, 온갖 자료를 끌어다 주석을 달거나 검증하는 것이 불가능한 영역으로 예기치 않은 모험을 떠나는 걸 두려워하는 고리타분한 독서계에 의해 위협당하는 일이 어제오늘 일도 아니고요. 제 일은 이미 존재하는 세상을 재창조하는 것이 아닙니다. 거울을 들고 독자의 경험을 되비추면서 이야기가 진실처럼 읽히기를 바라는 것 따위가 아니라고요. 만약 거울만 가지고도 인간의 경험을 충실히 다룰 수 있다면, 인류가 굳이 문학을 창작할 이유가 있었을까요?

짐 내가 보려고 작성하는 메모: 존 선생은 언론인이 아니다. 또한 논픽션 작가도 아니다. 하지만 그는 반드시 픽션이라곤 할 수 없는 기사 비슷한 텍스트를 쓰는 작가다. 그렇다.

을 몰았는지, 어떤 학교에 다녔는지, 그가 좋아한 소녀는 누구이고 그를 좋아한 소녀는 누구인지, 어떤 옷차림을 특히 좋아했는지, 어떤 영화를 특히 좋아했는지, 어떤 식당을 특히 좋아했는지, 어떤 밴드를 특히 좋아했는지, 태권도 몇 단이었는지, 침실 벽에 색칠은 나중에 하기로 하고—연필로, 아주 연하게—스케치해둔 밑그림은 어떤 모습인지, 그가 예술학교에 다니며 손수 그린 데생 가운데 유달리 자랑스러워했다고 여겨지는 작품은 무엇인지, 그것들의 주제에서 자살 '관념'의 징조가 드러난다고 말할 수 있는지, 그의 차에 붙여진 별명은 무엇인지, 양친이 제각기 그에게 붙여준 두 가지 별명은 무엇인지, 그가 학교에서 치른 마

…그가 학교에서 치른 마지막 쪽지 시험 문제—무엇이 좋은가? 무엇이 나쁜가? 나에게 '예술'은 무엇을 의미하는가? 앞에 놓인 탁자 위 의자를 보고 보이는 그대로 묘사한다면? 확인 완료: "무엇이 좋은가" 그리고 "무엇이 나쁜가"는 저자가 언급한 시험에 실제로 출제된 문항이고, "나에게 '예술'은 무엇을 의미하는가"도 마찬가지로 출제되었습니다. 하지만 일부 인용문에서는 비일관성이 발견됩니다. 정확한 시험 문제는 이것입니다. "앞에 놓인 탁자 위 의자를 보고, 그 의자를 보이

는 그대로 묘사한다면 (그것은 어떤 모습인가)? 추가적 논쟁: 이 문제들은 '쪽지 시험'이 아니라 '미술 예비 시험'에 출제되었습니다. 기억이 다소 가물거리긴 하지만 제 고교 시절을 돌이켜볼 때, 예비 시험은 학습을 독려하려는 취지에서 본 시험 전에 치르는 일종의 모의고사로, 통상 성적에는 반영되지 않습니다. 따라서 이런 걸 '쪽지 시험'이라고 일컫는 것은 부정확하다고 사료됩니다. 그리고 마지막으로: 해당 시험이 치러진 날짜는 1999년 8월 25일이고, 레비가 사망한 날짜는 2002년 7월 12일이므로, 설령 이 시험이 정말 '쪽지 시험'이었다 해도, '학교에서 마지막으로 치른 쪽지 시험'이었을 가능성은, 그에게 어지간한 행운이 따른 게 아닌 이상 매우 희박합니다.

존 그렇군요, 듣고 보니 말씀에 일리가 있네요. 이게 레비의 '마지막' 쪽지 시험은 아니었을 수도 있겠어요. 하지만 마지막이라고 말하는 편이 더 극적이기도 하고, 그런다고 누구한테 해가 되는 것도 아니잖아요. 이걸 레비의 마지막 쪽지 시험으로 기술한다고 해서 질투할 사람이 있는 것도 아니고요. 정말이지, 삼가 말씀드리면, 편집자님은 심히 얼토당토않은 걱정을 하고 계십니다. (그리고 덧붙이자면, 그 쪽지 시험을 '예비 시험'이라고 하자는 것도 아주 얼토당토않기는 매한가지죠. 정작 독자들 가운데 절반은 그딴 게 뭔지도 모를걸요.)

짐 안타깝게도, 저는 뭐가 얼토당토않은 사실인지 가려낼 만한 위치에 있지 않습니다. 저로서는 모든 것을 확인할 수밖에 없어요. 그런 것들을 선별할 권한이 제게 주어졌다면, 저도 이 에세이와 관련해 상당한 시간을 절약할 수 있었겠지요.

지막 쪽지 시험 문제—

> 무엇이 좋은가? 무엇이 나쁜가? 나에게 '예술'은 무엇을 의미하는가? 앞에 놓인 탁자 위 의자를 보고 보이는 그대로 묘사한다면?

—에 어떤 답을 내놓았는지, 그리고 레비가 복도 약장에 간직했던 향수 가운데, 그의 사망 석달 뒤 내가 처음 그 집을 방문할 때까지, 심지어 양친이 아들의 미술작품만을 남겨둔 채 카펫을 찢어 버리고 침대를 내다 버리고 벽장을 비워버린 그때까지도 그의 작은 침실에 여전히 잔향이 남아 있던 향수는 무엇이었는지 하는 것들이다.

레비 프레슬리에 관해 내가 확실히 아는 부분은, 뭐든 그의 모친 게일과 부친 레비 시니어가 그때껏 한 번도 만난 적 없는 사람

그리고 레비가 복도 약장에 간직했던 향수 가운데, 그의 사망 석달 뒤 내가 처음 그 집을 방문할 때까지, 심지어 양친이 아들의 미술작품만을 남겨둔 채 카펫을 찢어 버리고 침대를 내다 버리고 벽장을 비워버린 그때까지도 그의 작은 침실에 여전히 잔향이 남아 있던 향수는 무엇이었는지 하는 것들이다. 저로서는 이 향을 검증할 길이 없습니다. 그러니 저자의 말을 곧이곧대로 믿을 수밖에요.

레비 프레슬리에 관해 내가 확실히 아는 부분은, 뭐든 그의 모친 게일과 부친 레비 시니어가… 양친의 이름은 검시관 보고서를 통해 확인했습니다.

…부친 레비 시니어가… 엄밀히 말하면, 부친의 이름은 '레비 3세'입니다. 검시관 보고서에 기록된 레비의 이름이 '레비 4세'이니까요.

"원하시는 건 뭐든지요. 우린 무엇이든 기록으로 남길 작정입니다." 그들은 그렇게 말했다. 이 대목 역시 저

자의 말을 곧이곧대로 믿을 수밖에 없겠습니다. 하지만 기록 차원에서 말씀드리면, 저는 좀 의아합니다. 저자는 레비의 양친으로부터 면담에 대한 동의를 받아내는 데만 '몇 달'이 걸렸다고 했거든요. 그런데 에세이에서 양친은 그를 만나자마자, 생판 초면인 이 사람에게 개인사를 숨김없이 털어놓기로 결심합니다. 제가 저자와 얼굴을 맞대고 만난 적은 없기 때문에 그의 인간적 매력을 놓고 왈가왈부할 입장은 못 됩니다만, 이건 마치 날-봐요-나는-눈빛이-선량하고-이해심이-강해서-사람들은-나만-보면-그저-자신의-이야기를-들려주고-싶어-안달한답니다 하고 저자 스스로 자화자찬을 늘어놓는 것 같다니까요.

에게 열여섯 살 아들과 관련해 기꺼이 말하려 했던 것들, 그러니까 내가 두 사람을 만나자마자 알게 된 바로는, '무엇이든'이다.

"원하시는 건 뭐든지요. 우린 무엇이든 기록으로 남길 작정입니다." 그들은 그렇게 말했다.

그러나 레비 프레슬리를 개인적으로 알지 못하는 사람들, 이 소년을 오로지 시신이나 루머나 뉴스 방송이나 이름으로만 아는 라스베이거스 사람들 사이에서, 훗날 그의 죽음과 관련해 공식적으로 기록될 것들과 공식적 기록에서 삭제될 것들, 그리고 애초부터 레비 프레슬리의 죽음과 관련해 공식적으로 기록될 여지라고는 없었던 것들은, 이따금 레비 프레슬리의 자살이 전혀 다른 두 가지 버전으로 존재하는 듯 보이게 만들 정도로, 그의 양친이 보여준 간절한 솔직함과 너무도 완벽한 대조를 이루었다. 일각에서는 그 일이 7월 13일 토요일 오후 6시 1분경 스트래토스피어 호텔앤드카지노 북쪽 출입구 차

일각에서는 그 일이 7월 13일 토요일 오후 6시 1분경… 시간 부정확: 여기 적힌 '오후 6시 1분'은 시각의 근삿값으로서 부정확합니다. 왜냐면 사건이 오후 6시 1분 43초, 즉 6시 1분보다는 6시 2분과 더 가까운 시각에 발생했으니까요.

…스트래토스피어 호텔앤드카지노 북쪽 출입구 차량 진입로의… 방향이 '북쪽'이라는 건 검시관 보고서에서 확인했습니다. 그러나 관련 자료들 간에 상충하는 부분이 존재합니다. 검시관 보고서에 기록된 내용은 이렇습니다. "고인이 발견된 구역은 아스팔트가 깔린 북쪽 차량 진입로이며, 스트래토스피어 호텔앤드카지노의 주요 출입구로 이어져 있다." 그런데 바로 이 부분에서 혼선이 발생합니다. 왜냐하면 제가 조사차 '아스팔트가 깔린 북쪽 차량 진입로(검시관 보고서에 의거)' 내지 '북쪽 출입구 차량 진입로(저자의 설명에 의거)'를 직접 찾아가서 확인해봤더니, 벽돌로 포장된 구역은 있지만 아스팔트로 포장된 구역은 없더라고요. 그뿐이 아닙니다. 이쪽에 카지노로 통하는 출입구가 하나 있기는 한데, 그걸 '주요 출입구'라고 부르기에는 건물 주위의 다른 여러 출입구 역시 모두 비슷한 정도로 많이 사용되는 것처럼 보였거든요. 따라서 이 건은, 상당히 이례적이지만, 검시관 보고서 내용이 잘못된 듯합니다. 덧붙여, 해당 출입구의 실제 명칭은 '북쪽 출입구 차량 진입로'가 아닙니다. 진입로에서 이어지는 문에 '도어 5S'라고 적혀 있어요. 그리고 관련해서, 이 '차량 진입로'는 엄밀히 말해 차도가 맞긴 하지만, 외부 도로에서의 접근이 사실상 불가능해 보였습니다. 오로지 발렛파킹 용도로만 쓰이는 구역 같았거든요. 이런 곳을 '차량 진입로'라고 일컬어도 괜찮을까요?

…헤링본 무늬 벽돌길에서… 벽돌 무늬는 확인했습니다. 차량 진입로는 벽돌로 포장돼 있고, 각 벽돌은 서로 직각을 이루며 헤링본 무늬로 배치돼 있었습니다. 또한 이 무늬는 점점 그 모양이 어그러지다 카지노 입구에 이르면 결국 겹겹의 부채꼴 무늬를 그리게 됩니다.

…무더운 밤… 그날 밤 기후가 온난했다는 사실은 지역 날씨 기록을 통해 확인했습니다. 밤새 기온이 섭씨 37.2도 아래로 떨어지지 않았고, 오후 2시 무렵부터 저녁 7시를 한참 넘겼을 때까지는 심지어 43.9도보다도 더 높았으니까요.

…동풍이 불어… 사실 충돌: 온라인 매체 ‹웨더 언더그라운드Weather Underground›의 당일 보도에 따르면, 그날 밤에는 바람이 대체로 남서쪽·남쪽·남남서쪽으로 불었습니다. 다시 말해 동풍이 아니라 북동풍이 불었다는 뜻이죠. 제 생각에는 저자가 단순히 바람의 방향을 잘못 읽은 듯합니다. 흔히들 범하는 실수니까요.

…희부연 먼지가 날리고… 사실 충돌: 레비의 사망 시각 풍속은 시속 17.7킬로미터였습니다. 보퍼트 풍력계급을 기준으로 ‘산들바람’에 해당되는 속도죠. 물론 그날의 최대풍속은 ‘된바람’에 해당되는 시속 45킬로미터였고, 돌풍의 최대순간풍속은 ‘센바람’에 해당되는 시속 61킬로미터였긴 합니다. 하지만 이 텍스트에서는 오후 6시 1분의 상황을 묘사하고 있는데, 그날 바람은 밤 10시경이 지나서야 비로소 최고 풍속에 도달했습니다. 그러므로 ‘희부연 먼지’가 날릴 정도로 강한 바람이 불었다고는 생각하기 어렵습니다.

> 량 진입로의 헤링본 무늬 벽돌길에서, 무더운 밤, 동풍이 불어 희부연 먼지가 날리고, 주식 시장은 저조하고, 실업률은 높고, 달은 반쪽만 비치고, 화성과 목성은 정렬되어 여느 때와 별다르지

존 극적인 효과를 불어넣은 겁니다. 덧붙여, 먼지를 일으키는 데는 그리 강한 바람이 필요하지도 않고요. 그 시각 그 도시 어딘가에 있던 약간의 흙먼지가 바람이 불자 자욱하게 일어난 거겠죠. 이 문제는 이쯤 해두고 넘어갑시다.

주식 시장은 저조하고, 실업률은 높고… 확인 완료: 2002년 2분기에서 3분기로 넘어가는 시기, 즉 레비 프레슬리가 사망한 시기에는 경제 상황이 어려웠습니다. 다우존스 지수는 약 8600으로 저조했는데, 그해 최고치는 3월에 기록된 1만600이었고, 최저치는 10월에 기록된 7530이었습니다. 나스닥 지수는 2002년 1월에 고점을 찍었지만, 레비가 사망한 7월 중순에는 1300이었고, 스탠더드앤드푸어스S&P 지수와 뉴욕증권거래소 지수도 그해에 하락세를 보였습니다.

…달은 반쪽만 비치고… 사실 충돌: 달은 ‘반쪽’이라기엔 상당히 가늘게 비쳤습니다. 레비가 사망했을 무렵 달은 주기상 ‘상현달’이 떴고, ‹웨더 언더그라운드›에 따르면, 이는 달빛이 12퍼센트밖에 비치지 않았다는 의미니까요.

…화성과 목성은 정렬되어… ‘정렬alignment’이라는 표현은 거의 정확하다고 볼 수 있지만, 용례상 딱 들어맞는 용어는 아닙니다. 아스트로닷컴astro.com에 따르면, 화성과 목성 간 황경 차이는 9도 이내였습니다. 그러나 이러한 현상은 아스트롤로지닷컴astrology.com에 따르면, ‘정렬’보다는 ‘합conjunction’으로 간주됩니다.

…여느 때와 별다르지 않게 떠 있는 가운데… 확인 완료: 말 그대로 별다르지 않은 현상입니다. 실제로 우

주에서는, 그런 현상이 정말 상당히 흔하게, 2-3년에 한 번꼴로 나타나니까요. 알래스카대학 지구물리학 연구소 웹사이트에 따르면, "행성 간 합의 빈도는 행성 간 각거리와 설정 기간, 연관된 행성의 수에 의해 결정"됩니다. "준합quasi-conjunction일 때는 행성 간 각거리가 0.5도 미만인 상태가 며칠 동안 유지되기도 하지만, 합은 행성 간 각거리가 10도 이상일 때도 있기 때문에 그리 특별하지 않을 수도 있다"고 합니다. 또 같은 웹사이트의 '화성-목성 간 합' 항목에서는 "두 행성의 합을 1900년부터 2078년까지 기간의 26퍼센트에 해당되는 시간 동안 관찰할 수 있다"고 설명하는데요. 합의 시간 간격은 794-832일이고(91퍼센트), 그 외에 다섯 차례가 68-74일 및 976-981일의 시간 간격으로 발생한다고 합니다. 시간 간격이 가장 짧은 시기에는 합이 여러 차례 발생하고 가장 긴 시기에는 여러 차례 생략된다고도 하네요. 일반적으로 스물한 번째 합이 발생한 이후에는 비교적 긴 시간 간격을 두고(2026년부터 2029년까지 그리고 2073년부터 2076년까지) 합이 중단됩니다. 즉, 쉬운 용어로 바꿔 말하면, 저게 별다른 현상은 아니었다는 얘기죠.

않게 떠 있는 가운데, 고로 이 특정한 죽음의 실체적 진실을 둘러싸고 가령 네바다주 클라크카운티 검시관이 기록한 대로 레비 프레슬리의 시신이 "바로 누운" 자세에서, "손상"되었으되 "비교적 온전한" 상태로 스트래토스피어 호텔앤드카지노의 그 진입로에서 발견되었다거나, 경찰 보고서에 기록된 대로 레비 프레슬리의 시신이 "지면에 부딪쳐 산산조각 난 상태로" 스트래토스피어 호텔앤드카지노의 그 진입로에서 발견되었다거나, 인근 호텔에 있던 목격자가 진술한 대로 레비 프레슬리의 신체 부위들이 하루 뒤에 길 건너 18미터 남짓 떨어진 곳

돌: 여기서 '바로 누운'은 검시관 보고서에 기록된 표현이지만, '손상'되었다거나 '온전'하다는 표현은 저자가 검시관과의 인터뷰 중에 노트에 메모한 내용입니다. 그런데 저렇게 따옴표를 쳐놓으면 인용처가 전부 '검시관 보고서'라는 뜻이 돼버리니까, 내용이 부정확해집니다.

존 그래도 인용처를 전부 공식 보고서로 통일하는 쪽이 더 효율적입니다. 그러니 그대로 두시죠.

경찰 보고서에 기록된 대로 레비 프레슬리의 시신이 "지면에 부딪쳐 산산조각 난 상태로" 스트래토스피어 호텔앤드카지노의 그 진입로에서 발견되었다거나… 이 대목 역시, 엄밀히 말하면 부정확합니다. 이 진술은 저자와 라스베이거스 메트로폴리탄 경찰국 소속 티르소 도밍게스 경사 간의 인터뷰에서 나온 것이거든요. 정작 경찰 보고서에는 언급되어 있지 않습니다.

존 경찰 진술이나 경찰 보고서나 결국 본질은 똑같습니다. 게다가 '보고서' 쪽이 더 명확하게 들리기도 해서, 이것도 그대로 두겠습니다.

…네바다주 클라크카운티 검시관이 기록한 대로 레비 프레슬리의 시신이 "바로 누운" 자세에서, "손상"되었으되 "비교적 온전한" 상태로 스트래토스피어 호텔앤드카지노의 그 진입로에서 발견되었다거나… 사실 충

…인근 호텔에 있던 목격자가 진술한 대로 레비 프레슬리의 신체 부위들이 하루 뒤에 길 건너 18미터 남짓 떨어진 곳에서 발견되었다는… 지역 신문은 물론이고 구글 확장 검색에서도 이 내용이 언급된 기사는 찾지 못했습니다. 심지어 저자의 노트에서도 못 찾았고요. 그리고 솔직히, 이 이야기는 개연성이 한참 떨어집니다.

라스베이거스 대로 한복판에는 크고 작은 나무들이 늘어서 있습니다. 길 건너에는 패스트푸드 레스토랑이 있고요. 따라서 설령 그 뜻밖의 사건 증거물을 관계당국이 제때 처리하지 않았다 해도, 주민들이 나서서 처리했을 가능성이 상식적으로 더 높지 않나요? 설사 그들이 유달리 깔끔을 떠는 부류가 아니라 해도 말이죠. 선생님?

존 다시 한번 말씀드리지만, 이 내용은 레비의 사망 며칠 뒤 호텔 인근에서 사람들을 가볍게 인터뷰하던 중에 얻어들은 이야깁니다. 스트래토스피어 타워 인근 '네이키드시티'라는 동네였는데, 딱히 기분 좋은 장소는 아니에요. 불쾌하고 우울한 곳이죠. 저랑 대화를 나눈 사람 대부분이 술이나 약, 혹은 둘 모두에 취해 있기도 했고요. 그러니까 이건 진지하게 받아들일 만한 내용이 전혀 아니라는 겁니다. (그리고 저도 시 당국이 고인의 신체 부위를 며칠 동안 방치해두었을 거라고는 생각지 않아요.) 하지만 그걸 굳이 여기 써놓은 이유는, 레비의 죽음을 둘러싼 풍문의 내용을 보강하는 한편 사건을 조사하는 과정에서 나온 이런저런 불일치를 부각하기 위해섭니다. 가령 앞서 언급한 검시관 사무소와 경찰 기록에도 추락한 레비의 시신 상태와 관련해 명백히 모순되는 내용이 나오잖아요. 그래서 저는 이 '신체 부위'에 관한 미심쩍은 이야기가, 레비의 죽음과 관련 있어 보이는 사실들의 느슨함을 강조하기 위해서라도 반드시 들어가야 한다고 봅니다.

에서 발견되었다는 식의 서로 다른 사실들이 난무하게 된 원인으로 구태여 지목할 만한 그 어떤 현상도 없이 일어났다고 했다.

그런가 하면 그 죽음이 일어났을 리 없다고 단정하는 이도, 라스베이거스에는 더러 있었다.

2

이 두 번째 절에는 통계와 관련해서 전반적으로 문제가 존재합니다. 저자가 인용한 거의 모든 통계가 라스베이거스시의 상황을 묘사하는 것처럼 소개돼 있는데요, 실상 저자가 제공한 다수 자료의 일부 통계가 엄밀하게는 라스베이거스뿐 아니라 네바다주 클라크카운티(라스베이거스도 여기 속해 있죠), 때로는 심지어 네바다주 전체를 망라하는 다양한 인구 집단을 아우르거든요. 이런 식으로 혼용하면 문제가 생깁니다. 한 정부 관계자가 제게 설명한 바에 의하면, 클라크카운티에는 라스베이거스시에 비해 세 배쯤 많은 인구가 살고 있어요. 다시 말해 이건 사소한 불일치가 아니라는 겁니다. 그래서 저는 일부 정보가 라스베이거스보다는 네바다라든지 클라크카운티와 관련돼 있다는 사실을 구체적으로 밝혀두는 편이 낫다고 봅니다. 선생님, 이 내용을 에세이에서 추가로 명시할 의향은 없으신지요?

존 없습니다. 대단히 송구하지만, 말씀하신 내용은 사실관계가 완전히 잘못됐습니다. 클라크카운티는 라스베이거스나 마찬가지니까요. 물론, 클라크카운티는 라스베이거스 외에도 여러 지역 공동체로 이뤄져 있죠. 하지만 오늘날 우리가 '라스베이거스'라고 언급할 때에는 사실상 클라크카운티를 두고 말하는 경우가 대부분이거든요. 편집자님이 지적하셨듯이, 라스베이거스 자체는 비교적 작은 도시입니다. 그리고 지리학적으로 보자면, 일차적으로는 오늘날 라스베이거스 '다운타운'이라고 불리는—오래된 데다가 상당히 지저분해서 관광객들의 발길마저 뜸한—구역에 한정돼 있죠. 아닌 게 아니라 라스베이거스 스트립—'라스베이거스'라는 이름을 들으면 머릿속에 으레 떠오르는 구역—의 대부분은 라스베이거스보다는 클라크카운티에 위치해 있는 실정입니다. 일례로 플라밍고 호텔—현재의 스트립 지역에 최초로 들어선 호텔—은 1964년 문을 열 당시 라스베이거스 바로 남쪽에 위치한 네바다주 패러다이스에 터를 잡았는데, 이곳은 행정 구역상 클라크카운티에 속한 곳이죠. 플라밍고 호텔이 그곳에 세워진 이유는 버그시 시겔이 라스베이거스시 관할 구역을 벗어나고 싶어했기 때문입니다. 그럼에도 불구하고 저는 오늘날 우리가 플라밍고는 물론 스트립에서 플라밍고를 둘러싸고 있는 수십 곳의 호텔에 대해 '라스베이거스'가 아닌 곳에 위치한다고 보기는 어렵다고 생각합니다. 그래서 불일치가 존재하지 않는다는 겁니다. 저는 이렇게 정리하고 가는 게 맞다고 봐요. 독자들이 이 말도 안 되게 장황하고 어쭙잖은 설명을 구구절절 읽어야 하는 상황을 피하기 위해서라도 말이죠.

라스베이거스에서는 해마다 스스로 목숨을 끊는 사람의 수가 미국 내 다른 어떤 지역에서보다 더 많다.

FBI의 「통합 범죄 보고서Uniform Crime Report」에 따르면, 라스베이거스에서는 사람들의 자살 빈도가 너무 높아서, 실제로 그곳에서는, 가장 살기 위험한 도시로 지목되기도 한다는 사실이 무색하게도, 타인에 의해 살해당할 가능성보다 스스로 목숨을 끊을 가능성이 더 높을 정도다. 라스베이

라스베이거스에서는 해마다 스스로 목숨을 끊는 사람의 수가 미국 내 다른 어떤 지역에서보다 더 많다. 확인 완료: 『AP 통신*Associated Press*』 2004년 2월 9일 자 애덤 골드먼의 기사 「미국 자살의 수도」 참조.[1]

…라스베이거스에서는 사람들의 자살 빈도가 너무 높아서, 실제로 그곳에서는 … 타인에 의해 살해당할 가능성보다 스스로 목숨을 끊을 가능성이 더 높을 정도다. 확인 완료: 라스베이거스에서 사람이 살해당하는

빈도와 스스로 목숨을 끊는 빈도를 비교하기 위해 제가 찾아본 가장 믿을 만한 자료에 따르면, 이 시기에는 살인 사건이 169건, 자살 사건이 264건 발생했습니다. 이곳과 아래 나오는 통계 정보의 대부분은 별다른 언급이 없는 한, 네바다주에서 2001년부터 2003년까지 발행된 「네바다주 인구 동향 통계Nevada Vital Statistics」가 그 출처입니다.

FBI의 「통합 범죄 보고서」에 따르면 … 가장 살기 위험한 도시로 지목되기도 한다는 사실이 무색하게도… 사실 충돌: 사실 「통합 범죄 보고서」에서는 네바다주 전체를 두고 "세 번째로 위험한 주"라고 언급했지, 라스베이거스를 두고 세 번째로 위험한 '도시'라고 언급하진 않았습니다. 제 생각엔 저자가 자기 주장에 끼워 맞출 목적으로 이 사실에 손을 댄 듯합니다. 선생님, 독자들이 혼란스러워하지 않으려면, 이 통계가 주 전체에 대한 것이란 점을 밝혀둬야 하지 않을까요?

존 대체 누가 혼란스러워한다는 거죠? 제가 이 사실에 '손을 댄' 이유는 오히려 사람들의 혼란을 방지하기 위해섭니다. 라스베이거스(혹은 클라크카운티… 그곳을 뭐라고 부르시든 간에) 인구는 현재 약 190만 명이지만, 네바다주 전체 인구는 260만 명입니다. 그러니까 라스베이거스 인구가 네바다주 전체 인구의 73퍼센트를 차지하는 셈이죠. 저는 네바다주 전체에 관한 통계를 라스베이거스에 적용해도 무리가 없다고 봅니다. 특히 범죄와 관련해서는 더더욱. 그러니 이번 건도 그렇게 '정리'하죠.

거스에서는 스스로 목숨을 끊는 사람이 교통사고로 사망하는 사람이라든지 후천성면역결핍증AIDS으로 사망하는 사람, 폐렴이나 간경변, 당뇨로 사망하는 사람보다 더 많다. 통계적으로, 라스베이거스에서 인간의 목숨을 앗아갈 가능성이 그보다 더 높은 것이라고는 오로지 심장병과 뇌졸중, 몇 가지 유형의 암뿐이다.

라스베이거스에서는 스스로 목숨을 끊는 사람이 교통사고로 사망하는 … 사람보다 더 많다. 엄밀히 말하면, 거짓은 아닌 걸로 사료됩니다. 자살로 인한 사망은 264건, 교통사고로 인한 사망은 263건 발생했으니까요. 하지만 다소 억지스러운 느낌은 드네요.

…후천성면역결핍증으로 사망하는… 확인 완료: 264명 대 65명.

…폐렴이나… 대체로 확인되었습니다. 폐렴에 관한 통계는 대부분 독감과 결합되어 있어서 폐렴으로 사망한 사람의 수를 구체적으로 확인하기는 어렵습니다. 그러나 두 질환으로 인한 사망자 수가 도합 272명이고 자살로 인한 사망자 수는 264명이기 때문에, 폐렴 사망자 수가 자살 사망자 수보다 더 적다고 보아도 무방합니다.

…간경변… 확인 완료: 264명 대 155명.

…당뇨… 확인 완료: 264명 대 191명.

통계적으로, 라스베이거스에서 인간의 목숨을 앗아갈 가능성이 그보다 더 높은 것이라고는 오로지 심장병과… 네바다주 보고서에 따르면, 라스베이거스에서 이른바 '심장병'으로 사망한 사람의 수는 총 3054명입니다. 따라서 이 내용도 확인되었습니다.

…뇌졸중… 뇌졸중도 그렇네요, 679명입니다. 오, 모처럼 순조로운데요!

…몇 가지 유형의 암… 이 부분은 글의 타당성을 높이기 위해 사실을 좀 명확히 밝혀둘 필요가 있습니다. '몇 가지 유형의 암'이라는 설명은 너무 모호합니다. 이게 생물학적 형태가 다른 몇 가지 암을 뜻할 수도 있고, 생물학적 형태는 같지만 각기 다른 신체 부위에서 발견된 암을 뜻할 수도 있으니까요. 네바다주 보고서에 따르면, 그해 암으로 사망한 사람은 총 2762명이었습니다. 한편 그 보고서에서는 각기 다른 신체 부위에 발병한 암에 대한 통계까지 함께 제공하고 있는데, 예를 들어 상기도암으로 인한 사망자 수는 887명이었고, 하부 위장관 암으로 인한 사망자 수는 275명이었습니다. 하지만 이 두 범주에 속한 암을 제외하고는 사망자 수가 자살 사망자 수에 비해 많지 않았습니다. '그 외 불명확한 암으로 인한 사망자 수'라는 범주는 계산에서 제외한다면 말이죠. 참고로 그 범주에 속한 사망자 수는 280명이었습니다. 고로 문제는 이겁니다. 영국 암 연구소Cancer Research UK에 따르면, 특정 '유형의 암'에 대해 언급할 때는, 200가지 이상의 다양한 암이 60군데의 서로 다른 신체 기관에 발병할 수 있다는 사실을 유념해야 합니다. 그러므로 '몇 가지 유형의 암'이라는 말은 엄청나게 모호한 데다, 의미할 수 있는 바도 굉장히 다양합니다. 게다가 이 모호함을 그냥 안고 간다 해도, 네바다주 통계를 들여다보면, 지나치게 관대한 분석이라는 문제 제기가 가능합니다. (신체 부위를 기준으로) 오로지 두 '유형'의 암만이 자살에 비해 생명을 앗아가는 빈도가 더 높았으니까요. 또 알아두어야 할 것이, 그 두 부위에 발병하는 암만 해도 폐암, 기관암, 결장암, 기관지암, 직장암, 항문암 등이 있을뿐더러 이 암들을 다시 여러 갈래로 나눠서 진단하는 일도 가능하다는 사실입니다. 그것들이 세분되는 방식을 간단히 설명드리면, 국립 암 연구소National Cancer Institute는 '뇌종양'을 최소 아홉 가지 범주로 분류하고 그중 몇 가지는 또다시 더 작은 범주로 세분합니다. 이를테면 이런 식이죠. 성인기 뇌종양, 소아기 뇌종양-뇌줄기신경아교종, 소아기 뇌종양-소뇌별아교세포종, 소아기 뇌종양-대뇌별아교세포종/악성 신경교종, 소아기 뇌종양-뇌실막세포종, 소아기 뇌종양-수모세포종, 소아기 뇌종양-천막상부 원시신경외배엽종양, 소아기 뇌종양-시각경로 및 시상하부 신경교종, 그 외 소아기 뇌종양. 달리 말하면, 여기서 굳이 '유형'이라는 용어를 사용할 이유가 없다는 겁니다. 더욱이 통계 자료를 고려할 때, 그보다는 단순히 '암'이라고 말하는 편이 더 안전합니다. 아니면 암이 나뉠 수 있는 하위 범주와 하하위 범주를 고려해 '그 어떤 유형의 암도' 자살보다 더 많은 사람의 목숨을 앗아가지 않는다고 말하는 편이 가장 정확하겠지요.

이를 제외하면, 라스베이거스에서 인간은 스스로 목숨을 끊을 공산이 크다.

존 저는 제가 천막상부 원시신경외배엽종양과 소아기 수모세포종을 '몇 가지 유형의 암'이라는 범주로 함께 묶는다고 해서 독자들이 언짢아할 거라고는 도무지 생각되지 않습니다. 이런 시답잖은 얘긴 제발 그만하죠.

이를 제외하면, 라스베이거스에서 인간은 스스로 목숨을 끊을 공산이 크다. 사실 충돌: 실상 라스베이거스에는 자살보다 더 많은 사망을 유발하는 요인이 몇 가지 더 있습니다. 신장질환은 해마다 357명의 목숨을 앗아갑니다. 그에 비해 자살은 해마다 264명의 사망자를 발생시키죠. 패혈증(혈류 감염에 의한 중독)으로 인한 연간 사망자 수도 그보다 더 많은 333명입니다. 또한 네바다주의 보고에 따르면 '만성 하부호흡기 질환'(가령 만성 폐쇄성 폐질환이나 폐기종, 만성 기관지염, 낭성 섬유증 등)으로 인한 사망자 수는 자살 사망자 수보다 두 배 이상 많은 735명이고요.

짐작건대 이런 이유로, 소아 및 청소년 의료 기록보관소에 따르면, 라스베이거스는 아동학대에 의한 4세 미만 영유아의 사망률 또한 가장 높다. 사실 충돌: 해당 통계 자료에는 '4세 이하'라고 나와 있습니다. 다시 말해 4세 아동까지 포함된다는 뜻이죠. 수식으로 표현하자면 <4가 아니라 ≤4가 되는 겁니다(헬 로스먼·마이크 데이비스 공편, 『반짝이는 모래성*The Grit Beneath the Glitter*』, 캘리포니아대학 출판부, 2002, 136쪽 참조).[2]

그리고 10대 청소년의 마약 사용률도 미국 내에서 가장 높다. 사실 충돌: 약물 남용 및 정신건강 관리국 Substance Abuse and Mental Health Services Administration이라는 정부 기관에 이메일을 보내봤더니 리아 영이라는 사람이 이런 답장을 보내왔습니다. "라스베이거스에 관해 귀하가 문의하신 내용에 대하여 저희 쪽에서 네바다주 하위 행정구역 데이터 분석을 담당하는 통계학자에게 검토를 요청한 결과 다음과 같은 답변을 받았습니다. '해당 통계 결과는 저희 측에서 나온 게 아니라고 판단됩니다. 이유를 말씀드리죠. 라스베이거스는 클라크카운티에 속해 있습니다. 인구조사 결과에 따르면, 클라크카운티 인구는 약 160만 명이지만, 라스베이거스 인구는 약 50만 명에 불과합니다. 저희는 네바다주에서 1년에 900명, 3년이면 2700명을 표본으로 추출하는데, 그중 12-17세 인구는 약 900명입니다. 거듭 말씀드리지만, 네바다주 전체에서 말이죠. 그럼 라스베이거스에 거주하는 사람은 약 50만 명이고 네바다주에 거주하는 사람은 약 220만 명이니까, 라스베이거스 인구는 네바다주 인구의 4분의 1에 못 미치는 셈이고, 따라서 표본 수도 4분의 1보다 더 적을 것입니다. 다시 말해 3년을 기준으로 전체 표본 인구는 약 675명이고, 그중 청년 인구는 약 225명이란 얘기죠. 그러나 네바다주 하위 행정구역 보고서와 관련해 우리가 평가한 지역은 인구 규모가 라스베이거스의 세 배 이상인 클라크카운티였습니다. 따라서 그것을 단지 라스베이거스만을 평가한 자료라고 보기에는 무리가 있다는 판단입니다.' 더불어 제가 우리 기관에서 발행한 대도시 관련 자료도 살펴보았는데, 라스베이거스는 10대 청소년의 약물 남용률이 가장 높은 도시가 아니었습니다. 따라서 제 생각에 그 데이터는 저희 쪽에서 나온 게 아닌 듯합니다." 보시는 바와 같이 이 약물 남용 및 정신건강 관리국 관계자의 주장은 클라크카운티와 라스베이거스 관련 자료의 혼용에 대한 필자의 논거에 근본적으로 배치됩니다. 이 영이라는 분은 클라크카운티에 대한 통계치를 라스베이거스에 대한 통계치로 취급해선 안 된다는 입장을 취하고 있으니까요. 작은 오점: 필자의 노트에는 『진짜 라스베이거스: 스트립 저편의 삶*The Real Las Vegas: Life Beyond the Strip*』이라는 책 76쪽의 사본이 첨부돼 있는데, 거기에 이 내용이 통계치로 기재되어 있습니다. 그러니까 저자도 나름의 근거 자료는 갖고 있다는 얘기죠. 하지만 그렇다 해도, 위 관리국 측에 따르면 해당 자료는 틀렸을 가능성이 높습니다. 자, 어느 쪽이 나을까요? 저자의 주장에 대한 근거 자료를 수용할까요, 아니면 정확성을 기하는 차원에서 저자의 주장을 수정할까요?

술 취한 상태에서 운전하다 체포되는 사람 수도 미국에서 가장 많다. 『진짜 라스베이거스: 스트립 저편의

> 짐작건대 이런 이유로, 소아 및 청소년 의료 기록보관소 Archives of Pediatric and Adolescent에 따르면, 라스베이거스는 아동학대에 의한 4세 미만 영유아의 사망률 또한 가장 높다. 그리고 10대 청소년의 마약 사용률도 미국 내에서 가장 높다. 술 취한 상태에서 운전하다 체포되는 사람 수도 미국에서 가

삶』 85쪽에서 확인했습니다. 이 자료가 그래도 믿을 만하다는 전제하에 말이죠.

고등학교 중퇴율도 가장 높다. 『반짝이는 모래성』에서 확인했습니다. 단, 1999년의 통계 자료입니다.

가계 파산율도 가장 높다. ‹크레딧 슬립스Credit Slips›에 밥 로리스가 올린 '2006년 4월부터 2008년 3월까지 지역별 파산 신청률'에서 확인했습니다.

그리고 해마다 이혼 건수도 전국에서 가장 많다. 『반짝이는 모래성』에서 확인했습니다. 하지만 이 역시 한참 지난 통계입니다.

그 도시의 유일한 풀타임 정신 건강 관리시설 웨스트케 이사에 따르면, 매월 평균 500명의 시민이 정신과 치료를 타진하지만, 그들 가운데 어림잡아 49퍼센트는 그 어떤 치료도 받지 않는다. 『라스베이거스 머큐리*Las Vegas Mercury*』 2004년 4월 29일 자 래리 윌스의 기사 「마음이 중요하다」[3]에 따르면, 이 내용은 대체로 정확합니다. 하지만 이 평가를 시행한 인물은 해당 기사에 등장하는 조앤 루한이라는 여성인데, 웨스트케어 총괄이 아니라 그 시설 내 '위기 분류 센터' 이사입니다.

장 많다.

고등학교 중퇴율도 가장 높다.

가계 파산율도 가장 높다.

그리고 해마다 이혼 건수도 전국에서 가장 많다.

그 도시의 유일한 풀타임 정신 건강 관리시설 웨스트케어Westcare 이사에 따르면, 매월 평균 500명의 시민이 정신과 치료를 타진하지만, 그들 가운데 어림잡아 49퍼센트는 그 어떤 치료도 받지 않는다. 아닌 게 아니라 미국에서는 일반적으로 환자 10만 명당 평균 33개 병상이 정신과 치료에 사용되지만, 라스베이거스에서는 환자 10만 명당 겨우 4개의 병상만이 정신질환자를 치료하는 데 사용된다.

혹자는 정신질환자 치료 기반 시설 부족이 그 도시의 홈리스 인구를 급증시킨 요인 가운데 하나라고 추정한다. 『라스베이거스 선』의 2000년 보도에 따르면, 라스베이거스의 홈리스 인구수는 1989년 2000명이던 것이 1999년에는 1만8000명으로 늘어, 1990년대에 비율상 네 배 가까이 증가

아닌 게 아니라 미국에서는 일반적으로 환자 10만 명당 평균 33개 병상이 정신과 치료에 사용되지만, 라스베이거스에서는 환자 10만 명당 겨우 4개의 병상만이 정신질환자를 치료하는 데 사용된다. 클라크카운티에 대해서는 이 내용이 대체적으로 정확합니다. 하지만 구체적으로 라스베이거스에 적용되는 내용은 아닙니다. 또한 그 통계에 따르면, 환자 10만 명당 병상 수는 4개가 아니라 4.5개입니다(『라스베이거스 위클리』 2004년 7월 15일 자에 실린 데이먼 호지의 「웨스트케어를 지켜야 하는 다섯 가지 이유」 참조).[4]

혹자는 … 추정한다. 저자가 제공한 노트에는, 누구든 이런 추정을 한다는 내용을 뒷받침할 만한 자료가 없습니다. 어쩌면 저자 자신의 추측인지도 모르겠습니다. 혹시 저자가 스스로를 가리켜 '혹자'라고 일컬었을 가능성도 있을까요?

『라스베이거스 선』의 2000년 보도에 따르면, 라스베이거스의 홈리스 인구수는 1989년 2000명이던 것이 1999년에는 1만8000명으로 늘어, 1990년대에 비율상 네 배 가까이 증가했는데… 원자료에는 이상이 없습니다. 하지만 비율 추정치에서 문제가 발견됩니다. 여기 나온 수치를 있는 그

대로 적용하면, 두 시기의 인구 규모를 각각 감안할 때 '2000명'에서 '1만8000명'으로의 증가율은 4.88배라는 계산이 나오거든요. 그러므로 더 정확한 표현은 '네 배'가 아니라 '다섯 배 가까이'입니다.

…이러한 증가세는 라스베이거스 유권자들이 새로운 '삶의 질' 법을 통과시키는 도화선이 되었고, 이를 계기로 도심 환경개선 사업이 수십 차례 시행되면서 가령 "무단횡단, 보도 진로 방해, 여타 법규 위반을 구실로 홈리스를 체포하고 문제 구역을 청소하는" 조치들이 단행되었으며… 『AP 통신』 2003년 8월 5일 자 기사 「라스베이거스, 미국에서 가장 비열한 도시」[5]를 통해 확인했습니다.

…이를 근거로 2003년 미국 홈리스 연합은 라스베이거스를 "미국에서 가장 비열한 도시"라 일컬었다. 위 기사에서 확인.

그럼에도 2005년 네바다 개발당국이 발행한 『라스베이거스 전망』에 따르면, 매월 평균 8000명의 인구가 그 도시로 유입된다. 기관명과 출판물은 확인했습니다. 그런데 '신규 유입 인구' 차트에 따르면, 실상 신규

했는데, 이러한 증가세는 라스베이거스 유권자들이 새로운 '삶의 질' 법을 통과시키는 도화선이 되었고, 이를 계기로 도심 환경개선 사업이 수십 차례 시행되면서 가령 "무단횡단, 보도 진로 방해, 여타 법규 위반을 구실로 홈리스를 체포하고 문제 구역을 청소하는" 조치들이 단행되었으며, 이를 근거로 2003년 미국 홈리스 연합National Coalition for the Homeless은 라스베이거스를 "미국에서 가장 비열한 도시"라 일컬었다.

그럼에도 2005년 네바다 개발당국Nevada Development Authority이 발행한 『라스베이거스 전망*Las Vegas Perspective*』에 따르면, 매월 평균 8000명의 인구가 그 도시로 유입된다. 라스베이거스는 미국 내 주요 도시 가운데 성장세가 가장 가파른 지역이다. 그 결과 라스베이거스밸리는 토지 부족 현상이 눈에 띄게 심각해져서, 언젠가 한 지역 신문이 라스베이거스에서는 매시간 약 8093제곱미터의 땅이 새롭게 개발되고 부지마다 침실 세 개짜리 주택이 평균 여덟 채씩 빽빽이 들어선다는 기사를 보도했을 정도였다.

유입 인구수의 평균치는 8000명보다 8500명에 더 가깝고, 2004년에 라스베이거스로 이주한 사람은 10만2200명이 넘습니다. 이를 열두 달로 나누어 계산하면 평균 8520명이라는 수치가 나옵니다. 아무래도 저자가 수학에 좀 약한 듯합니다.

라스베이거스는 미국 내 주요 도시 가운데 성장세가 가장 가파른 지역이다. 이 주장을 구체적으로 뒷받침하는 자료는 존재하지 않지만, 네바다주는 실제로 성장세가 가장 가파르고, 라스베이거스는 실제로 네바다주에 속해 있으며 주에서 가장 큰 도시입니다. 하지만 네바다보다 규모가 더 크고 전반적 성장률은 더 낮은 여타 주의 하위 행정구역이 라스베이거스보다 더 가파른 성장세를 보일 가능성도 배제할 수는 없습니다. 저자는 이런 사실을 본인의 주장에 맞춰 과장하고 있는데, 저로서는 당혹스러울 따름입니다.

그 결과 라스베이거스밸리는 토지 부족 현상이 눈에 띄게 심각해져서, 언젠가 한 지역 신문이 라스베이거스에서는 매시간 약 8093제곱미터의 땅이 새롭게 개발되고 부지마다 침실 세 개짜리 주택이 평균 여덟 채씩 빽

빽이 들어선다는 기사를 보도했을 정도였다. 『라스베이거스 리뷰저널』 2003년 2월 13일 자에 실린 허블 스미스의 기사 「경영자들: 라스베이거스의 합리적 주택 공급은 기획이 좌우한다」[6]를 통해 사실로 확인되었습니다.

(『반짝이는 모래성』 136쪽 참조).

『포천*Fortune*』 지는 라스베이거스를 일컬어 "업종을 막론하고 사업을 하기에 미국 내 최적의 장소"라고 적었다.

『리타이어먼트 플레이시스*Retirement Places*』 지는 라스베이거스가 "미국에서 가장 바람직한 은퇴 공동체"라고 했다.

그런가 하면 『타임*Time*』 지는 라스베이거스를 "새로운 미국 대표 도시"로 명명했고, 같은 해 「미합중국 내 사회적 스트레스Social Stress in the United States」라는 제목의 한 연구에서는 라스베이거스를 주거 스트레스가 가장 심한 도시군으로 분류했다.

라스베이거스에서는 새로운 주민 다섯 명이 유입될 때마다 원주민이 세 명씩 유출된다.

『포천』 지는 라스베이거스를 일컬어 "업종을 막론하고 사업을 하기에 미국 내 최적의 장소"라고 적었다. 1998년도에 발행된 『포천』에서 확인했습니다.

『리타이어먼트 플레이시스』 지는 라스베이거스가 "미국에서 가장 바람직한 은퇴 공동체"라고 했다. 사실 충돌: 해당 기사는 1994년이 아닌 1995년에 발행되었고, 잡지 제호도 『리타이어먼트 플레이시스 리스티드*Retirement Places Listed*』가 맞습니다.

그런가 하면 『타임』 지는 라스베이거스를 "새로운 미국 대표 도시"로 명명했고… 『반짝이는 모래성』 127쪽에서 확인했습니다.

같은 해 「미합중국 내 사회적 스트레스」라는 제목의 한 연구에서는 라스베이거스를 주거 스트레스가 가장 심한 도시군으로 분류했다. 이 연구는 1986년, 즉 『타임』 지가 라스베이거스를 "새로운 미국 대표 도시"라고 명명하기 약 10년 전에 시행되었고, 이는 두 견해가 같은 해에 공표되었다고 역설함으로써 저자가 부각하고자 했을 것으로 사료되는 아이러니의 사실감을 떨어뜨립니다

라스베이거스에서는 새로운 주민 다섯 명이 유입될 때마다 원주민이 세 명씩 유출된다. 사실 충돌: 『뉴욕타임스*New York Times*』 2004년 5월 30일 자에 실린 딘 E. 머피의 기사 「라스베이거스에 흘러든 구도자들, 붕괴된 약속의 땅을 발견하다」[7]에 따르면, "네바다주 인구 통계학자 제프 하드캐슬은 일부 조사에서 추산된 수치를 근거로, 라스베이거스를 위시한 인근 클라크카운티 지역에서는 두 사람이 새로 들어올 때마다 한 사람이 떠난다"고 말했습니다. 또한 "미국 국세청의 최근 자료에는 그 비율이 1.5명당 1명꼴이라고 기술"되어 있다고 합니다. 그런데 보시다시피 두 비율 모두 저자가 써놓은 5대 3이라는 비율과는 일치하지 않습니다. 그나마 후자는 5대 3.33 정도로 꽤 근접한 편이고, 따라서 이 3분의 1명에 해당되는 수치를 대충 반올림하고 넘어가버릴 수도 있겠죠. 하지만 선생님, 혹시 이 부분을 고치실 의향은 없으신지요? 그래주시면 문제가 더 원만히 해결될 듯한데요.

존 제가 유난을 떤다고 여기실 수도 있지만, "라스베이거스에서는 새로운 주민 다섯 명이 유입될 때마다 원주민이 셋 하고도 3분의 1명씩 유출된다"라는 문장은 구문론적으로 〔원문장과〕 같은 울림을 주지 않는다고 생각됩니다.

3

나는 어머니를 돕기 위해 라스베이거스로 이사한 후, 라스베이거스 자살예방센터에서 자원봉사자로 일하기 시작했다. 센터 지침에 따라 '권리 포기 의향서'에 서명한 뒤, 100달러의 현금을 기부했으며, 3주 동안 그 도시의 자살 문제에 관한 교육을 받았다. 이 '권리 포기 의향서'는 저자의 노트에서 찾았습니다. 그런데 여기에는 자원봉사자가 센터 핫라인상에서 벌어진 일들을 언론에 언급할 수 없다는 내용이 적혀 있어요(말하자면 저자는 어찌 됐건 해당 규정을 어기고 있는 셈이죠). 또 이 기부금 영수증도 찾지 못했습니다. 저자가 '[본인의] 어머니를 돕기 위해' 라스베이거스로 이사했다는 걸 확증하는 자료도 못 찾았고요. 선생님, 혹시 이사 업체나 자살예방센터에서 받은 영수증이 있다면 제게 팩스로 보내주실 수 있을까요? 또 가능하면 어머님 전화번호도 부탁드립니다. 이 모든 일의 시간적 정보를 확인해야 할 듯해서요.

존 저는 기부금 영수증 같은 걸 챙기는 성격이 아닙니다. 그리고 행여 어머니한테 접근할 생각일랑 접으시고요.

나는 어머니를 돕기 위해 라스베이거스로 이사한 후, 라스베이거스 자살예방센터에서 자원봉사자로 일하기 시작했다. 센터 지침에 따라 '권리 포기 의향서'에 서명한 뒤, 100달러의 현금을 기부했으며, 3주 동안 그 도시의 자살 문제에 관한 교육을 받았다.

"어떤 사람들은 원인을 마약에서 찾고, 어떤 사람들은 스트레스에서 찾죠. 물론 자살을 도박 탓으로 돌리는 사람들은 늘 있고요." 센터장 마저리 웨스틴이 설명했다. "하지만 저는 성인이 된 이후로 줄곧 이 도시의 문제를 연구해왔고, 제가 보기에 그 이론은 전부 틀렸습니다. 실상은 그 누구도 자살에 관해 정답을 듣고 싶어하지 않아요."

마저리 웨스틴은 서른다섯 해 전, 아직 대학원생이던 시절에 라스베이거스 자살예방센터를 설립했다. 센터 자원봉사자는 스물세 명이고, 그중 한 명은 상시대기

했다. 이 인용문의 기본 골자는, 구문론적으로 순서가 좀 다르긴 하지만, 저자의 노트에서 확인이 가능합니다. 첨언하자면, 저자는 센터장의 이름도 바꿔놓았는데요, 실제 이름은 도러시 브라이언트입니다. 또한 참고로, (뒤에서 더 자세히 다루겠지만) 『클라크카운티 자살예방센터 행정 정책 및 절차집*Suicide Prevention Center of Clark County Administrative Policy and Procedures*』에는 이렇게 적혀 있습니다. "뉴스 매체나 출판물에 나가는 진술 및 기사는 오로지 센터장의 승인을 받은 관계자에 의해서만 제공될 수 있다. 이 구체적 권한을 부여받지 않은 사람은 본 센터 및 이곳의 업무에 관해 그 어떤 진술이나 기사도 제공할 수 없다." 저자는 그 여백에, 떡하니 이런 질문을 써놓았더군요. "그냥 내가 모든 이름을, 기관명까지 포함해서 싹 바꿔버리면?" 그래서 저는 저자가 다분히 의도적으로 그런 것이 아닌가….

센터 자원봉사자는 스물세 명이고… 사실 충돌: 『라스베이거스 머큐리』 기사에 따르면, 라스베이거스 핫라인에 자원봉사자로 지원한 사람은 서른 명입니다. 하지만 이 기사는 저자가 자원봉사자로 근무하던 시기보다 2년 늦게 발행되었으므로, 이후에 핫라인 자원봉사자를 추가로 모집했을 가능성도 배제할

"어떤 사람들은 원인을 마약에서 찾고, 어떤 사람들은 스트레스에서 찾죠. 물론 자살을 도박 탓으로 돌리는 사람들은 늘 있고요." 센터장 마저리 웨스틴이 설명

수는 없습니다(『라스베이거스 머큐리』 2004년 12월 16일 자 앤드루 카이럴리의 기사 「외줄 위의 생명」 참조).[1]

그중 한 명은 상시대기 당직의 일환으로 자택에서 전화를 받아야 한다. 『라스베이거스 리뷰저널』 2000년 3월 9일 자에 수록된 조앤 휘틀리의 기사 「도움의 전화」[2]를 통해 사실로 확인했습니다.

일종의 핫라인이지만, 보통 두 명의 숙련된 상담원이 함께 전화에 응답하며 주도적 위치에서 서로를 지원하는 일반 핫라인 시스템과는 차이가 있다. 『라스베이거스 선』 2001년 11월 23일 자에 실린 스테이시 윌리스의 기사 「자살 방지: 네바다주 자살 예방 프로그램, 전국 수준에 미달」[3]에서 사실임을 확인했습니다.

라스베이거스 자살예방센터는 … 지역의 한 전화 응답 서비스 업체를 고용해 핫라인 전화를 선별한 다음, 그중 '중요한' 전화만을 당직 자원봉사자에게 연결해준다. 위 기사에서 확인.

하지만 때로는 바로 그 전화 응답 서비스가 과부하되기도 한다. 때로는 전화 건 이에게 센터에 메시지를 남겨달라고 요청하기도 한다. 때

당직의 일환으로 자택에서 전화를 받아야 한다. 일종의 핫라인이지만, 보통 두 명의 숙련된 상담원이 함께 전화에 응답하며 주도적 위치에서 서로를 지원하는 일반 핫라인 시스템과는 차이가 있다.

즉, 라스베이거스 자살예방센터는 걸려오는 전화 건수에 비해 자원봉사 인력이 부족한 까닭에 지역의 한 전화 응답 서비스 업체를 고용해 핫라인 전화를 선별한 다음, 그중 '중요한' 전화만을 당직 자원봉사자에게 연결해준다.

하지만 때로는 바로 그 전화 응답 서비스가 과부하되기도 한다. 때로는 전화 건 이에게 센터에 메시지를 남겨달라고 요청하기도 한다. 때로는 발신자를 다른 주 핫라인에 연결해주기도 한다. 때로는 전화에 아예 응답조차 하지 못한다. 2001년 『라스베이거스 선』에서 실시한 조사에 따르면, 실제로 신문사 측에서 걸었던 전화 가운데 핫라인 상담원에게 연결된 비율은 55퍼센트에 불과했다.

로는 발신자를 다른 주 핫라인에 연결해주기도 한다. 때로는 전화에 아예 응답조차 하지 못한다. 2001년 『라스베이거스 선』에서 실시한 조사에 따르면, 실제로 신문사 측에서 걸었던 전화 가운데 핫라인 상담원에게 연결된 비율은 55퍼센트에 불과했다. 엄밀히 말하면, 미가공 수치는 이게 맞습니다. 하지만 해당 신문에서 실시한 조사는 과학적 '조사'라기보다 비공식 테스트에 가깝습니다. 조사원들은 문제의 핫라인에 20차례 전화를 걸었고, 상담원과 연결된 횟수는 20회 중 11회이며, 이걸 백분율로 환산해서 55퍼센트란 수치가 나온 겁니다. 기사를 좀 더 읽어보시죠. "전화 가운데 한 통은 응답을 받지 못했고, 두 통은 팩스 음성으로 수신되었으며, 여섯 통은 자동응답기로 연결되었다. … [그리고] 자동응답기로 연결된 통화 가운데 다섯 통은 또 다른 기관의 시외 자살 핫라인으로 넘겨졌고, 한 조사원은 메시지를 남길 것을 요청받았다."(『라스베이거스 선』 2001년 11월 23일 자 스테이시 윌리스의 기사 「자살 방지: 네바다주 자살 예방 프로그램, 전국 수준에 미달」 참조) 다음은 『라스베이거스 리뷰저널』의 기사입니다. "때때로 라스베이거스 자살예방센터는 핫라인에 응답할 인력을 확보하지 못한 상태에서 24시간 서비스를 홍보하기도 한다. 그러한 인력 공백 기간—센터장에 따르면, 일주일에 약 18시간 정도—에 걸려온 전화는 자동응답 서비스를 거쳐 네바다주 전역을 대상으로 운영되는 리노에 있는 센터의 자살 예방 전화로 넘겨진다."(『라스베이거스 리뷰저널』 2000년 3월 9일 자, 조앤 휘틀리의 기사 「자살 예방 전문가들, 취약한 이들에게 손 내밀기 위한 노력 강화해야」 참조)[4] 전화가 시외 자살 예방 전화로 연결될 때도 있다는 내용은 두 기사 모두에서 언급되지만, '다른 주 핫라인 전화'에 대해서는 일언반구 언급이 없었습니다.

나는 핫라인 사무소를 찾아서 플라밍고 길을 따라 동쪽으로, 라스베이거스 스트립으로부터 수 킬로미터를 벗어나, 시외로 이어지는 여러 갈래 고가도로 밑으로 차를 몰았다. 구글 지도를 보면, 실제 플라밍고로를 타고 가다 보면 라스베이거스 스트립 동쪽을 향하게 됩니다. 하지만, 저자가 어디서 출발했고 어디에 살았느냐에 따라, 실제로 그곳에 닿기 위해 이 도로를 따라 동쪽으로 이동했는지 여부가 결정되기 때문에 여기에는 불확실성이 존재합니다. 어느 쪽이든, 저자가 만약 스트립 쪽에서 출발했다면, 플라밍고로를 따라 샌드힐로 쪽으로 이동하는 경로는 그 어떤 주요 주간 고속도로와도 교차하지 않았을 것이고, 이는 글의 내용과 상충됩니다. 하지만 그곳이 스트립으로부터 '수 킬로미터를 벗어나' 있다는 내용은 사실입니다—정확한 거리는 7.1킬로미터고요.

라스베이거스 자살예방센터에서의 수업 첫날, 나는 핫라인 사무소를 찾아서 플라밍고 길을 따라 동쪽으로, 라스베이거스 스트립으로부터 수 킬로미터를 벗어나, 시외로 이어지는 여러 갈래 고가도로 밑으로 차를 몰았다.

샌드힐 길을 따라 남쪽으로 흙먼지 날리는 도로를 몇 킬로미터쯤 더 운전해 갔을 무렵, 여느 방문객이 보는 풍경과는 크게 동떨어진 그 거리의 버스 정류장에 있던 한 여성은, 방향을 묻는 내게 고개를 가로젓더니 내 차의 타他주 번호판을 다시금 살펴보았다.

"아니요, 저는 잘 모르겠네요." 여성은 시선을 돌리며 말했다.

핫라인 센터로 가는 길에는 이런저런 요양원과 트레일러하우스 주차장, 층수가 낮은 분홍색 월세형 모텔 들이 있었다. 오믈렛 하

샌드힐 길을 따라 남쪽으로 흙먼지 날리는 도로를 몇 킬로미터쯤 더 운전해 갔을 무렵, 여느 방문객이 보는 풍경과는 크게 동떨어진 그 거리의… 제가 가진 예의 그 문서에서는 센터의 위치가 사우스샌드힐로 3342번지인 것으로 확인됩니다. 그러나 이번에도 구글 지도를 보면, 그 주소는 플라밍고로에서 겨우 1.6킬로미터밖에 떨어져 있지 않은 데다, 그곳에 가려면 남쪽이 아닌 북쪽으로 이동해야 합니다.

…버스 정류장에 있던 한 여성은… 이 대화에 관한 기록은 저자의 노트에서 찾지 못했습니다. 만약 인터뷰 중에는 메모하지 않는다던 이야기가 사실이라면, 운전 중에도 하지 않았을 공산이 크긴 합니다.

핫라인 센터로 가는 길에는 이런저런 요양원과 … 한산한 주차장에는 보라색 애견미용 트럭 몇 대만이 우두커니 서 있었다. 환기하자면, 여기 나오는 업소명은 대부분 저자가 변경한 것으로 실제 명칭은 다음과 같습니다. '헬렌 그레고리 탤런트 센터' '트위티 네일숍' '래피드

의료용품 주식회사'. 또한 저자의 노트에는 보라색이 아닌 분홍색 애견 미용 트럭이라고 적혀 있더군요. 지역 안내서에 따르면, 머그샷 라운지는 이 장소에서 11킬로미터 남짓 떨어진, 네바다주 헨더슨의 노스볼더 고속도로 1120번지에 위치해 있습니다. 오믈렛 하우스는 (역시 이 장소와 가깝지 않은) 라스베이거스 노스볼더 고속도로 316번지에 있고요. 그런가 하면 알 필립스 세탁소는 이스트데저트인로에 위치합니다. 그런데 대단히 놀라운 점이라면, 래피드 의료용품과 24시 부동산은 실제로 저자가 언급한 교차로와 동일한 장소로 보이는 위치에 있다는 사실입니다.

존 운율적 효과를 고려해 '보라색'으로 고친 겁니다. 이것 역시, 그리 큰 문제는 아닌 듯한데요.

짐 그 외에 고치신 부분들은요?

…조심조심…이라는 이름의 무알콜 주점… '조심조심'이라는 이름과 인용문은 저자의 노트에서 찾았는데요, 그 술집 위치를 확인할 만한 지역 안내 책자는 발견하지 못했습니다.

우스와 머그샷 라운지와 알 필립스 세탁소 — 깃발 무료 세탁 — 도 있었다. 데저트인 길과 만나는 교차로에는 서로 다른 쇼핑센터 여섯 곳이 도로 네 모퉁이에 자리해 있었다. 24시 부동산 — 24시간 영업 중! — 과 헬렌 탤런트 에이전시 — 무료 재능 상담 — 와 제인의 매혹적인 새들 — 한 마리 구입 시 두 마리 무료 — 이 있었다. 페이머스 네일숍과 래피드 의료기상사가 있었고, 한산한 주차장에는 보라색 애견미용 트럭 몇 대만이 우두커니 서 있었다.

자살예방센터와 같은 블록에는 조심조심 — 신이 열고 인간은 닫을 수 없는 문 — 이라는 이름의 무알콜 주점과 후천성면역결핍증 검사를 해주는 카드 상점, 쇠사슬에 채워진 자물쇠가 하나도 없는 텅 빈 자전거 보관대가 있었다.

한편 막상 도착해서 본 자살예방센터는 방 하나짜리 사무실 몇 곳이 — 인력사무소, 텔레마케터, 상해 전문 변호사, 자칭 미국의 뒤뜰 주식회사라는 기관이 모여 — 화장실 한 칸과 비서 한 명, 건물에 하나밖에 없는 복도 중앙에 놓인 회의용 탁자 한 개를 공동으로 쓰는 특색 없는 건물이었다.

…후천성면역결핍증 검사를 해주는 카드 상점… 저자의 노트에 카드 상점이라고 적혀 있기는 합니다. 그렇지만 후천성면역결핍증 검사에 관한 내용이 빠져 있는 데다, 카드 상점의 이름도 기록되어 있지 않습니다. 따라서 그런 카드 상점이 정말 저자가 말하는 장소에 위치하는지는 확인이 어렵습니다.

…쇠사슬에 채워진 자물쇠가 하나도 없는 텅 빈 자전거 보관대… 저자의 노트에는 이에 관한 내용이 전무합니다. 그러나 라스베이거스와 같은 차량 중심 도시에, 그것도 스트립 구역에서 제법 떨어져 있는 어느 상가 건물 앞에 자전거 보관대가 존재할 가능성은 매우 희박해 보입니다. 제가 사는 지역은 힙한 자전거족의 중심지라고 해도 과언이 아니지만, 그런 이곳에서도 자전거 보관대는 좀처럼 눈에 띄지 않으니까요.

한편 막상 도착해서 본 자살예방센터는 방 하나짜리 사무실 몇 곳이—인력사무소, 텔레마케터, 상해 전문 변호사, 자칭 미국의 뒤뜰 주식회사라는 기관이 모여—화장실 한 칸과 비서 한 명, 건물에 하나밖에 없는 복도 중앙에 놓인 회의용 탁

자 한 개를 공동으로 쓰는 특색 없는 건물이었다. 저자의 노트에는 그 사무실이 벽면을 스투코로 마감한 작은 가옥으로 묘사돼 있을 뿐, 그 밖의 세부 사항에 관한 내용은 부재합니다. 와중에 '미국의 뒤뜰 주식회사'라는 기관만은 라스베이거스 지역 사업체 목록에 등재되어 있었습니다.

"라스베이거스란 도시에서는 해마다, 어김없이 300건의 자살 사건이 발생합니다. 그러니까 스물여섯 시간마다 한 명씩 자살하는 셈이죠. 그런데 우리 센터에서는 스물세 명의 자원봉사자가 여섯 시간씩 교대근무를 서고 있으니, 음… 계산해보세요. 이건 어차피 지는 싸움이에요." 수치가 부풀려져 있습니다. 네바다주 자체 추산에 따르면 라스베이거스의 연간 자살 건수는 264건입니다. 다시 말해 서른세 시간당 한 건꼴로 발생한다는 뜻이죠(센터장의 설명에 비하면 그나마 좀 나은 편이지만, 여전히 충격적인 수치이기는 합니다). 게다가 센터장의 진술에는 수학적으로도 허점이 존재합니다. 1년에 300건의 자살 사건이 발생한다는 건, 스물아홉 시간마다 한 명씩 자살한다는 뜻이니까요.

"우리도 제대로 된 콜센터를 운영하는 호사를 누리고야 싶지요." 마저리가 말했다. "거기에 적절한 자금과 충분한 자원봉사자 인력까지 받쳐주면 더 좋고요. 물론 전문 인력까지 확보하면 금상첨화겠지요. 하지만 라스베이거스란 도시에서는 해마다, 어김없이 300건의 자살 사건이 발생합니다. 그러니까 스물여섯 시간마다 한 명씩 자살하는 셈이죠. 그런데 우리 센터에서는 스물세 명의 자원봉사자가 여섯 시간씩 교대근무를 서고 있으니, 음… 계산해보세요. 이건 어차피 지는 싸움이에요."

그에 비해 리노시의 자살 위기 전화Suicide Crisis Call Line는 24시간 운영되는 센터로, 이곳에선 56시간의 전문 교육을 받고 미국자살학회American Association of Suicidology로부터 자격증을 취득한 예순다섯 명의 자원봉사자가 교대로 근무 중이었다.

그에 비해 리노시의 자살 위기 전화는 24시간 운영되는 센터로, 이곳에선 56시간의 전문 교육을 받고 미국자살학회로부터 자격증을 취득한 예순다섯 명의 자원봉사자가 교대로 근무 중이었다. 미국자살학회라는 곳은 실제로 존재합니다. 또한 리노시에서 운영한다는 단체(실제 명칭은 '위기 전화 센터 Crisis Call Center'입니다)가 그 협회의 인가를 받았다는 사실도 해당 단체의 웹사이트에서 확인했습니다. 비록 회원 개개인이 아닌 단체 자격으로 받은 것이긴 하지만, 그 정도는 용인이 가능하겠죠. 한편 그 웹사이트에는 전문 교육을 마치고 그곳에서 일하는 자원봉사자의 수가 65명이 아닌 70명이라고 나와 있습니다. 교육 시간도 56시간이 아니고요. 해당 웹사이트에 따르면, "자살 위기 전화 및 성폭력 피해자 지원 업무에 투입되는 자원봉사자들은 6주에 걸쳐 60시간 이상의 강도 높은 교육을 받는다"고 하네요. 하지만 또 저자의 노트에서 찾은 『라스베이거스 리뷰저널』의 한 기사에서는 자원봉사자가 65명에 교육 시간은 56시간이라고 설명합니다. 그래서 이 부분은 어쩌면 좋을지 난감한데요. 이곳 역시 저자가 이야기를 지어냈다기보다는 그저 서로 상충하는 자료 중에 한 가지를 채택한 걸로 보이거든요.

"하지만 거긴, 시 인구가 40만에다 연간 예산은 10만 달러예요. 그에 비하면 라스베이거스는 인구가 거의 다섯 배인 데다, 자살률은 여섯 배나 더 높지요. 재정 지원은 아무리 많이 받아야 1만5000달러 수준이고요." 이 인구 관련 수치에는 수학적으로 어폐가 있습니다. 2000년 미국 인구 조사국U.S. Census Bureau이 실시한 조사에 따르면, 리노시 인구는 18만 명이고, 워슈카운티 전체 인구가 33만9486명이어서, 제가 보기엔 저자가 워슈카운티에 대한 수치를 여기로 끌어온 듯합니다. 한편 같은 인구조사 기관에 따르면, 라스베이거스 인구는 47만8434명이고, 클라크카운티 전체 인구는 137만5765명이거든요. 즉, 설령 우리가 눈 딱 감고 이 잘못된 인구 통계치를 대입한다 해도, 130만 명은 리노 인구의 '다섯 배'이긴커녕 그 근삿값도 아니란 얘기가 됩니다. 심지어 라스베이거스와 클라크카운티에 대한 — 레비의 사망 시기 무렵이 아닌 — 가장 최근의 인구 추정치도 각각 57만 명과 171만551명이니까요. 다시 말해 여기 나오는 수치들은 어떻게 짜맞춰도 순 엉터리라는 겁니다. **라스베이거스 자살예방센터에 대한 재정**

"리노 센터가 우리 센터보다 더 낫다고 상정하는 사람도 꽤 있어요." 마저리가 말했다. "하지만 거긴, 시 인구가 40만에다 연간 예산은 10만 달러예요. 그에 비하면 라스베이거스는 인구가 거의 다섯 배인 데다, 자살률은 여섯 배나 더 높지요. 재정 지원은 아무리 많이 받아야 1만5000달러 수준이고요. 리노의 핫라인이 더 좋은 게 아니라니까요. 리노가 더 좋은 거죠. 그쪽은 시 차원에서 관심을 기울이잖아요."

다른 두 자원봉사자와 함께 교육을 받던 중에, 나는 마저리가 생각하는 '완벽한 핫라인 전화'란 무엇인지 알게 되었다.

"가장 바람직한 전화는 보통 다음 다섯 가지 기본 질문에 대한 다섯 가지 대답으로 귀결됩니다." 마저리가 말했다. "첫째, 그 사람이 누구인가? 당연한 얘기지만, 전화를 건 사람이 누군지 알아야 대화 중에 이름을 불러가며 마음을 더 편안하게 달래줄 수 있겠죠. 둘째, 그 사람은 무엇을 할 계획인가? 단지 이야기만 나누길 원하는가, 아니면 머리에 총을 대고 있는가? 셋째, 발신자가 어디에 있는가? 집인가, 차 안인가, 공공장소인가? 아시다시피 라스베이거스엔 호텔이 많잖아요. 우리 매뉴얼에 보면 '주

지원 문제와 관련해서는, 리노 센터에 대한 주정부의 지원 액수가 10만 달러라는 사실을 2001년『라스베이거스 선』 기사에서 확인했지만, 센터 웹사이트에는 연간 예산이 100만 달러라고 나와 있습니다(사이트에서 밝힌 "자금의 출처는 개인 기부금, 정부와 법인 및 재단 보조금, 〔미국의 자선 단체〕 유나이티드 웨이, 건당 진료비 지급 약정 … 등"입니다). 라스베이거스 핫라인에 대해서는 클라크카운티에서 1만 달러, 라스베이거스시에서 5000달러가 지원되고요 — 하지만 이것이 정말 지원금의 최대치인지는 의심스러운데, 가령 저자의 미심쩍은 기부금처럼 그 밖의 여러 출처에서 후원금을 받고 있을 가능성이 다분하거든요. 이 문제에 대해서는 '재정 지원'의 의미를 어떻게 해석하고 거기에 공적인 자금만 포함하느냐 사적인 기부금까지 고려하느냐에 따라 판단이 갈릴 듯합니다.

…'완벽한 핫라인 전화'… [이하] 이 대화를 비롯해 저자가 첫 전화를 받기까지 이어지는 인용문들은, 노트엔 있지만 전부가 아니고 일부입니다. 한편 해당 '매뉴얼'은 저자가 보내준 자료

상자를 샅샅이 뒤져봤지만, 찾아내지 못했습니다. 선생님, 혹시 실물 '매뉴얼'을 가지고 계실까요?
존 제가 가진 것은 이미 다 드렸습니다.

"우리 매뉴얼에 보면 '주요 호텔에서 걸려온 전화에 대응하는 법'이라는 장이 있어요." 여기서도 이 '매뉴얼'이라는 것이 도대체 뭔지 모르겠습니다. 지금으로선 3공 바인더에 철해 둔 웬 낱장 인쇄물이 유력하기는 한데, 보통 이런 걸 '매뉴얼'의 '장'이라고 간주하진 않으니까요. 게다가 서체도 문서철의 나머지 인쇄물과는 확연히 다

요 호텔에서 걸려온 전화에 대응하는 법'이라는 장이 있어요. 그런 상황에서 도움이 될 겁니다. 다음으로 넷째, 발신자가 언제 이 일을 실행에 옮길 것인가? 아무래도 그저 일진이 나쁜 사람이랑 방금 세코날 한 병을 몽땅 삼켜버린 사람을 같은 방식으로 대할 순 없겠죠. 그래서 마지막 다섯 번째 질문은 '어떻게'입니다. 총에 대해선 앞에서 이미 언급했고 알약에 대해서도 언급했지만, 사람이 스스로 목숨을 끊는 방법은 다양하니까요. 숨통을 막는 방법도 있고, 칼로 긋는 방법도 있고, 목을 매달거나, 분신하는 방법도…"

"'왜'는 없나요?" 수업 중에 내가 물었다.

"없습니다." 마저리는 말했다. "우린 절대 '왜'냐고는 묻지 않아요."

"왜죠?" 내가 물었다.

"왜냐하면 '왜'는 상담 치료 중에나 받을 법한 질문이니까요. 우리 핫라인 수준에서 감당할 만한 질문은 아니죠. 우리가 제공하는 건 정보예요. 이를테면 상담사에게 도움을 구할 수 있는 경로를 알려주는 겁니다. '왜'냐고 묻는 건, 벌레가 우글거리는 커다란 깡통을 열어버리는 꼴이나 마찬가지예요. 절 믿으세요, 까딱하면 다 망쳐버

르고요.
존 예, 뭐, 살짝 엉성하긴 하죠. 하지만 그래서 뭘 어쩌자는 겁니까?

…세코날… 국립 보건 연구소National Institutes of Health에 따르면, 세코날은 세코바비탈의 상표명이고, "불면증(잠들거나 잠자지 못하는 증상)의 단기 치료 약물로 사용"됩니다. "또한 세코날은 수술 전 불안을 경감시킬 목적으로도 사용"되는데, "세코바비탈은 바르비투르산염이라는 약의 일종"으로, "뇌의 활동을 늦추는 작용"을 합니다.

어머니는 약간의 부수입도 얻을 겸 장신구에 비즈를 달고 있었다. 저자가 모친의 연락처를 제공하지 않았기 때문에, 이 내용은 물론, 그분이 정말 고양이를 길렀고 '약간의 부수입'이 필요했는지에 대해서도 저로서는 확인이 불가능합니다. 하지만 수공예품을 팔아 부수입을 얻을 정도였다니 틀림없이 예술에 대한 조예가 상당하시겠지요.
존 이봐요, 적당히 합시다.

한 남성이 전화 저편에서 자위하며 "너무 외로워"라고 속삭였다. 이 통화 내용은 저자의 '자살 예방 일지'에서 그런대로 확인이 가능합니다. 하지만 분량이 겨우 한 쪽인 데다, 그날 밤 걸려온 고작 세 통의 전화에 대해서만 상술되어 있을 뿐입니다—그중 하나는 (저자의 노트에 따르면) "내게 말하면서 손장난하던" 남자에게서, 다른 하나는 갑자기 전화를 끊어버린 사람에게서, 나머지 하나는 저자가 그 아래에 언급한 여성에게서 걸려온 전화입니다.

많은 사람이 침묵하거나 숨소리만 내다 전화를 끊었다. 확인했습니다.

리게 된다니까요. 아무쪼록 섣불리 '왜'냐고 묻는 행동은 삼가시기 바랍니다."

"왜 세상이 끝날 거라고 느끼죠?" 나는 얼마 후 자원봉사를 하게 된 첫날 밤, 한 발신자에게 물었다.

"세상이 시작되진 않을 테니까요."

나는 집, 그러니까 어머니의 집에서, 예의 그 전화 응답 서비스를 거쳐 내 휴대전화로 연결된 상담 전화를 받고 있었다.

텔레비전이 켜져 있었다.

고양이는 등을 대고 누워 있었다.

어머니는 약간의 부수입도 얻을 겸 장신구에 비즈를 달고 있었다.

한 남성이 전화 저편에서 자위하며 "너무 외로워"라고 속삭였다.

많은 사람이 침묵하거나 숨소리만 내다 전화를 끊었다.

한 여성은 지역방송 저녁 뉴스 시간에 울면서 전화하더니, 일기예보가 시작될 무렵엔 뜬금없이 "창녀!"라고 외쳤다.

그날 밤 나는 여섯 시간 동안 매뉴얼을 무릎 위에 놓고 앉아서, 때로는 해야 할 것들과 하지 말아야 할 것들—"절대 '할 테면 해보라'는 식으로 발신자를 도발하지 말 것"—에 관한 장을 펼쳐보았고, 때로는 자살

한 여성은 지역방송 저녁 뉴스 시간에 울면서 전화하더니, 일기예보가 시작될 무렵엔 뜬금없이 "창녀!"라고 외쳤다. 이 전화에 관한 기록은 얼마간 존재합니다. 다만 이처럼 자세하지는 않습니다. 저자의 노트에는 (짐작건대 지역 저녁 뉴스 시간대인) 오후 6시 53분의 통화에 대해서만 다음과 같이 언급돼 있을 뿐이거든요. "여자가 전화, 화가 많이 나 있다 + 이해하기 어렵다, 자기가 (자기 생각에) 창녀였고, 강간을 당했다고 함." 나머지는 여기에 저자가 상상력을 발휘해 살을 붙인 듯합니다.

그날 밤 나는 여섯 시간 동안 매뉴얼을 무릎 위에 놓고 앉아서, 때로는 해야 할 것들과 하지 말아야 할 것들—"절대 '할 테면 해보라'는 식으로 발신자를 도발하지 말 것"—에 관한 장을 펼쳐보았고… 사실 충돌: 자, 이번에도 기록 차원에서 말씀드리면, 여기서 '장'이라고 칭하는 것들은 실상 메모에 더 가까운 낱장으로 된 인쇄물입니다. 예컨대 '자살예방센터 해야 할 것들과 하지 말아야 할 것들Do's and Don'ts'이라든지 '주의: 해야 할 것들

과 하지 말아야 할 것들' 따위의 제목을 달고 바인더에 묶여 있죠. (제가 교열 담당자는 아니지만, 〔아포스트로피가 빠진〕 '해야 할 것들과 하지 말아야 할 것들Dos and Don'ts'이 맞지 않나요? — 무엇보다 『뉴욕타임스』에서도 그렇게 표기하고요.) 여하튼 그 '매뉴얼'의 원본으로 추정되는 바인더에는 이 '해야 할 것들과 하지 말아야 할 것들'에 관한 인쇄물이, 여기 인용된 순서처럼 첫 번째가 아닌 두 번째 장으로 끼워져 있습니다. 첫 번째는 '주지 사항'에 관한 인쇄물이고요.

존 제가 그걸 '매뉴얼'이라고 부르는 이유는 다름 아닌 핫라인에서 그렇게 부르기 때문입니다. 그리고 '장'이라고 부르는 이유는 '낱장으로 된 인쇄물'보다야 '장'이라고 하는 편이 더 효율적이기 때문이고요. 아무래도 '때로는 해야 할 것들과 하지 말아야 할 것들에 관한 낱장으로 된 인쇄물을 펼쳐보았고…'라고 할 수는 없잖겠습니까.

…때로는 자살을 둘러싼 사실과 거짓—"자살은 10대들 사이에서 전염성이 있다고 여겨진다"—에 관한 장을… 이 내용은 '사실과 거짓' 인쇄물에서 확인을 둘러싼 사실과 거짓 — "자살은 10대들 사이에서 전염성이 있다고 여겨진다" — 에 관한 장을 펼쳐보았으며, 때로는 유용한 정보 — "어떤 사람이 당신에게 전화한다면, 그 사람은 당신의 도움을 원할 가능성이 높다" — 에 관한 장을 펼쳐보았으나, 내가 어떤 정보를 사용해야 하는지, 얼마나 많은 말을 해야 하는지, 얼마나 세세히 경청해야 하는지, 얼마나 다정해야 하는지, 정확히 얼마나 깊이 공감해야 하는지는 도무지 이해할 수 없었다.

그해 여름 그 핫라인을 통해 오래지 않아 깨달은 것은, 어떤 문제가 누군가에게 해결책일 때, 나로선 그 문제를 바로잡을 방법을 알 수 없다는 사실이었다.

사람들은 핫라인에 전화를 했고 나는 상황을 이해하기 시작했다. 언제부턴가 나는 "아니요" "그건 과민반응이에요" "다 괜찮아질 거예요"라고 말하는 대신, 이따금 내가 으레 해줘야 하는 대답이 존재한다는 생각마저 잊은 채 가만히 앉아서 고개를 끄덕거리곤 했다.

하지만 새로운 사람이 전화를 걸어올 때마다 나는 본능적으로 그 두꺼운 핫라인 매뉴얼과 거기 적힌 할 일 목록과 스웨디시 피시 젤리 봉지를 더듬거렸고, 어머니는 주황색 깃털이 달린 낚싯대를 집했습니다.

…때로는 유용한 정보—"어떤 사람이 당신에게 전화한다면, 그 사람은 당신의 도움을 원할 가능성이 높다"—에 관한 장을… 이건 '매뉴얼'에 아예 나오지 않는 내용입니다. 실제 출처는 저자가 수업 중에 작성한 메모이고요. 보아하니 '마저리', 그러니까 핫라인 책임자의 발언을 인용한 문장인 듯합니다.

사람들은 핫라인에 전화를 했고 나는 상황을 이해하기 시작했다. 언제부턴가 나는 "아니요" "그건 과민반응이에요" "다 괜찮아질 거예요"라고 말하는 대신, 이따금 내가 으레 해줘야 하는 대답이 존재한다는 생각마저 잊은 채 가만히 앉아서 고개를 끄덕거리곤 했다. 예의 그 일지에는 저자가 사람들에게 했던 얘기는 없고, 사람들이 저자에게 했던 얘기만 적혀 있습니다. 따라서 이 내용은 제 선에서 확인이 불가능합니다.

하지만 새로운 사람이 전화를 걸어올 때마다 나는 본능적으로 그 두꺼운 핫라인 매뉴얼과 거기 적힌 할 일 목록과 스웨디시 피시 젤리 봉지를 더듬거렸고, 어머니는 주황색 깃털이 달

린 낚싯대를 집으려 손을 더듬거렸고, 어머니의 고양이는 허공에 휘노는 그 낚싯대의 움직임을, 다만 눈빛으로 더듬거렸다. 여기서 이 '매뉴얼' 문제를 다시 거론해봐야 부질없는 짓이겠지만, 그래도 저는 이 문서가 그 정도로 두껍진 않다는 점을 기록 차원에서 계속 지적할 작정입니다. '스웨디시 피시Swedish Fish'의 철자는 (웹사이트에서 확인한 결과) 올바르게 표기되었습니다. 그리고 저자의 모친이 정말 고양이를 길렀는지에 대해서는 굳이 확인하려고 들지 않겠습니다. 보나마나 선생님은 제가 고양이 이름만 물어도 언짢아하실 게 뻔하니까요.

으려 손을 더듬거렸고, 어머니의 고양이는 허공에 휘노는 그 낚싯대의 움직임을, 다만 눈빛으로 더듬거렸다.

토요일이었고, 더웠고, 바람이 세차게 불었지만 집 안으로 들지는 않았다.

달이 비치기 시작했다. 반쪽만 환히 빛났다.

어린 소년이 잠시 전화했다가, 별말 없이 끊어버렸다.

토요일이었고… 글 내용으로 미루어 저자에게 전화한 사람은 레비 프레슬리였고, 그 사람이 전화한 날은 레비 프레슬리의 사망일이었으므로, 이날이 실제로 토요일이었다는 것은 첫 번째 절의 상세한 설명을 바탕으로 확인이 가능합니다.

…더웠고… 위와 같음. 첫 번째 절 참조.

…바람이 세차게 불었지만 집 안으로 들지는 않았다. 앞서 증명했다시피 레비 프레슬리가 사망한 시각, 그러니까 저자가 핫라인 근무를 하고 있었다고 추정되는 저녁 시간대에는 강풍이 불지 않았으므로, 이 설명은 부정확합니다.

반쪽만 환히 빛났다. 이 역시 앞서 거짓으로 증명된 사안입니다. 그날 밤에는 달의 12퍼센트밖에 볼 수 없었습니다.

어린 소년이 잠시 전화했다가… 자위하던 남자나 '창녀'에게 걸려온 전화에 대해서는 저자의 일지에 메모 형식으로 기록되어 있지만, 저자가 레비라고 암시하는, 혹은 뒤늦게 추정하는 이 어린 소년에 대해서는 그런 식의 기록이 남아 있지 않습니다. 한데 이건 중요한 문제라, 선생님?

존 저로서는 뭐가 문제인지 모르겠군요. 소년의 전화를 받았을 당시에 제가 별 주의를 기울이지 않았다는 건 텍스트를 읽어보면 바로 알 수 있을 텐데요. 그날 밤 레비의 죽음에 대해 알기 전까지는 문제의 전화가 그리 의미심장하게 다가오지 않았거든요. 그래서 그 내용을 굳이 일지에 적어둘 필요성을 못 느꼈던 겁니다. 통화 중에 중요한 얘기가 오간 것도 아니었고요.

짐 하지만 자위하는 남자라든지 숨소리가 거친 사람, 자신을 '창녀'라고 일컫는 여자한테 걸려온 전화에 대해서는 기록해두셨잖아요. 그런데 이 전화에 대해서만 기록을 남기지 않을 이유가 없죠. 무엇보다—적어도 선생님 노트에 적힌 내용상으로는—그날 밤에 그다지 많은 전화를 받으신 것 같지도 않고요. 달리 말하면, 그 아이의 전화에 대해 한 자도 적지 못할 정도로 바쁘셨을 것 같진 않다는 겁니다. 더욱이, 제가 글 뒷부분을 미리 훑어봤더니 일곱 번째 절에서 선생님은 소년과의 이 통화 내용을 사실상 한 마디 한 마디 인용하고 계시던데요. 그게 '그리 의미심장하게 다가오지 않았'고 당시의 대화에 대해 아무것도 적어두지 않았다는 얘기가 무색할 정도로 말이죠.

존 그런 걸 기억이라고 부르는 겁니다. 지금 하시는

비난은 부적절하군요.

짐 전 제 일을 하고 있을 따름입니다. 위에서 아주 철저하게 검토하라는 지시를 받았거든요. 부디 양해를 부탁드립니다. 그리고 이 건은, 선생님 의견을 따르겠습니다. 그래요, 앞으로 그런 건 '기억'이라고 부르기로 하죠.

그러곤 당직이 이어지는 사이 「히틀러와 오컬트Hitler and the Occult」며 「공간 교환: 보스턴Trading Spaces: Boston」이며 지역 심야 뉴스가 방영되었고, 뉴스 화면에 잡힌 현장에는 희고도 얼룩덜룩한 시트가 구겨진 채 널브러져 있었다. 푸른 빛. 누군가의 신발. 스트래토스피어 호텔의 붉은 누각 입구와 주위에 둘러진 노란 테이프.

그러곤 당직이 이어지는 사이 「히틀러와 오컬트」며 「공간 교환: 보스턴」이며… 이 히틀러 관련 프로그램은 놀랍게도 실존합니다. 게다가 제리 크로라는 사람의 홈페이지에 상세히 묘사돼 있기도 하고요. 그 사람은 은퇴한 시스템 분석가이자 컴퓨터 프로그래머인데, 보아하니 4512개에 달하는 TV 드라마의 비디오테이프 요약본을 소장해 방대한 데이터베이스를 구축해놓은 듯합니다. "1만 3414편 이상의 작품을 … 가족과 친구들이 볼 수 있도록" 말이죠. 「공간 교환: 보스턴」이라는 방송 프로그램도 확인했습니다.

…지역 심야 뉴스가 방영되었고, 뉴스 화면에 잡힌 현장에는 희고도 얼룩덜룩한 시트가 구겨진 채 널브러져 있었다. 푸른 빛. 누군가의 신발. 스트래토스피어 호텔의 붉은 누각 입구와 주위에 둘러진 노란 테이프. 이 내용과 관련해서는 제공받은 기록이 없는데요, 저자가 여기 부여하고자 하는 의미의 깊이를 고려할 때, 다소 의아한 부분입니다. 또한 스트래토스피어 호텔의 '붉은 누각 입구'와 관련해서도 참고하거나 뒷받침할 만한 자료를 찾지 못했습니다.

존 벽돌입니다. 그러니까, 붉은색 벽돌이요. 그리고 입구 주변이 휑한 데다 바닥이 포장돼 있으니까, 제 나름대로 그 구역을 누각이라고 부른 것이고요.

짐 예. 그러실 수 있죠. 정 그곳에 공식 명칭처럼 들리는 이름을 붙이셔야겠다면 말이죠. 하지만 제가 스트래토스피어에 가봤을 때는 문제의 입구 주변에 '붉은' 것이 없었습니다. 차량 진입로에는, 앞서 언급한 대로 벽돌이 깔려 있었지만요. 그리고 제가 본 그 벽돌은 갈색이었습니다.

4

이 절에 언급되는 통계의 목표는 사실에 충실한 진술을 나열하는 것이라기보다, 자살을 둘러싸고 여러 모순된 진술이 존재한다는 점을 보여주는 것에 가까워 보입니다. 그러므로 이 네 번째 절에서는 주장된 진술의 신빙성을 검증하려 하기보다 저자가 진술한 내용이 적어도 누군가에 의해—어딘가에서, 어느 시점엔가—주장되었다는 증거를 찾는 작업에 주력했습니다. 또한 그런저런 이유로, 여러 자살 위험 인자에 대해 시행된 각종 연구는 물론 제가 참조한 연구의 신뢰성에 대해서도 교차 점검을 시도하지 않았습니다. 요컨대 여기서 저는 최대한 절제하며 저자에게 자유를 부여해 볼까 합니다.

자살 사건의 겨우 40퍼센트만이 화학적 불균형의 결과로 추정된다. 나머지 60퍼센트의 유발 요인은 '불명확한 인자들'이다.

사람들이 스스로 목숨을 끊을 가능성은 여느 환경에 비해 도시에서 네 배 더 높다고 알려져 있다.

그러나 시골 역시 상황이 나쁠 수 있다고 알려져 있다.

오후 열두 시에서 여섯 시 사이의 시간대도.

자살 사건의 겨우 40퍼센트만이 화학적 불균형의 결과로 추정된다. 나머지 60퍼센트의 유발 요인은 '불명확한 인자들'이다. 이에 대한 자료는 없었고, 이런 내용이 담긴 문헌도 찾을 수 없었습니다. 다시 말해 '[저자에 의한] 추정…'일 공산이 큽니다.

사람들이… 우선, '사람들'이라는 용어의 보편성에 대한 재고가 필요합니다. 여기서 말하는 사람들이란 세상 모든 사람을 가리키는, 전체 문화권을 아우르는 용어일까요, 아니면 그저 미국인을 가리키는 용어일까요? 그도 아니면 이런 종류의 연구가 시행되고 대개는 비교적 엄격한 통계자료가 보존되는 선진국 국민만을 고려한 용어일까요? 또한 지금까지 제가 살펴본 연구의 대부분은 그 대상을 특정한 지리적 혹은 사회경제적 혹은 문화적 집단에 국한하는 경향을 보였습니다. 따라서 이 진술은 아무리 봐도 그대로 쓰기에는 지나치게 모호합니다.

…스스로 목숨을 끊을 가능성은 여느 환경에 비해 도시에서 네 배 더 높다… 확인 완료: 에르키 이소멧세 외, 「도시의 자살과 시골의 자살, 어떻게 다른가」, 『스칸디나비아 정신의학회지*Acta Psychiatrica Scandinavica*』 제95권, 1997, 297-305쪽 참조.[1] 다만 이 학회지는 발행국가가 핀란드라서 이 논문과 저자가 관철하고자 하는 내용 사이의 관련성을 확신하기는 어렵습니다.

그러나 시골 역시 상황이 나쁠 수 있다고 알려져 있다. 역시 확인 완료: 『데일리 아이오완*Daily Iowan*』 2010년 6월 11일 자 기사 「아이오와주 시골 지역의 자살률 증가」 참조.[2]

오후 열두 시에서 여섯 시 사이의 시간대도. 자료 불일치: 제가 찾은 한 보고서에 따르면, 45세 이상인 사람에게는 오전 8시에서 11시 사이의 시간대가, 그보다 어린 사람에게는 오후 4시에서 7시 사이의 시간대가 특히 위험합니다(안토니오 프레티·파올라 미오토, 「이탈리아 내 연령과 성별에 따른 자살의 일변화」, 『정동장애 저널*Journal of Affective Disorders*』 제65권 3호, 2001년 8월, 253-261쪽).[3] 하지만 또 다른 논문에선 "남성은 오후 6시에서 9시 사이 그리고 여성은 오후 3시에서 6시 사이에 자살 기도가 더 빈번하다"라고 합니다(「응급실 내 자살 기도와 기후 및 일중 시간대의 상관관계」, 『미국 응급의학회지*American Journal of Emergency Medicine*』 제21권 4호, 2003년 7월, 271쪽).[4] 그러므로 이 쟁점에 대한 일치된 견해는 사실상 도출되지 않았다고 보는 것이 적절합니다.

오월도. 확인 완료: 한 연구에 따르면, "자살 기도에 있어 유의미한 계절적 변동이 나타났는데, 여성들 사이에서는 5월과 10월을 정점으로 하는 뚜렷한 이계절적bi-seasonal 패턴이 관찰되었고, 남성들 사이에서는 여름을 정점으로 하는 순환적 패턴만이 관찰"되었습니다(「홍콩특별행정구 내 자살 사망 및 자살 기도의 계절적 변동에 대한 비교 연구」, 『정동장애 저널』 제81권 3호, 2004년 9월, 251-257쪽).[5] 또한 여타 다수의 논문에서도 봄을 가장 위험한 시기로 지목합니다.

오월도.

겨울도.

커피를 마시지 않는 사람도 커피를 마시는 사람에 비해 자살할 가능성이 세 배 더 높다.

페서리 대신 경구피임약을 사용하는 여성도, 목이나 아래팔에 문신이 있는 남성도, 초록색 눈동자를 가진 어린이도, 아말감으로 치아를 충전한 사람도 마찬가지다.

겨울도. 확인 완료: 계절성 정동장애와 그 부작용에 대해서는, 이를테면 「계절성 정동장애」(S. 아테자즈 사이드·티머시 J. 브루스, 『미국 가정의학회지 *American Family Physician*』, 1998년 3월 15일)[6]와 같은 문헌을 통해 이미 빈번하게 입증되었습니다. 그러나 또 다른 논문(헬리네 하코, 「핀란드 내 자살과 살인의 계절적 변동: 계절성 연구에 사용된 통계 기법에 관한 중점 연구」)[7]에서는 봄과 여름에 자살률이 가장 높고 겨울에는 가장 낮으며 "여름 및 겨울 우울증을 유발하는 인자들 또한 자살의 위험 인자"라는 것이 문헌에 의해 전반적으로 충분히 입증되었다고 주장하면서 다음과 같이 적고 있습니다. "하지만 실제로 자살 희생자의 계절성 정동장애 유병률과 계절성 정동장애 환자의 자살 발생률을 둘 다 조사한 연구 논문은 부족한 실정이다. 계절성 정동장애로 진단된 환자들에 대한 추적 연구에서는, 환자 124명 가운데 오직 한 명 만이 [자살을] 단행한 것으로 밝혀졌다(Thompson et al. 1995)." 그래도 몇몇 논문에서 겨울이 실제로 언급되었고, 여기서 저자가 말하고자 하는 바는 일부 연구자들이 그렇게 주장했다는 것이 전부이기 때문에, 이 내용은 그대로 두어도 괜찮을 듯합니다. 이상입니다.

커피를 마시지 않는 사람도 커피를 마시는 사람에 비해 자살할 가능성이 세 배 더 높다. 확인 완료: 「여성의 커피 음용과 자살에 대한 전향적 연구」, 『내과학 아카이브*Archives of Internal Medicine*』 제156권 5호, 1996년 3월 11일, 521-525쪽.[8]

페서리 대신 경구피임약을 사용하는 여성도… 확인 완료: 제가 찾은 한 연구 논문에 경구피임약 속 호르몬 성분이 자살을 유도할 수 있다고 구체적으로 기술되어 있습니다. 다만 페서리는 동일한 효과를 일으키지 않을 것으로 추정됩니다.(「호르몬 피임약의 정서적 부작용은 약리적 혹은 심리적 메커니즘에서 비롯되는가?」, 『의학 가설 *Medical Hypotheses*』 제63권 2호, 2004, 268-273쪽)[9]

…목이나 아래팔에 문신이 있는 남성도… 젊은 남성의 문신 유무와 자살 유병률 간 상관관계를 연구한 한 논문에서 문신을 위험 가능 인자로 규정하는 한편 "문신은 젊은 층의 자살뿐 아니라 사고사에 대해서도 치사율을 가늠하는 표지자로 기능할 가능성이 있는데, 두 죽음이 약물 남용이나 인격장애와 같은 위험 인자를 공유하기 때문"이라고 밝히면서도, "자살 위기에 처한 젊은이들의 문신에 관한 조사의 임상적 가치에

대해서는 추가적 연구가 필요하다"고 설명한 바 있습니다.(「젊은 자살 희생자의 문신이 위험 표지자로 기능할 가능성에 대한 사례 대조군 연구」, 『정동장애 저널』 제59권 2호, 2000년 8월, 165-168쪽)[10]

…**초록색 눈동자를 가진 어린이도…** 너무 황당해서 굳이 조사할 필요성을 못 느낍니다.

…**아말감으로 치아를 충전한 사람도 마찬가지다.** 확인 완료: 자살로 이어지는 우울증과 수은 중독의 밀접한 연관성을 고려할 때, 수은을 함유한 충전재는 자살 위험을 가중시킬 가능성이 농후하다고 하겠습니다(치과용 아말감 수은 문제 해결 협회DAMS, 「치과용 아말감 논쟁」, 2005년 8월).[11]

태생 별자리가 양자리, 쌍둥이자리, 사자자리인 사람 역시 상황이 좋지 않다.

보름달보다는 초승달이 떴을 때 사람은 자살 욕구를 더 강하게 느낀다. 반려동물이 없을 때도, 총을 소지하고 있을 때도, 연소득이 3만2000달러에서 5만8000달러 사이일 때도.

태생 별자리가 양자리, 쌍둥이자리, 사자자리인 사람 역시 상황이 좋지 않다. 이 내용을 확인할 만한 근거는 아주 작은 것조차 찾을 수 없었습니다. 모름지기 명망 높은 의사라면 자살에서 점성술적 패턴을 찾으려 들었을 리 만무하니까요. 짐작건대 저자가 지어낸 내용일 공산이 큽니다.

보름달보다는 초승달이 떴을 때 사람은 자살 욕구를 더 강하게 느낀다. 제법 놀라운 얘긴데, '자살과 달의 연관성'에 관한 어느 연구논문의 초록에 따르면—적어도 1972년부터 1975년까지 오하이오주 쿠야호가카운티의 피험자들 사이에서는—연도별, 월별, 요일별, 달의 위상별, 공휴일별 자살률을 살펴본 결과 "오로지 달의 위상 변화와 관련해서만 자살률에 있어 유의미한 차이가 나타났고, 초승달이 뜨는 시기에는 해당 표본 집단의 자살률 증가가 관찰되었지만 보름달이 뜨는 시기에는 관찰되지 않았다"고 합니다(「자살과 달의 연관성」, 『자살과 생명을 위협하는 행동 *Suicide and Life Threatening Behavior*』 제7권 1호, 1977년 봄, 31-39쪽).[12]

반려동물이 없을 때도… 확인 완료: 플로리다 정신건강 연구소Florida Mental Health Institute의 '청년기 자살 예방' 지침에 따르면, "반려동물에 대한 책임감"은 자살 위험을 감소시키므로, 역의 경우도 성립한다는 추정이 가능합니다.

…**총을 소지하고 있을 때도…** 확인되었고, 자료 원문은 이렇습니다. "총기가 더 많은 곳에서는 자살 사건이 더 빈발한다고, 전미연구평의회National Research Council, NRC는 지난겨울 발표된 총기 정책에 관한 보고서에서 결론지었다. 자택 내 총기 소지 비율이 더 높은 지역일수록 자살률도 더 높았고, 심지어 가령 이혼율이나 실업률과 같은 여타 자살 관련 요인을 통제했을 때도 결과는 마찬가지였다. 2002년에는 미국인 3만1655명이 스스로 목숨을 끊었고, 그중 1만7108명은 총기를 사용했다. 총기 보급률이 자살률과 관련된 유일한 예측 변수는 아니다. 문화적 요인 역시 핵심 변수 노릇을 한다. 일례로 중국은 미국보다 총기 보급률이 더 낮지만 자살률은 더 높다. 그럼에도 미국 내에서는 그 관련성이 분명하다고, 평의회는 결론지었다."(캐서린 W. 바버, 「치명적 연결: 총기와 자살의 관련성」, 하버드 상해 통제 연구 센터Harvard Injury Control Research Center, 2005년 9월 26일)[13]

남성일 때도.
백인일 때도.
나이가 예순여섯 이상일 때도.
미국에서 네바다나 와이오밍, 알래스카, 몬태나를 제외한 주에 사는 사람은 그나마 상황이 낫지만, 그 이유를 전문가들은 여태 밝혀내지 못했다.
북미 원주민의 자살 빈도가 한때는 다른 그 어떤 집단에서보다 더 높았지만 열다섯 해 전에 돌연 눈에 띄게 감소한 이유 역시 밝혀내지 못했다.
일반적으로 백인은 자살할 때 총을 쓰는 경향이 짙은 데 비해,

…연소득이 3만2000달러에서 5만8000달러 사이일 때도. 사실 충돌: 여러 연구에서 일관적으로 입증된 바와 같이, 도시에서나 시골에서나 중산층보다는 저소득층의 자살 유병률이 일반적으로 더 높게 나타났습니다(「자살의 사회경제적 불평등성: 유럽 비교 연구」, 『영국 정신의학회지*British Journal of Psychiatry*』, 제187권, 2005, 49-54쪽).[14]

남성일 때도. 확인 완료: 「남성과 자살」, 『맨즈헬스*Men's Health*』, 2007년 1월 4일.[15]

백인일 때도. 확인 완료: 「자살의 흑백 패러독스」, 『사회과학과 의학*Social Science and Medicine*』 제63권 8호, 2006년 10월, 2165-2175쪽.[16]

나이가 예순여섯 이상일 때도. 확인 완료: 「노인 자살: 실태 보고서」, 자살예방 국가전략, 미국 보건복지부, 2008.[17]

미국에서 네바다나 와이오밍, 알래스카, 몬태나를 제외한 주에 사는 사람은 그나마 상황이 낫지만… 미국자살학회 웹사이트 내 '2003년 미국 각 주의 자살률, 자살 건수 및 발생 순위'에서 확인함.

북미 원주민의 자살 빈도가 한때는 다른 그 어떤 집단에서보다 더 높았지만 열다섯 해 전에 돌연 눈에 띄게 감소한 이유 역시 밝혀내지 못했다. 사실 충돌: 네바다 주 통계에 따르면, 북미 원주민의 자살률은 지난 열다섯 해에 걸쳐 전반적으로 감소했지만, 열다섯 해 전에 '눈에 띄게' 감소했다는 증거는 찾아내지 못했습니다. 자살률이 몹시 높았던 해(1990)와 매우 낮았던 해(2000)가 존재하긴 하지만, 그 양상은 심하게 불규칙한 편이죠. 미국 질병통제예방센터CDC에 따르면, '의도적 자해(자살)'로 인한 보통사망률•은 1990년에 북미 원주민 집단에서 이례적으로 높았지만, 그때를 제외하고는 수치가 그야말로 들쑥날쑥합니다. 또한 주목할 부분은, 북미 원주민의 자살률이 여타 소수민족의 자살률에 비해 거의 항상 더 높고, 일반적으로도 다른 집단에 비해 상당히 높다는 점입니다. 질병통제예방센터의 2003년 통계 자료에 따르면, 시기별 북미 원주민의 자살률은 1989년 이후로 눈에 띄는 변화를 보이지 않았습니다. 1989년부터 1998년까지 총기 관련 사망률은 13퍼센트가 증가했고, 살인 범죄율은 20퍼센트나 증가했지만, 자살률은 거의 그대로였죠. 그래서 저자가 이런 정보를 어디서 얻었고 그걸로 무슨 얘길 하려는 건지 잘 모르겠습니다.

일반적으로 백인은 자살할 때 총을 쓰는 경향이 짙은 데 비해, 흑인은 독극물을 사용하는 경향이 짙고, 히스패닉계는 스스로 목을 매는 경향이 … 짙은 이유를, 전문가들은 알지 못한다. 사실 충돌 및 언어학적 논쟁 소지: 위 자료에 따르면, 각 인종 집단은 특히 총기를 사용해 자살하는 사례가 가장 많

• 모든 사망 원인에 대한 사망률로, 조사망률이라고도 한다. 1000명당 당해 사망자 수로 표시된다.

기 때문에, 사실상 모든 인종 집단이 총을 쏘아 자살하는 '경향이 짙다'고 보아도 무방합니다. 물론, 아프리카계 미국인은 독극물을 사용해 자살하는 비율이 여타 인종 집단에 비해 더 높고(평균 42퍼센트 대 22퍼센트), 히스패닉계는 목을 매 자살하는 비율이 여타 인종 집단에 비해 더 높긴 합니다(평균 32퍼센트 대 14퍼센트). 하지만 그렇더라도 각각의 인종 집단은, 엄밀히 말하면 총을 쏘아 자살하는 '경향이 짙'죠(자살을 단행한 이들 가운데 50퍼센트 이상이 총기를 사용했으니까요). 여기서도 저자는 모종의 극적인 효과를 노린 듯합니다. 실상은 인종 집단별로 특정 '경향이 비율적으로 유달리 짙다' 정도의 설명이, 이것도 다소 오해의 소지는 있지만, 사실에 더 엄격히 부합할 텐데 말이죠(2001-2003년 「네바다주 인구 동향 통계」 322쪽).

…10대 청소년은 자신의 몸을 베거나 긋는… 사실 충돌: '5-14세' 유소년과 '15-24세' 청소년에 대한 통계 자료는 입수했지만, 구체적으로 '10대' 청소년에 대한 통계 자료는 구하지 못했습니다. 어쨌든 2000년 당시 자살한 5-24세 인구 43명 가운데 자신의 몸을 '베거나 찌르는' 방법으로 목숨을 끊은 사람은 단 한 명도 없었습니다(2000년 「네바다주 인구 동향 통계」 125

흑인은 독극물을 사용하는 경향이 짙고, 히스패닉계는 스스로 목을 매는 경향이, 10대 청소년은 자신의 몸을 베거나 긋는 경향이 짙은 이유를, 전문가들은 알지 못한다.

최근 네바다대학 의과대학의 존 필즈 박사는 연방정부로부터 150만 달러를 지원받아 라스베이거스의 자살 문제 연구에 뛰어들었고, 그런 연유로 나는 스트래토스피어 호텔에서 레비 프레슬리가 사망한 이후, 가장 먼저 필즈 박사의 연구실로 전화를 걸어 그 지역 자살 동향에 관한 정보를 요청했다.

그러나 필즈 박사와의 면담이, 약속을 여덟 달에 걸쳐 네 번이나 재조정한 끝에 마침내 성사되었을 즈음에는, 해당 연구에 대한 연방정부의 보조금이 끊긴 지 오래였고, 라스베이거스의 자살 문제에 관해 그가 내린 결론은 자신이 여전히 그 문제의 정확한 원인을 모른다는 것이었다.

쪽). 그뿐 아니라 2001년 및 2002년 네바다주 전체 통계를 살펴봐도 각각 37명 중 1명과 40명 중 0명에 불과했습니다(2001-2003년 「네바다주 인구 동향 통계」 323-324쪽). 그러므로 이 내용은 순전히 조작입니다.

…네바다대학 의과대학의 존 필즈 박사는… 성명 및 직위 확인 완료(『라스베이거스 머큐리』 2003년 10월 23일 자에 실린 조지프 앨런의 기사 「해부용 시체는 어떻게 목숨을 구하는 데 기여하는가」 참조).[18]

…연방정부로부터 150만 달러를 지원받아 라스베이거스의 자살 문제 연구에 뛰어들었고… 확인 완료: 보조금에 대해서는 「미국 자살 예방 재단 뉴스레터American Foundation for Suicide Prevention Newsletter」 2001년 6월 호에 언급돼 있습니다. 보조금 총액은 『라스베이거스 위클리』 2002년 8월 29일 자에 수록된 데이먼 호지의 기사 「사신의 낫질: 위기의 자살예방센터」[19]를 통해 확인했습니다.

그러나 필즈 박사와의 면담이, 약속을 여덟 달에 걸쳐 네 번이나 재조정한 끝에 마침내 성사되었을 즈음에는, 해당 연구에 대한 연방정부의 보조금이 끊긴 지 오래였고, 라스베이거스의 자살 문제에 관해 그가 내린 결론은 자신이 여전히 그 문제의 정확한 원

인을 모른다는 것이었다. 저자의 노트 어디에도 나오지 않는 내용입니다.

고로 내가 시선을 돌려 라스베이거스 지역의 자살 동향에 관한 정보를 요청한 다음 상대는, 라스베이거스 경찰국 공보실 소속 경사 티르소 도밍게스였다. 그러나 내 정보 요청에 도밍게스 경사가 내놓은 답변은 "그런 문제와 관련해서는 언급할 내용이 없습니다"였다. 도밍게스 경사의 성명과 계급은 『라스베이거스 위클리』 2001년 12월 6일 자에 실린 데이먼 호지의 기사 「휴일에도 쉴 집이 없는 사람들」[20]에서 확인했습니다. 또한 도밍게스와 대화를 나눴다는 증거도 저자의 노트에 있습니다. 하지만 개중 위 인용문과 가장 비슷한 문장은 "저는 스트래토스피어 타워에서 뛰어내린 아이에 관한 이야기의 일부가 되고 싶지 않을 따름입니다"인데요. 대략적인 취지는 같지만, 여기서도 저자는 흥미를 위해 그의 발언을 뒤틀어놓은 듯합니다. (뒷부분 내용을 읽어보면) 이 "언급할 내용이 없습니다"를 질병통제예방센터의 설명과 엮어 흥미를 유발하려는 의도가 빤히 보이거든요. 다시 말해 경사의 실제 발언을 문학적 효과를 노리고 조작했다는 뜻이죠. 모르긴 해도 저자처럼 이른바 비非저널리즘 문학 장르를 추구하는—그래서 모든 규칙을 임의로 지어내는 듯 보이는—작가에게는 이런 식의 날조가 허용되는 모양입니다.

고로 내가 시선을 돌려 라스베이거스 지역의 자살 동향에 관한 정보를 요청한 다음 상대는, 라스베이거스 경찰국 공보실 소속 경사 티르소 도밍게스였다. 그러나 내 정보 요청에 도밍게스 경사가 내놓은 답변은 "그런 문제와 관련해서는 언급할 내용이 없습니다"였다.

존 이걸 어떻게 설명해야 이해하실지 모르겠군요. 보아하니 제 말뜻이 제대로 전달되긴 어려울 듯해서요. 하지만 기록 차원에서 다시 한번 말씀드리면, 저는 언론인이 아니고, 에세이 작가입니다. 에세이는 수천 년 전부터 존재해온 장르이고요. (혹시 키케로라고 들어보셨을까요?) 따라서 제가 따르는 이 '규칙들'은 제가 만든 것이 아니라, 저널리즘에 입각한 실태 조사와 에세이 특유의 유연한 정신 탐구—즉 과학, 종교, 역사, 신화, 정치, 자연에 더해 심지어 상상 등에서 비롯된 여러 다양한 자료를 바탕으로 동시에 진행되는 탐구—사이에는 차이가 있다는 점을 인지한 작가들이 정립한 원칙입니다. 그래서 에세이를 쓸 때는 취재기사를 작성할 때보다 비교적 많은 자유가 허용되는 것이고요. 다만 제가 도밍게스의 발언 요지를 바꾸었다는 말씀에는 여전히 동의하기 어렵습니다. 발언에 살을 좀 붙이긴 했지만, 취지까지 건드리진 않았잖아요. "[이] 이야기의 일부가 되고 싶지 [않다]"라는 도밍게스의 발언은 "언급할 내용이 없습니다"와 본질적으로 뜻이 동일합니다. 여기에 '조작'은 없습니다. 오직 해석만이 있을 뿐이죠. 예, 제가 문학적 효과를 노린 건 맞습니다. 그 또한 에세이 작가가 하는 일이거든요. 언론인은 하지 않는(혹은 하지 않아야 마땅한) 일이지만 말이죠.

짐 제가 이 뒤로도 다섯 개 절을 더 검토해야 하는데, 아직 그 규칙이란 게 좀 막연하게 느껴져서요, 괜찮으시면 한 가지 더 여쭙겠습니다. 요컨대 선생님께선 지금, 에세이 작가는 임의적인 진릿값을 적용해 글을 쓸 수도 있고 현실 세계에 사는 실제 인물의 입에서 나온 인용문을 전혀 다르게 가공할 수도 있다는 말씀을 하시는 건가요? 한데 그런 건 보통 픽션이라고 부르지 않습니까?

존 제가 여기서 무엇이든 그 의미를 바꾼 것이 있나요? 없지요. 그저 인용문을 좀더 매끄럽게 읽히도록,

또 인접한 단락과 약간의 공명을 일으키도록 정리한 것이 다예요. 작가가 하는 일이 바로 그것이고요.

짐 그렇군요, 이제야 이해가 되네요. 그러니까 규칙은 이거였어요. 규칙은 존재하지 않는다, 글이 예뻐지기만 한다면.

존 저런, 제가 방금 한 얘기를 그냥 꼴리는 대로 해석했군요.

짐 저는 선생님이 사람들의 '해석'할 권리를 열렬히 옹호하시는 분인 줄 알았는데요?

“'언급할 내용이 없습니다'는 자살 문제를 다루는 대중매체를 상대로 내놓기에 생산적인 답변이 아니”라는 것을, 나는 질병통제예방센터에서 제작된 소책자형 지침서 「자살 보도: 미디어 및 공직자를 위한 권고 사항」을 통해 알게 되었다. 중요한 사실: 저자는 “언급할 내용이 없습니다”에 관한 이 권고와의 '공명을 일으킬' 요량으로 이전 단락의 인용문을 '해석'한 것도 모자라, 이 단락에 나오는 사실들까지 '해석'했습니다. 예를 들어, 여기 인용된 책자의 실제 제목은, 저자의 설명과 달리 「자살 보도」가 아니라 「자살 전염과 자살 보도: 국립 연구회로부터의 권고Suicide Contagion and the Reporting of Suicide: Recommendations from a National Workshop」입니다. 한데 또 그 매뉴얼의 정확한 인용문은 “'언급할 내용이 없습니다'는 자살 문제를 다루는 대중매체를 상대로 내놓기에 생산적인 답변이 아니다”거든요. 그러니까 저자의 이 '해석하기'에는 다소 종잡을 수 없는 면이 있다는 얘기죠.

존 글을 매끄럽게 정리한 겁니다. 그뿐이에요.

짐 그럼 선생님의 '정리하기'에 종잡을 수 없는 면이 있는 걸로 하죠.

“'언급할 내용이 없습니다'는 자살 문제를 다루는 대중매체를 상대로 내놓기에 생산적인 답변이 아니”라는 것을, 나는 질병통제예방센터에서 제작된 소책자형 지침서 「자살 보도: 미디어 및 공직자를 위한 권고 사항Reporting on Suicide: Recommendations for the Media and Public Officials」을 통해 알게 되었다.

라스베이거스 지역방송 채널 8번 KLAS의 편성 편집자 에릭 대런스버그는, 레비가 사망한 그 저녁 스트래토스피어 호텔 밖에서 녹화된 사건 현장 영상을 보게 해달라고 내가 요청했을 때, 방송국 방침상 자살 현장 녹화는 금지되어 있다고 말했다. 또 내가 방송사에서 문제의 장면을 송출한 날짜를 일러주었을 때는, 공교롭게도 영상도서관 사서가 시외 출타 중이라 도서관이 어수선한 까닭에 영상 기록을 찾는 일 자체가 불가능하다고 말했다.

라스베이거스 지역방송 채널 8번 KLAS의 편성 편집자 에릭 대런스버그는, 레비가 사망한 그 저녁 스트래토스피어 호텔 밖에서 녹화된 사건 현장 영상을 보게 해달라고 내가 요청했을 때, 방송국 방침상 자살 현장 녹화는 금지되어 있다고 말했다. 또 내가 방송사에서 문제의 장면을 송출한 날짜를 일러주었을 때는, 공교롭게도 영상도서관 사서가 시외 출타 중이라 도서관이 어수선한 까닭에 영상 기록을 찾는 일 자체가 불가능하다고 말했다. KLAS가 채널 8번이라는 사실과 대런스버그가 '편성 편집자'라는 사실, 그의 이름자가 올바르게 적혔다는 사실은 『라스베이거스 리뷰저널』 2000년 2월 21일 자 '행사 일정표' 난을 통해 확인했습니다. 대런스버그가 어떤 인터뷰에서 해당 방송국의 자살 현장 '방영 금지 방침'에 대해 상술했다는 증거와 저자가 문제의 영상을 텔레비전에서 보았다고 주장했다는 증거는 저자의 노트에서 발견했고요. 하지만 이 '어수선한 도서관'에 관한 언급은—그저 대런스버그가 '둘러보고 나중에 전화'를 주기로 했으나, 결국 그러지 않았다는 메모 외에는—저자의 노트 어디서도 찾아볼 수 없었습니다.

레비가 사망 전 두 해 동안 재학했던… 저자가 제공한 레비의 학교 신문 사본에서 확인했습니다. 하지만 레비가 사망 전 '두 해' 동안 그 학교를 다녔는지 여부는 불분명합니다. 다만 나이가 열여섯 살이었으니, 산술적으로는 가능한 얘기겠지요.

…라스베이거스 국제 연구 및 행위 및 시각 예술 학교 교장 밥 저라이는… 교장의 이름과 직함은 물론, 학교에 대해서도 저자의 노트를 통해 확인할 수 있었습니다. 교장이 학부모와 학생, 지역사회 구성원에게 부친 편지의 사본이더라고요. 한편 그 학교는 라스베이거스 다운타운에 자리한 마그넷 스쿨• 로 확인되었습니다. 그런데 학교의 공식 명칭이 '라스베이거스 국제 연구, 시각 및 행위 예술 학교Las Vegas Academy of International Studies, Visual and Performing Arts'입니다. 모종의 이유로 저자가 '국제 연구International Studies'와 '행위Performing' 사이에 '및and'을 추가하는 한편 '행위Performing'와 '시각Visual'의 순서를 바꿔놓은 것이죠.

레비가 사망 전 두 해 동안 재학했던 라스베이거스 국제 연구 및 행위 및 시각 예술 학교 교장 밥 저라이는, 자살이 학교에 미친 영향에 관한 개인적 견해를 밝혀달라는 내 요청에, 언급할 내용이 없다는 답변을 내놓았다. 하지만 교내에서 추모식을 개최하자는 교사와 학부모와 학생 들의 요청엔, 불가하다는 답변을 내놓았다.

"제 책임하에 집단 히스테리가 발생하는 것은 원치 않습니다." 교장의 말이었다.

그리고 스트래토스피어 호텔에서 레비의 사망을 목격한—사

존 예, 제가 좀 고쳤습니다. 하지만 덕분에 글이 더 좋아졌잖아요. 학교의 본래 명칭은 투박하기 짝이 없습니다. 이름에 콤마라니요, 나 참, 어이가 없어서.

…자살이 학교에 미친 영향에 관한 개인적 견해를 밝혀달라는 내 요청에, 언급할 내용이 없다는 답변을 내놓았다. 저자의 노트에는 그 같은 언급에 관한 기록이 없습니다. 즉, 엄밀히 말하면 "언급할 내용이 없습니다"라는 언급에 대한 기록이 없다는 겁니다—아무 언급이 없었고 저자는 노트에 이를 언급할 필요성을 못 느꼈을 가능성도 있단 얘기죠. (관련하여 언급할 내용은 없습니다.)

하지만 교내에서 추모식을 개최하자는 교사와 학부모와 학생들의 요청엔, 불가하다는 답변을 내놓았다. 저자의 노트에 이런 내용이 적혀 있긴 하지만, 출처가 불분명합니다. 아무래도 레비의 모친이 교장에게서 들은 얘기를 들려주는 내용 같기는 한데, 어디까지나 제 추측이고요. 어쨌든 이 건은 그냥 넘어가도 괜찮을 듯합니다.

"제 책임하에 집단 히스테리가 발생하는 것은 원치 않습니다." 교장의 말이었다. 저자의 노트에 적힌 실제 인용문은 이렇습니다. "상급반에서 집단 히스테리가 발생하는 것은 원치 않습니다."

그리고 스트래토스피어 호텔에서 레비의 사망을 목격

• magnet school, 각지각처에서 학생들을 유치할 목적으로 예술이나 공학 등 일부 교과목에 대해 특화된 커리큘럼을 운영하는 학교.

한—사건 당일 밤 경찰에 진술했을 뿐 아니라, 여러 텔레비전 방송국과 한 라스베이거스 블로거, 한 타블로이드판 주간지를 상대로 몇 차례 비공식적인 진술을 남긴—한 남성은, 내가 발언을 요청하자 "신경 끄시죠" 라고 말했다. 이 남자에 관한 기록은 저자의 노트 어디에서도 보지 못했습니다. 선생님, 이 남자는 누구죠? 노트 어디쯤에서 찾을 수 있나요? 제가 그분한테 연락해서 이 대화 내용을 확인해 봐도 될까요?

존 나한테 신경 끄라고 말했던 사람입니다. 연락해봤자 변변한 얘기도 나누지 못할 텐데요.

짐 예, 하지만 시도라도 해보는 것이 제 일이라서요. 일단 이 남자의 실명을 알려주시면, 제가 시도라도 해보겠습니다.

존 특별히 익명을 요청한 취재원의 실명은 공개하지 않는 것이 제 철칙입니다.

짐 그랬죠, 참, 선생님이 언론 윤리에 철저한 분이란 걸 제가 깜빡했네요. 그럼 그 취재원이 실존 인물이라는 증거 같은 걸 보여주실 순 없을까요? 뭘 보여주시든 비밀을 보장하고, 오로지 이 남자가 실존한다는 증거와 두 분이 정말 대화를 나눴다는 사실을 제가 눈으로 확인했다고 잡지사 측에 보고할 목적으로만 사용하겠다고 약속드린다면요?

존 안 됩니다.

건 당일 밤 경찰에 진술했을 뿐 아니라, 여러 텔레비전 방송국과 한 라스베이거스 블로거, 한 타블로이드 주간지를 상대로 몇 차례 비공식적인 진술을 남긴—한 남성은, 내가 발언을 요청하자 "신경 끄시죠"라고 말했다.

"이건 사적인 문제예요." 남성은 전화를 끊으며 답했다.

문화평론가이자 네바다대학 역사학과 학과장 헬 로스먼은, "라스베이거스가 당면한 유일하고도 진정한 골칫거리"는 "이 도시에 관해 쥐뿔도 모르면서 이곳에 관해 쓰겠다며 타 지역에서 찾아오는 사람들"이라고 말했다.

"이건 사적인 문제예요." 남성은 전화를 끊으며 답했다. 이것 역시, 증거가 없습니다.

문화평론가이자 네바다대학 역사학과 학과장 헬 로스먼은, "라스베이거스가 당면한 유일하고도 진정한 골칫거리"는… 이름, 직함, 소속 대학은 네바다주립대학 웹사이트에 있는 로스먼의 홈페이지에서 확인 가능합니다. 여담이지만, 소개 글을 보니 제목-콜론-소제목 형식의 골치 아픈 제목이 붙은 학술서를 참 많이도 발표했더라고요. 읽어보시죠. "헬 K. 로스먼은 네바다주립대학 라스베이거스 캠퍼스 역사학 교수다. 관광 및 후기 산업 경제에 관한 미국의 선도적 전문가[원문 그대로 입니다]로 꼽히는 그는 『네온 메트로폴리스: 라스베이거스는 어떻게 오명을 떨쳐내고 21세기 제일의 도시가 되었나』(2002), 1999년 미국 작가 협회 스퍼상 동시대 논픽션 부분 수상에 빛나는 『악마의 거래: 21세기 미국 서부의 관광 사업』(1998), 『행성 구하기: 21세기 환경에 대한 미국의 대응』(2000), 2002년 텍사스 철학협회 메리트상을 수상한 『린든 존슨의 텍사스 백악관: '우리 마음의 집'』(2001), 『국가의 녹지화?: 1945년 이래 미국의 환경결정론』(1997), 『'다시는 맨손으로 불길에 맞서지 않으리': 북서부 내륙지방 최초 삼림 감시원의 회고』(1994), 『테두리와 봉우리에서: 1880년 이래 로스앨러모스 지역』(1992), 『다양한 과거의 보존: 미국 국가지정 기념물』(1989)과 같이 널리 호평받은 책들[21]의 저자이자, 2003년 접경지역 도서관 협회 남서부 도서상과 2003년 투손-피마카운티 도서관 남서부 도서상 수상작인 『관광 문화, 문화 관광』(2003)과 『미국 서부의 재개』(1998)[22]의 편저자이자, 마이크 데이비스와 함께한『반짝이는 모래성: 진짜 라스베이거스 이야기』(2002)와 차 밀러와 함께한『숲 밖으로: 환경사 에세이』(1997)[23]의 공편자이기도 하다." 그런데 한 가지 심각한 결함이 존재합니다. 로스먼은 죽은 사람이거든요. 2007년에 루게릭병으로 사망했습니다. 그럼에도 저자는 마치 그가 살아 있다는 듯이 이야기합니다. 더욱이 죽은 사람을 이런 식으로 몰아가는 건 도리에 어긋나지 않나요? (아래를 보시죠.)

"이 도시에 관해 쥐뿔도 모르면서 이곳에 관해 쓰겠다며 타지역에서 찾아오는 사람들"… 로스먼이 마이크 데이비스와 공동 편집한『반짝이는 모래성』이란 책에서 가져온 문장입니다. 하지만 이 인용문은 부정확합니다. 실제 인용문은 (데이비스와 로스먼이 그 책에 쓴「서문」에 등장하지만, 로스먼이 삼인칭으로 언급되어 있고) 다음과 같습니다. "라스베이거스가 당면한 가장 큰 골칫거리는 무엇이냐고 방문 기자들이 묻자 핼 로스먼은 '그 도시에 관해 쥐뿔도 모르면서 그곳에 관해 쓰겠다며 타 지역에서 찾아오는 사람들이죠!'라고 답했다." 그러므로 첫째, 이 발언은 저자가 쓴 것처럼 이인칭 시점으로 서술되어선 안 됩니다. 둘째, 로스먼은 그것이 라스베이거스가 당면한 '유일하고도 진정한 골칫거리'라고 말하지 않았습니다—로스먼처럼 라스베이거스에 관한 책을 썼고 그곳이 지닌 문제에 빠삭한 인물이 그런 진술을 했다는 것 자체가 어불성설이죠. 그러므로 이 대목은 왜곡, 그것도 죽은 사람의 발언에 대한 왜곡입니다. 저는 저자가 조금 경솔했다고 생각합니다. 『반짝이는 모래성』 참조.

여기서 로스먼이 말하는 '사람들'이란, 그가 보기에 일련의 소논문을 쓸 목적으로 캘리포니아주 버클리에서 라스베이거스를 찾아왔다고 의심되는 열다섯 명의 젊은 언론인으로, 이후 그 프로젝트는『라스베이거스의 교훈 *Learning from Las Vegas*』이래 그 도시를 가장 깊이 있게 그려낸 책으로 손꼽히는 직설적 문화 평론집『진짜 라스베이거스: 스트립 저편의 삶』의 완성으로 귀결되었다. 같은 시기에 출간된 로스먼의 연구서『네온 메트로폴리스: 라스베이거스는 어떻게 오명을 떨쳐내고 21세기 제일의 도시가 되었나 *Neon Metropolis: How Las Vegas Shed Its Stigma to Become the First City of the Twenty-First Century*』는, 살면서 못되고 탐욕스러운 기업가라곤 결코 만나본 적이 없는 듯한 작가의 문화적 선동과 친기업적 구호로 점철된, 소위 비평서치고는 공격적인 선전 문구가 두드러지는 책이었다.

여기서 로스먼이 말하는 '사람들'이란, 그가 보기에 일련의 소논문을 쓸 목적으로 캘리포니아주 버클리에서 라스베이거스를 찾아왔다고 의심되는 열다섯 명의 젊은 언론인으로, 이후 그 프로젝트는『라스베이거스의 교훈』이래 그 도시를 가장 깊이 있게 그려낸 책으로 손꼽히는 직설적 문화 평론집『진짜 라스베이거스: 스트립 저편의 삶』의 완성으로 귀결되었다. 버클리대학 학생 몇 명이 문제의 책을 쓰기 위해 라스베이거스를 방문했다는 사실은『갬블링 매거진 *Gambling Magazine*』에 실린「외부자들의 시선」이라는 기사(발행일 미상)[24]를 통해 확인했습니다. 그런데 위에 언급된 로스먼의 저서「서문」에는, 그가 말하는 사람들이 실제로 이 버클리대학 학생들이라는 게 구체적으로 명시돼 있지 않습니다. 또한 이 책에는 로스먼 교수가 집필한 「서문」을 제외하고 열네 편의 소논문이 있습니다. 따라서 물론 게재된 소논문 수보다 더 많은 학생이 있었을 가능성도 완전히 배제할 순 없지만, 정황상 '열다섯 명의 젊은 언론인'보다는 '열네 명의 젊은 언론인'이 있었다는 추측이 가장 합리적일 겁니다. 로스먼 같은 교수가 젊은 친구들과 한 무리로 묶이는 걸 원했을 것 같지는 않으니까요. 덧붙여, 이 학생들은 버클리대학에서 저널리즘대학원 과정을 밟고 있었습니다. 따라서 이 '젊은' 언론인들이 얼마나 젊다는 건지도 의문입니다. 얼핏 읽으면 고등학생 정도로 여겨지기도 해서요.

…『라스베이거스의 교훈』 이래 그 도시를 가장 깊이 있게 그려낸 책으로 손꼽히는… 버클리대학 학생들이 썼다는 그 책은 실제로 장문의 문화평론서입니다. 그리고 『라스베이거스의 교훈』이라는 책 역시 실존합니다. 로버트 벤투리, 스티븐 아이제너, 데니즈 스콧 브라운이 집필한 책이죠. 그런데 이 『라스베이거스의 교훈』은 주로 건축에 관해 다루는 책으로 보입니다. 따라서 저는 이 책이 과연 비교 대상으로서 〔위 책과〕 비슷한 속성을 지녔는가 하는 의문이 듭니다. 또한 버클리대학 학생들의 그 책을 『라스베이거스의 교훈』 이래 '그 도시를 가장 깊이 있게 그려낸 책'이라고 일컫는 그 어떤 참고문헌도 발견하지 못했습니다. 출처는요?

존 제가 보기에 가장 깊이가 있었습니다.

로스먼은 자신을 비롯한 지역민만이 '이 도시에 관해 쥐뿔'이라도 쓸 자격을 갖췄다고 주장했지만, 정작 라스베이거스 지역민이 라스베이거스에 관해 쓰는 사례는 드물었다.

이는 "미국에서 가장 빠르게 성장하는 도시가 도박 사업주들의 볼모로 심각하게 변질되었다

짐 아… 편리하네요.

…같은 시기에 출간된 로스먼의 연구서 『네온 메트로폴리스: 라스베이거스는 어떻게 오명을 떨쳐내고 21세기 제일의 도시가 되었나』는… 제목은 로스먼의 네바다주립대학 홈페이지에서 확인했습니다. 하지만 두 책은 저자가 기술한 바와 달리 '같은 시기에 출간'되지 않았습니다. 버클리대학 학생들 책은 1999년에 나왔고 로스먼 책은 2002년에 나왔으니까, 3년이란 시차가 있는 셈이죠.

…살면서 못되고 탐욕스러운 기업가라곤 결코 만나본 적이 없는 듯한 작가의 문화적 선동과 친기업적 구호로 점철된, 소위 비평서치고는 공격적인 선전 문구가 두드러지는 책이었다. 작가 및 책에 관한 묘사: 이건 명백히 저자의 사견입니다. 하지만 한 가지 꼭 짚고 넘어가자면, 해당 텍스트에 관한 그 밖의 여러 논평을 참조한 결과 저자의 의견이 절대 비주류는 아니었습니다.

이는 "미국에서 가장 빠르게 성장하는 도시가 도박 사업주들의 볼모로 심각하게 변질되었다는 또 하나의 징후"라고, 섈리 덴턴은 『컬럼비아 저널리즘 리뷰』 2000년 12월 기사에 적었다. 기자명, 제호, 쟁점, 그리고 인용된 대목까진 정확합니다. 하지만 해당 기사는 섈리 덴턴과 로저 모리스라는 사람이 함께 쓴 것으로,

둘은 이후에도 같은 쟁점을 주제로 책 한 권을 공저했는데, 『돈과 권력: 라스베이거스의 성공 요인과 미국에 대한 영향력*The Money and the Power: The Making of Las Vegas and Its Hold on America*』이란 책입니다. 저자가 대체 어쩌다 모리스의 이름을 빠뜨렸는지 모르겠습니다.

는 또 하나의 징후"라고, 샐리 덴턴은 『컬럼비아 저널리즘 리뷰*Columbia Journalism Review*』 2000년 12월 기사에 적었다. "이러한 상황은, 실상 라스베이거스 카지노 업계의 대민 홍보 직원으로 전락해버린 선출직 정치인 및 공무원의 행태를 답습하는 다수의 지역 취재기자에 의해 사실로 증명된 듯했다."

이를테면 1983년 라스베이거스 카지노 업자 스티브 윈이 영국에서 사행업 허가를 신청하기로 결정했을 때, 윈과 제노바 범죄 집단 간의 유착이 런던 경찰국 수사를 통해 드러났다는 보도가 런던 『인디펜던트*The Independent*』 지에 실리자, 뒤이어 스티브 윈에 관한 새 책 『불안: 라스베이거스

"이러한 상황은, 실상 라스베이거스 카지노 업계의 대민 홍보 직원으로 전락해버린 선출직 정치인 및 공무원의 행태를 답습하는 다수의 지역 취재기자에 의해 사실로 증명된 듯했다." 이 인용문에는 결함이 있습니다. 실제 원문은 이렇거든요. "그러한 판단은, 실상 카지노 업계의 대민 홍보 직원으로 전락해버린 선출직 정치인 및 공무원의 행태를 답습하는 다수의 지역 취재기자에 의해 사실로 증명된 듯하다."

존 라스베이거스에 관한 기사니까, 그 문장도 '라스베이거스'에 관한 내용이겠죠. 하지만 인용문만으로는 원문의 맥락을 파악하기 어렵기 때문에, 문장에 언급된 카지노가 라스베이거스 카지노라는 점을 독자에게 확실히 밝혀두고 싶었습니다. 그래서 '라스베이거스'를 끼워넣은 거예요.

짐 그럴 때 쓰라고 대괄호가 있는 겁니다. "…실상 [라스베이거스] 카지노 업계의 대민 홍보 직원으로 전락해버린…", 이렇게요.

존 그게 그럴 때 쓰는 거란 건 저도 알지요. 저도 고등학교는 나왔으니까요. 다만 저는 대괄호가 보기 싫은 것뿐입니다.

짐 '라스베이거스'를 대괄호로 묶지 않으면 글을 잘못 인용한 게 되는데도요?

존 그건 잘못 인용한 게 아니죠. 원문에서 그 카지노가 라스베이거스 카지노를 가리킨다는 것쯤은 경계선 지능 정도만 갖춰도 이해할 수 있을 겁니다. 여기엔 그 어떤 조작도 없어요.

짐 하지만 그대로 두면 결국 선생님의 조사 방식이 조잡해 보일 텐데요.

존 대괄호를 쓰면 문장이 '조잡해' 보일 테고요. 그러니 이 건은 일단 보류하죠.

이를테면 1983년 라스베이거스 카지노 업자 스티브 윈이 영국에서 사행업 허가를 신청하기로 결정했을 때, 윈과 제노바 범죄 집단 간의 유착이 런던 경찰국 수사를 통해 드러났다는 보도가 런던 『인디펜던트』 지에 실리자… 『컬럼비아 저널리즘 리뷰』에 따르면, 이 런던 경찰국 파일 관련 기사가 『인디펜던트』 지에 보도된 시기는 2000년 3월입니다. 사건 발생 시기인 1983년에는 『인디펜던트』에서 보도된 관련 기사가 없어요. 그러므로 이 설명은 연대기상 오해의 소지가 있습니다.

…뒤이어 스티브 윈에 관한 새 책 『불안: 라스베이거스 카지노 왕 스티브 윈의 삶과 위기』의 출판사가 낸 광고

에서 해당 수사를 언급하는 일이 있었다. 이 내용은 『컬럼비아 저널리즘 리뷰』에서 대체로 확인했습니다. 다만 『불안』의 초판 발행 연도는 1995년입니다. 그러니까 딱히 '새' 책은 아니었단 얘기죠. 선생님, 혹시 '근작'을 말씀하시려던 걸까요? 그리고 스티브 윈과 제노바 범죄 집단의 연루설을 제기한 주체는 출판사가 아니라 작가라고 보는 게 맞지 않나요?

존 그 둘의 연루설은—위 문장에 기술된 바와 같이—출판사가 낸 책 광고에서 제기된 겁니다. 작가는 따로 광고를 내지 않았어요. 책에서 그런 연루설을 제기한 바도 없고요. 그러니까 이 설명은 글자 그대로 정확합니다.

그런데 윈은 『인디펜던트』의 보도에 대해서는 이의를 제기

카지노 왕 스티브 윈의 삶과 위기 *Running Scared: The Life and Treacherous Times of Las Vegas Casino King Steve Wynn*』의 출판사가 낸 광고에서 해당 수사를 언급하는 일이 있었다. 그런데 윈은 『인디펜던트』의 보도에 대해서는 이의를 제기하지 않고, 출판사 측을 상대로 일부 "명예훼손성 진술"을 문제 삼아 소송을 제기한 끝에 네바다주 법원으로부터 300만 달러 배상 판결을 받아내 출판사를 파산에 이르게 하더니, 해당 소송을 야기한 협의와 관련해—이론의 여지는 있지만 네바다주에서 가장 영향력 있는 신문인—일간지 『라스베이거스 리뷰저널』이 「윈, 지역 작가 고소Wynn Sues Local Writer」라는 딱 한 건의 기사를 글자 크기 18포인트 표제하에, B 섹션 5면에서 딱 하루 동안 보도할 만큼의 지지를 라스베이거스 언론인들로부터 용케도 이끌어냈다.

하지 않고, 출판사 측을 상대로 일부 "명예훼손성 진술"을 문제 삼아 소송을 제기한 끝에 네바다주 법원으로부터 300만 달러 배상 판결을 받아내 출판사를 파산에 이르게 하더니, 해당 소송을 야기한 협의와 관련해—이론의 여지는 있지만 네바다주에서 가장 영향력 있는 신문인—일간지 『라스베이거스 리뷰저널』이 「윈, 지역 작가 고소」라는 딱 한 건의 기사를 글자 크기 18포인트 표제하에, B 섹션 5면에서 딱 하루 동안 보도할 만큼의 지지를 라스베이거스 언론인들로부터 용케도 이끌어냈다. 표제의 서체 크기까지는 굳이 확인하지 않았습니다. 저자가 이에 대한 견해를 양보할 가능성이 거의 없는 상황인 만큼, 그런 절차에 공연히 힘을 빼느니 여기선 일종의 예술적 허용을 인정해도 괜찮겠다는 생각이 들었거든요. 단, 실제로 윈이 받아낸 합의금 액수는 300만 달러가 아닌 310만 달러였습니다.

그런가 하면 『라스베이거스 리뷰저널』은 라스베이거스 시장 오스카 굿맨이, 인기 회고록 『단연코 5번가』에서 한 지방법원 판사에 대한 암살 모의에 시장이 가담했다는 거짓 혐의를 아래와 같이 제기했다는 이유로 제임스 맥매너스라는 이름의 작가이자 일리노이 지역 취재기자를 고소하겠다며 으름장을 놓았을 때, 관련 기사를 장장 몇 주에 걸쳐 보도한 바 있다. 실제로 굿맨은 당시 라스베이거스 시장이었습니다. 시 웹사이트에서 확인한 사안입니다.

"지미 차그라가 헤로인 밀거래 혐의로 텍사스에서 재판에 회부됨에 따라, 잭과 테드, 베니 비니언은 차그라의 변호를 맡게 된 젊고 혈기왕성한 변호사 오스카 굿맨과 호스슈 커피숍 1번 칸막이 좌석에서 대책 회의를 가졌다. 회의의 결론은—적어도 항간에 떠도는 이야기로는—배우 우디 해럴슨의 부친이기도 한 찰스 해럴슨과 5만 달러에 살인 청부 계약을 맺어 미국 지방법원 판사 존 우드를 암살하자는 것이었다." 인용문 정확도 관련: 실제 회고록에는, 아마도 성명 전체를 넌지시 드러낼 의도로, 다음과 같이 여러 이름에 괄호가 쳐져 있습니다. "(지미) 차그라가 … 재판에…" "잭과 테드, 베니(비니언)는…" "찰스 해럴슨(배우 우디 해럴슨의 부친)과 … 살인 청부…". 따라서 원문의 괄호를 생략하면 잘못된 인용이 돼버립니다.

그런가 하면 『라스베이거스 리뷰저널』은 라스베이거스 시장 오스카 굿맨이, 인기 회고록 『단연코 5번가*Positively Fifth Street*』에서 한 지방법원 판사에 대한 암살 모의에 시장이 가담했다는 거짓 혐의를 아래와 같이 제기했다는 이유로 제임스 맥매너스라는 이름의 작가이자 일리노이 지역 취재기자를 고소하겠다며 으름장을 놓았을 때, 관련 기사를 장장 몇 주에 걸쳐 보도한 바 있다.

지미 차그라가 헤로인 밀거래 혐의로 텍사스에서 재판에 회부됨에 따라, 잭과 테드, 베니 비니언은 차그라의 변호를 맡게 된 젊고 혈기왕성한 변호사 오스카 굿맨과 호스슈 커피숍 1번 칸막이 좌석에서 대책 회의를 가졌다. 회의의 결론은 — 적어도 항간에 떠도는 이야기로는 — 배우 우디 해럴슨의 부친이기도 한 찰스 해럴슨과 5만 달러에 살인 청부 계약을 맺어 미국 지방법원 판사 존 우드를 암살하자는 것이었다.

라스베이거스 시장 오스카 굿맨을 둘러싼 그 풍설 가운데 과거에 배우 우디 해럴슨의 부친을 고용했다는 것, 존 우드 판사가 살해되었다는 것, 오스카 굿맨 시장이 직접 차그라를 변호했다는 것, 시민들 사이에 문제의 마피아 조직 구성원으로 널리 알려져 있는 라스베이거스 내 여타 인사들에 대한 변호 이력이 시장 당선 전 굿맨이 선임되는 데 암암리에 일조했다는 것은 줄곧 사실로 여겨졌지만… 전부 존 L. 스미스의 저서 『무뢰한과 대장부에 관한*Of Rats and Men*』에 나오는 내용으로, 2003년 9월 21일 자 『라스베이거스 리뷰저널』에 발췌문이 실린 바 있습니다. 책은 굿맨과 마피아 조직이 서로를 필요로 하는 이유를 다소 길게 늘어놓은 사례집입니다. 한번 읽어보시죠. "오스카 굿맨은 자신이 가장 어두운 환경에서 희망의 빛줄기를 발견하는 사람이라고 말한다. 미국 대 재미얼 '지미' 차그라 사건에서도 그런 식이었다. 차그라는 사법 방해를 시도하고, 상당량의 마리화나 유통을 공모하고, 살인을 모의하고 시행(샌안토니오 연방법원 판사 존 우드를 암살)한 혐의로 기소되었다. … 그것은 청부 살인이 아니라 사후 금품 갈취였다고, 굿맨은 역설했다. 암살자 찰스 해럴슨(배우 우디 해럴슨의 부친)은 차그라를 먹잇감으로 봤다. 라스베이거스에서 사행성 포커 게임을 벌여 차그라로부터 수십만 달러를 가로채려고 시도했다는 사실이 그 증거였다. 그리고 존 우드 암살은 해럴슨에게 있어 일생일대의 기회였다." 따라서 이전에는 아닐지 몰라도 스미스의 책이 출간된 시기를 기점으로 이런 얘기가 통설로 굳어진 것은 확실합니다.

라스베이거스 시장 오스카 굿맨을 둘러싼 그 풍설 가운데 과거에 배우 우디 해럴슨의 부친을 고용했다는 것, 존 우드 판사가 살해되었다는 것, 오스카 굿맨 시장이 직접 차그라를 변호했다는 것, 시민들 사이에 문제의 마피아 조직 구성원으로 널리 알려져 있는 라스베이거스 내 여타 인사들에 대한 변호 이력이 시장 당선 전 굿맨이 선임되는 데 암암리에 일조했다는 것은 줄곧 사실로 여겨졌지만, 맥매너스가 기술한 호스슈 커피숍에서의 회합이 실제로 있었는지는 증명되지 않았고, 이를 두고 "굿맨 시장은 자신의 명예가 이런 식으로 실추된다는 데 격앙된 반응을 보였다"라고 『라스베이거스 리뷰저널』이 해당 소송을 다룬 기사에 적었고, 이를 두고 "오스카 굿맨 시장이 유명 마피아 조직원들을 변호했을 수도 있지만, 이것만으로 그가 마피아 조직원이라고 단정할 수는 없다"라고 『라스베이거스 리뷰저널』은 후속 기사에 적었고, 이를 두고 "굿맨의 삶은 아이러니로 점철돼 있다. … 여기, 카지노 블랙리스트에 오른 위험인물이나 범죄 집단 우두머리와의 친분을 스스럼없이 인정하는 한 남자가 있다. … 그리고 여기, 존경을 갈구하는 한 남자가

…맥매너스가 기술한 호스슈 커피숍에서의 회합이 실제로 있었는지는 증명되지 않았고, 이를 두고 "굿맨 시장은 자신의 명예name가 이런 식으로 실추된다는 데 격앙된 반응을 보였다"라고 『라스베이거스 리뷰저널』이 해당 소송을 다룬 기사에 적었고… 실제 인용문은 이렇습니다. "굿맨 시장은 자신의 평판reputation이 그렇게 실추당한다는 데—굿맨 자신이 그 실추의 유일한 주범이라는 점에서 그것이 자업자득이나 마찬가지임에도—격앙된 반응을 보이며 강경한 법적 대응 방침을 천명했다(『라스베이거스 리뷰저널』 2003년 6월 12일 자 스티브 시벨리어스의 기사 「진실과

미디어」 참조).”[25]

존 ‘명예’ ‘평판’… 둘이 뭐가 다르죠?

…이를 두고 “오스카 굿맨 시장이 유명 마피아 조직원들을 변호했을 수도 있지만, 이것만으로 그가 마피아 조직원이라고 단정할 수는 없다”라고 『라스베이거스 리뷰저널』은 후속 기사에 적었고… 실제 인용문: “오스카 굿맨 시장이 법정에서 유명 마피아 조직원들을 변호했을 수도 있다. 하지만 그는 자신이 조직원은 아니었다는 점을 세상에 알리고 싶었다.”

존 여기도, 골자는 같습니다.

…이를 두고 “굿맨의 삶은 아이러니로 점철돼 있다. … 여기, 카지노 블랙리스트에 오른 위험인물이나 범죄 집단 우두머리와의 친분을 스스럼없이 인정하는 한 남자가 있다. … 그리고 여기, 존경을 갈구하는 한 남자가 있다”라고 『라스베이거스 리뷰저널』은 또 다른 후속 기사에 적었고… 실제 인용문: “굿맨의 삶은 아이러니로 점철돼 있다. 일례로 그가 화요일 오후 시청 집무실에서 취재기자들에게 했다는 발언을 들여다보자: 여기, 카지노 블랙리스트에 오른 위험인물이나 범죄 집단 우두머리와의 친분을 스스럼없이 인정하면서도 자신의 평판에 대해 열성을 다해 방어하는 한 남자가 있습니다. 여기, 존경을 갈구하는 한 남자가 있습니다. …”

존 여기도 마찬가지로, 골자는 그대롭니다. 그저 원문에서 군더더기를 쳐낸 것뿐이니까요.

있다”라고 『라스베이거스 리뷰저널』은 또 다른 후속 기사에 적었고, 이를 두고 “굿맨이 범죄적 음모에 가담했다는 혐의에는 실체적 근거가 없을뿐더러, 문제의 단락에서 드러난 오류는 비단 그것만이 아니었다. 그 단락에서는 주 서술 대상인 지미 차그라를 헤로인 밀매업자로 일컫고 있지만, 실제로 그가 취급한 약물은 코카인이었다”라고 『라스베이거스 리뷰저널』은 마지막으로 설명했다.

…이를 두고 “굿맨이 범죄적 음모에 가담했다는 혐의에는 실체적 근거가 없을뿐더러, 문제의 단락에서 드러난 오류는 비단 그것만이 아니었다. 그 단락에서는 주 서술 대상인 지미 차그라를 헤로인 밀매업자로 일컫고 있지만, 실제로 그가 취급한 약물은 코카인이었다”라고 『라스베이거스 리뷰저널』은 마지막으로 설명했다. 실제 인용문: “굿맨이 범죄적 음모에 연루되었다는 혐의에는 실체적 근거가 없었을뿐더러, 문제의 단락에서 드러난 오류는 비단 그것만이 아니었다. 그 단락에서는 주 서술 대상인 지미 차그라를 헤로인 밀매업자로 일컫고 있지만, 실제로 그가 취급한 약물은 코카인과 대마초였다.” 보아하니 저자는 이 ‘코카인’의 아이러니한 효과를 강조하고 싶었던 것 같지만•, 저렇게 문장을 끝내버리면 내용이 부정확해집니다(『라스베이거스 리뷰저널』 2003년 6월 13일 자에 실린 존 L. 스미스의 기사 「부정확성은 굿맨의 불만을 초래한 도서의 매출을 저하시키지 않는다」 참조).[26]

존 그게 왜 부정확합니까? 단지 문장을 더 효과적으로 마무리할 목적으로 대마초가 언급된 부분을 잘라낸 것뿐인데. ‘대마초’를 저기 — 문장 끄트머리에 어색하게 대롱대롱 — 남겨둔다고 해서 문장의 뜻이 바뀐다든지 인물이 더 좋거나 나쁘게 보이는 것도 아니잖아요. 분명히 말해두지만, 정말이지 저는 이런 식으로 ‘정확성’을 따지는 게 뭐 그리 중요한지 모르겠습니다. 그 문장에서 진짜 중요한 건, 헤로인과 코카인의 대비예요.

• 헤로인은 진정제인 반면, 코카인은 각성제다.

…몇 주 뒤 『뉴욕타임스 북리뷰』에는 맥매너스의 책을 펴낸 출판사의 서명하에 굿맨 시장에게 전하는 사과문을 실은 전면 광고가 등장했다. 함께 수록된 한 장의 사진 속에선 팔짱을 끼고 만면에 웃음을 띤 채 다리를 벌리고 위풍당당하게 서 있는 굿맨 시장의 머리 위로 스트래토스피어 호텔의 유리 외벽이 빛나고 있었다. 광고에 묘사된 내용은 『라스베이거스 리뷰저널』 기사에서 확인했습니다. 기사 제목은 마침맞게도 「굿맨에 대한 사과, 『뉴욕타임스』 전면 광고로 등장」이고, 발행 일자는 2003년 7월 8일입니다.[27]

결국, 이 같은 지역 매체의 보도에 힘입어 오스카 굿맨 시장은 대결에서 승리를 거두었고, 몇 주 뒤 『뉴욕타임스 북리뷰』에는 맥매너스의 책을 펴낸 출판사의 서명하에 굿맨 시장에게 전하는 사과문을 실은 전면 광고가 등장했다. 함께 수록된 한 장의 사진 속에선 팔짱을 끼고 만면에 웃음을 띤 채 다리를 벌리고 위풍당당하게 서 있는 굿맨 시장의 머리 위로 스트래토스피어 호텔의 유리 외벽이 빛나고 있었다.

네바다주 상원의원 디나 타이터스는 자신의 지역구인 라스베이거스시 클라크카운티 7번 선거구와 관련해 이런 발언을 했다. "우리는 우리 도시를 찾는 관광객이 눈살을 찌푸릴 만한 건 그 무엇도 원하지 않습니다. 그러므로 만일 현실의 한 단면이 아름답지 않다면, 그것을 치워야 합니다. 환상을 찾아서 이곳에 온 사람들이 현실과의 접촉을 원할 일은 없으니까요."

네바다주 상원의원 디나 타이터스는 자신의 지역구인 라스베이거스시 클라크카운티 7번 선거구와 관련해 이런 발언을 했다. "우리는 우리 도시를 찾는 관광객이 눈살을 찌푸릴 만한 건 그 무엇도 원하지 않습니다. 그러므로 만일 현실의 한 단면이 아름답지 않다면, 그것을 치워야 합니다. 환상을 찾아서 이곳에 온 사람들이 현실과의 접촉을 원할 일은 없으니까요." 확인 완료: 2005년 PBS에서 '미국 체험' 시리즈의 일환으로 방영한 라스베이거스 관련 다큐멘터리 「라스베이거스: 색다른 역사Las Vegas: An Unconventional History」에서 인용된 구절입니다.

5

“음, 확실히 이곳 사람들이 자살 문제에 유독 예민하기는 하죠.” 카운티 검시관 론 플러드가 자신의 사무실에서 설명했다. 문제: 클라크카운티 검시관 사무소 웹사이트에 따르면, 이제 그곳의 검시관은 론 플러드가 아닙니다. P. 마이클 머피라는 사람이에요. 어쨌든 플러드가 전임 검시관인 것은 맞습니다. 『라스베이거스 리뷰저널』에서 그가 언급된 기사를 찾아냈거든요(『라스베이거스 리뷰저널』 2001년 2월 13일 자에 실린 라이언 올리버의 기사 「클라크카운티 검시관, 프랑스인 수감자 사인 질식사로 판정」 참조).[1] 제 생각엔 여길 ‘전임 검시관’ 내지 ‘당시 검시관’으로 바꾸는 것이 좋을 듯합니다.
존 ‘당시 검시관’이라고요? 농담이시죠?

…론 플러드는 라스베이거스라는 대도시에서 자살 관련 대화에 응해준 유일한 공무원이었다. 플러드가 대화에 응한 ‘유일한’ 공무원이었는지는 확인이 불가능합니다. 다만 저자의 노트를 보면, 수많은 사람에게 인터뷰 요청을 거절당하며 느낀 심한 좌절감의 징후가 실제로 심심찮게 발견됩니다.

“음, 확실히 이곳 사람들이 자살 문제에 유독 예민하기는 하죠.” 카운티 검시관 론 플러드가 자신의 사무실에서 설명했다. “아무래도 사업적인 측면에서, 관광객이 필요한 곳이니까요. 온 시민의 생계가 이 도시의 이미지를 기반으로 유지됩니다. 그런데 자살은 팔리지 않는 상품이고요.”

그래서였을까, 론 플러드는 라스베이거스라는 대도시에서 자살 관련 대화에 응해준 유일한 공무원이었다.

“저는 사실을 찾아내는 사람입니다. 그게 제 직업이고, 제 일이에요. 그런데 굳이 정보를 감출 이유가 없죠.” 론이 말했다.

라스베이거스 검시관 사무소는 벽면이 황갈색 스투코로 마감된 작은 평지붕 건물로, 변호사 사무소며 회계사 사무소며 정신과 진료소며 은행이 즐비한 구역 안쪽에 들어앉아 있다. 안에는 피로

“저는 사실을 찾아내는 사람입니다. 그게 제 직업이고, 제 일이에요. 그런데 굳이 정보를 감출 이유가 없죠.” 론이 말했다. 또 다른 문제: 저자의 노트에선 플러드와의 이 대화에 관한 그 어떤 증거도 발견하지 못했습니다. 정말이지, 어디에서도요. 다만 이런 메모는 있었습니다. “오후 1시 — 점심 — 올리브 가든, 론 플러드/사무소.” 하지만 그 대화가 실제로 이뤄졌단 증거는 없어요. 어쩌면 이것도 저자 특유의 ‘가벼운’ 인터뷰였을까요?

라스베이거스 검시관 사무소는 벽면이 황갈색 스투코로 마감된 작은 평지붕 건물로, 변호사 사무소며 회계사 사무소며 정신과 진료소며 은행이 즐비한 구역 안쪽에 들어앉아 있다. 저자가 이 사무소를 찾느라 애를 먹었다는 증거 역시 그의 노트에서는 찾아내지 못했습니다. 하지만 라스베이거스 다운타운의 온라인 위성사진을 살펴보면, 인근에 여러 변호사 사무소·회계사 사무소·은행·정신과 진료소가 자리해 있고, 건물은 실제로 평지붕 건물인 것으로 추정됩니다. 단, 스투코로 마감되었는지 여부는 확인이 불가능합니다. 한편 해당 건물은 주차장을 낀 단독 건물인 데다, 주차장을 낀 다른 단독 건물들 사이에 자리해 있어서, 과연 이런 위치를 무언가의 안쪽에 ‘들어앉아’ 있다고 특징지어도 될는지는 다소 의문입니다.

안에는 피로 얼룩진 시트를 덮은 채 로비에 놓인 시신

도, 누리끼리한 액체가 가득 담긴 채 흩어져 있는 텀블러도, 검은색 고무 에이프런을 두르거나 번쩍거리는 은색 도구를 든 채 복도를 서성이는 사람도 없다. 이 내용은 어떻게 접근해야 할지 잘 모르겠습니다. 이게 저자가 방문한 특정 시점에 검시관 사무소가 그런 모습이 아니었다는 의미일까요? 아니면 절대 그런 모습이 아니고, 앞으로도 절대 그런 식의 모습은 아닐 거라는 의미일까요? 제 생각엔 두 시나리오 모두 가능성이 상당히 낮아 보이는데요. 물론 양쪽 다 절대 불가능하다는 걸 제가 증명할 순 없겠지만요.

존 그건요, 제가 그곳에 가 있는 동안에 그딴 건 일절 못 봤다는 뜻입니다. 달리 말하면, 그저 평범해 보이는 사무소였단 얘기죠. 누가 봐도 명확하잖아요, 재미있기도 하고. 아니 상식적으로 아무 데나 시체가 널브러져 있겠냐고요… 아이고.

…로비에 있는 작은 표지판—주의 장의사—과 넬리스 공군기지 현판—귀하의 공로에 감사하며—과 어떤 남자가 한 여자 비서 곁을 바삐 지나며 건넨 인삿말—“초콜릿 관 고마워요, 팸”—이… 이 부분에 대한 기록 역시 전무합니다. 뭔가 패턴이 느껴지시죠? 요사이 그곳에서 일하는 비서 이름은 '니콜'입니다. 하지만 음침한 유머 감각을 지닌 검시관 사무소 비서 이름으로는 '팸'이 그럴싸하게 들리는 것도 같네요.

얼룩진 시트를 덮은 채 로비에 놓인 시신도, 누리끼리한 액체가 가득 담긴 채 흩어져 있는 텀블러도, 검은색 고무 에이프런을 두르거나 번쩍거리는 은색 도구를 든 채 복도를 서성이는 사람도 없다. 실상 론의 사무소가 라스베이거스 내 거의 모든 사람의 사인을 밝히는 책무를 띠고 있음을 암시하는 단서라고는 로비에 있는 작은 표지판 — 주의注意 장의사 — 과 넬리스 공군기지 현판 — 귀하의 공로에 감사하며 — 과 어떤 남자가 한 여자 비서 곁을 바삐 지나며 건넨 인삿말 — "초콜릿 관 고마워요, 팸" — 이 전부다.

"다들 우리가 여기서 얌전히 지내주길 내심 바라는 것 같아요." 론이 말했다.

사실 고대 그리스어에는 그것을 가리키는 단어가 존재하지 않았다.

"다들 … 내심 바라는 것 같아요." 론이 말했다. 저, 제 말이 힘이 될지는 모르겠지만, 피투성이 시체를 로비에 두지 않는 것만으로도 이미 반은 성공한 겁니다. 아무튼 그건 그렇고, 여긴 뭘 어떻게 해야 할지 모르겠습니다—저자의 노트에는 전혀 나오지 않는 내용이라서요.

사실 고대 그리스어에는 그것을 가리키는 단어가 존재하지 않았다. 히브리어에도, 라틴어에도 결코 존재한 적이 없었고, 중국어에도 그것을 가리키는 단어는 존재하지 않았다. 사실 충돌: 그리스어와 라틴어에는 자살을 가리키는 용어들이 분명히 있었습니다. 그 용어들에 대한 근어根語가 없었을 뿐이죠. 혹시나 해서 하버드대학 언어학 대학원생인 친구에게 이메일을 보냈더니 이런 답장이 왔습니다. "네가 인용한 작가의 글 말인데, 학술적으론 맞는 얘기야. 왜냐하면 두 고전어 모두 재귀대명사를 쓴, 의미가 투명한 합성어나 동사구만 갖고 있거든. 예컨대 라틴어에는 대표적으로 mihi mortem consisco, 즉 '나 자신의 죽음을 초래하다'라는 표현이 있고, 그리스어에는 apotassomai toi bioi, 그러니까 '[자기 자신을] 삶에서 떼어놓다'라는 표현이 있지. 추가로 그리스어에는 명사 합성어도 있는데, '자기 자신'과 결합된 형태라고 생각하면 돼. autokheir라고, 문자적으로 해석하면 '제 손으로 자기 자신을 취함'이 되거든. 그러니까 요점은, 그래, 엄밀히 말하면 두 고전어의 관용구에는 '자살'을 기본 의미로 갖는 근어가 결여돼 있어(그리고 참고로 영단어 'suicide'는 라틴어 차용어로 sui + caedo, 즉 '자기 자신을 죽이다'라는 뜻을 가진 합성어였지). 하지만 아무리 그렇다 해도 라틴어와 그리스어에 자살을 가리키는 '단어가 존재하지 않았다'라는 말에는 어폐가 있어. 로마나 그리스 사람들도 분명 자살이란 관념을 원하면 어떤 말로든 표현할 수 있었을 테니까." 이에 덧붙여, ‹온라인 어원학Etymology Online›이라는 웹사이트에 따르면, 현대 교회 라틴어에는 자살을 가리키는 단어가 실제로 존재합니다. suicidium이라는 단어인데, '자기 자신을 의도적으로 살해함'이라는 뜻이고, 어원은 인도유럽조어PIE로 '자기 자신'을 뜻하는 s(w)e와 '살해'를 뜻하는 cidium입니다. 또한 펠로데세felo de se라는 용어도 있는데, 1728년에 생겨난 표현으로 문자적 의미는 '자기 자신에 대한 유죄'이며, 주로 자살을 이르는 표현으로 사용되었습니다. 요컨대, 자살을 가리키는 단어들이 존재했다는 얘기죠. 선생님, 자살을 가리키는 '단어가 존재하지 않았다'라는 서술의 의미를 명확히 밝혀주실 수 있을까요?

존 음, 우선 말씀하신 '교회 라틴어'는 속俗라틴어라고도 하는데, 이 속라틴어라는 게 완전 엉터리예요. 고대 로마어가 존재했던 시기로부터 약 수천 년 후에 생겨난 것이니까요. 어쨌든 저는 이걸 문제 삼으시는 이유를 잘 모르겠습니다. 하버드대학에 다닌다는 친구분도 제 말이 맞다고 했다면서요.

짐 넘어가겠습니다. 중국어에 대한 부분도 석연치 않습니다. 추정컨대 여기서 중국어는 북경관화•를 지칭하는 것 같거든요? 중국어는 하나의 어족語族입니다. 단일한 '중국 언어'란 존재하지 않아요. 더 정확히 말하면, '중국어'는 서로 밀접하게 연관되어 있지만 상호 간에 이해는 대체로 불가능한 하나의 언어 가족입니다. 북경관화는 그중 가장 널리 쓰이는 언어로 '현대 표준 중국어'라고도 불리며 흔히들 말하는 '중국어'가 바로 이 북경관화입니다. 이건 제가 매트 러더퍼드라고, 하버드대학에서 중동학을 전공하는 또 다른 대학원생 친구한테 받은 이메일인데, 한번 읽어보시죠. "친애하는 지미니에게, 중국어(북경관화)로 자살을 가리키는 단어는 지샤自殺라는— 두 글자로 된— 합성어야. '지自'는 '자기 자신'이라는 뜻(즉 재귀대명사)이고 '샤殺'는 '죽이다'라는 뜻이니까, 지샤는 '자기 자신을 죽이다'라는 뜻이지. 물론, 엄밀히 말해 '자살'을 뜻하는 단순어가 없단 얘기는 맞아. 중국어에서도 그리스어에서처럼 재귀용법을 사용해야 하니까. 하지만 여기에 뭔가 의미를 부여하는 게 맞는 건지는 잘 모르겠네. 중국어에는 여러 단순어를 조합한 합성어가 수두룩하거든. 가령 이렇게 주장할 수도 있겠지. 중국어로 목매달기(즉, 교수형)를 가리키는 단어 쟈오시絞死는 문자 그대로 옮기면 '목매달다-죽음'이 되는데, 교수형을 가리키는 고유한 단순어가 없는 걸 보면 중국인들은 사형을 좋게 생각하지 않는다, 뭐 이런 식으로. 하지만 이건 누가 봐도 명백히 잘못된 주장이잖아. 중국은 세계에서 사형을 가장 많이 집행하는 나라로 유명한데. 그러니까 지샤(자살)는 중국어에서 문법적으로 지극히 평범한 어구일 뿐이야, 이런 재귀적 형태는 그 외에도 찾으려면 얼마든지 찾을 수 있다고. 물론 자살을 의미

히브리어에도, 라틴어에도 결코 존재한 적이 없었고, 중국어에도 그것을 가리키는 단어는 존재하지 않았다.

• 베이징과 중국 북쪽에 있는 여러 성에서 통용되는 표준어. 청나라 때 관청에서 쓰던 말로서 허베이를 중심으로 널리 퍼졌다.

하는 단순어가 부재한다는 사실 자체는 맞아. 하지만 이 사실에 근거한 문화적 추론은 틀릴 수밖에 없어. 그런데도 정 추론이 하고 싶다면, 그분더러 그냥 하시라고 해. 시적 허용이라는 것도 있잖아. 하지만 분명한 건, 중국어에도 자살을 가리키는 상용어가 존재한다는 거야. 중국 사회는 이미 수천 년 전부터 자살을 목도해왔고(예를 들어 침략자들 손에 왕조가 곧 패망할 조짐이 보여 스스로 나무에 목을 매단 황제들이 있지).” 다만 히브리어와 관련해서는 저도 뭐가 맞는지 잘 모르겠습니다. 선생님, 이와 관련된 자료가 있을까요? 사전을 이것저것 뒤져봐도 제 능력으론 도저히 못 찾겠네요. 하버드대학에서 언어학을 전공하는 친구들도 여기에 대해선 일언반구 답변이 없고요.

존 흠, 잘 모르겠는데요. 어쩌면 예일대학 학생은 알 수도 있지 않을까요? 아니면 다트머스대학은요? 혹시 다트머스대학 학생한테도 문의해보셨을까요?

짐 예예, 이쯤해두죠.

더욱이 300년 전까지는, 영어에도 그것을 가리키는 단어가 존재하지 않았다. 사실 충돌: 〈온라인 어원학〉 웹사이트에 따르면, 영어에서 ‘suicide’라는 단어는 1651년, 그러니까 350년도 더 전에 사용되기 시작했습니다.

“제가 볼 때 그 이유는, 자살이 우리가 문화로서 맞닥뜨릴 수 있는 것 가운데 가장 위협적이기 때문입니다.” 론이 말했다. 이 문장 역시, 저자의 노트에서 찾지 못했습니다. **하지만 그 진술에 담긴 정서는 여러 지역 신문에 실린 플러드의 여타 자살 관련 발언과 맥을 같이 합니다.** 그런데 인과관계 면에서 문제가 있습니다. 이 진술만 봐서는 언어가 사람들의 사고방식에 영향을 미친다는 건지 그 반대라는 건지 아리송하거든요. 예컨대 만약 (플러드가 문장 첫줄에서 언급한) ‘그 이유는’에 언어학적 의미가 담겨 있다면, 진술의 기반이 상당히 불안정해집니다. 모종의 전환적 형태의 언어결정론(사피어·워프 가설, 즉 “한 사람이 말하는 언어의 문법 체계와 그가 세상을 이해하고 그 안에서 행동하는 방식에는 유기적 관련이 있다”는 이론과 비슷한 무엇)이 적용되면서, 언어의 구조가 사람들이 생각하는 방식에 영향을 미치기도 하지만 사람들이 생각하는 방식이 언어의 구조에 영향을 미치기도 한다는 얘기가 되어버리니까요. 고로 이 진술은 아무리 생각해도 설득력이 떨어집니다. 무엇보다 이제 앞서 논의한 언어들이 자살에 대한 개념과 용어를 갖추었다는 게 확실해진 상황이잖아요. 특정 집단에 속한 사람들의 언어 구조를 근거로 그들에 대해 포괄적 판단을 내린다는 것이 과연 타당한가 싶기도 하고요. 그도 그럴 게 〔어느 쪽 주장이 맞는지를 두고〕 여전히 언어학자들 사이에서 논란이 분분한 데다, 양쪽 모두 뒷받침하는 이론들이 존재하기도 하고, 더욱이 그 점을 차치하더라도, 이런 유의 포괄적 진술에는

더욱이 300년 전까지는, 영어에도 그것을 가리키는 단어가 존재하지 않았다.

“제가 볼 때 그 이유는, 자살이 우리가 문화로서 맞닥뜨릴 수 있는 것 가운데 가장 위협적이기 때문입니다.” 론이 말했다. “자살은 회의懷疑, 궁극적 불가지의 표명입니다. 우리가 아는 누군가의 자살은 — 혹은 심지어 우리가 알지 못하는 누군가의 자살조차 — 우리 중 누구도 해답을 가지고 있지 않다는 남루한 현실을 상기시키죠. 그러니 이 나라에서 자살 사건이 가장 빈번하게 발생하는 도시 입장에선 자살 이야기를 꺼리는 것도 어찌 보면 당연합니다.”

자살이 각기 다른 시대에 각기 다른 문화 속에서 거대하고도 복잡한—긍정적이기도 하고 부정적이기도 한—문화적 특성들과 결부되어 있다는 인식이 부재하니까 말이죠. 제가 볼 때 플러드가 주장했다는(사람들이 자살을 감춰야 할 우환으로 여겨 쉬쉬한다는) 이 견해는 우울증 환자의 자살에는 제한적으로 적용이 가능하지만, 자살을 명예로운 승복의 방식으로 여겼던 고대 그리스 및 동아시아 전사의 전통이라든지 자살을 속죄 혹은 저항 행위라든가 철학적 진술 내지 말기 환자의 고결한 자기파괴 행위로 간주하는 여타 문화적 관습에는 적용이 불가합니다. 그래서 말인데요 선생님, 이 견해에 대한 근거 자료가 있을까요?

존 거참, 댁의 똥 굵네요.

짐 뭐라고요?

존 편집자님 업무는 제 얘기에 대한 팩트체크지, 제 서술 대상에 대한 팩트체크가 아니라고요.

짐 아무리 그래도 품위는 지키셔야죠. 전 그저 플러드가 하는 이야기에 논리적 결함이 있다는 걸 알려드리려는 겁니다.

존 그럼 그냥 결함이 있게 두세요. 그 인용문은 자살이라는 문화적 현상에 대한 플러드의 견해를 제공함으로써 서술 대상의 특징을 살리는 데 기여하고 있어요. 그게 바로 이 문장의 유일한 핵심입니다. 플러드가 '옳은가' 혹은 '그른가'는 핵심이 아니에요. 논리적 가치를 따지자는 게 아니라고요. 여기서 그의 '논리'를 하나하나 수정하다 보면, 사실상 인물을 부정확하게 그려내는 결과가 빚어지고 말 겁니다.

짐 그렇군요. 그럼 두 분이 실제로 대화를 나눴다는 것 정도는 증명이 가능할까요? 왜냐하면 전 아직 선생님 노트에서 이 인용문 자체도 못 찾았거든요.

존 그게 어디에 적혀 있는지는 저도 모르죠. 제가 가진 자료는 이미 다 드렸잖아요. 일단 플러드와 저는 두어 차례 이야기를 나눴습니다.

533년, 제2차 오를레앙 공의회에서, 로마가톨릭 교회 추기경단은 투표로 자살을 '불법화'했다. 다음은 자살을 바라보는 태도에 관한 역사적 개요가 담긴 어느 에세이에서 제가 찾아낸 내용입니다. "(533년) 제2차 오를레앙 로마가톨릭 교회 공의회는 자살을 악마의 수작 혹은 정신이상의 발현이라고 (모호하게) 규정하는 한편, 자살에 대해 최초로 공식적 반대 입장을 표명했다(레오나르도 톤도·로스 발데사리니, 「자살: 역사적, 기술적, 역학적 연구」, 메드스케이프닷컴Medscape.com, 2001년 3월 15일)."[2] 가톨릭 신자인 제모친은 추기경단이 '투표로' 특정 사안을 '불법화'하는 일은 불가능하다고 반박하지만, 사실 교회의 제도적 불승인을 '불법화'라고 부르는 것은 합리적인 어휘 선택으로 보입니다. 그렇지만 여기에는 여전히 복잡한 의미론적 쟁점이 존재합니다. 왜냐하면 '추기경'이란 일종의 명예직으로 교황의 조언자로서 교황 선출회의에 참여하는 고위 성직자를 의미하기 때문에, 오를레앙 공의회에는 추기경단보다는 주교단이 참석했다고 말하는 편이 더 정확하거든요. 한편 중세 초기에 추기경은 교회의 온갖 종신 사제('직위를 받았거나 입적한 모든 성직자')를 통틀어 가리키는 용어였습니다—그러니까 사제 추기경과 부제 추기경, 주교 추기경이 있었다는 얘기죠. 따라서 엄밀히 따지면 오를레앙 공의회에 참석한 스물다섯 명의 주교가 추기경인 것도 맞지만, 천주교회와 천주교회에 관한 문서에서는 이 초기 공의회 참석자들의 공식적 성직 계급을 명확히 하는 차원에서 그들을 '주교'라고 지칭합니다.(출처: 웹사이트 ‹뉴어드벤트Newadvent›의 가톨릭 백과사전 내 '오를레앙 공의회' 및 '추기경' 관련 게시물들) 따라서 저는 이걸

> 533년, 제2차 오를레앙 공의회에서, 로마가톨릭 교회 추기경단은 투표로 자살을 '불법화'했다.

'주교단'으로 고쳐야 한다고 생각합니다.

존 제발 부탁인데요, 작작 좀 하시죠.

탈무드는 심지어 자살 희생자에 대한 애도마저 금한다. 거의 확인 완료: 다음은 어느 기사에서 자살을 바라보는 유대인의 태도에 관해 설명하는 내용입니다. "탈무드는 초기 그리스도교 시대에 집필되고 성문화되었으며, 특히 자살을 강하게 책망한다. 탈무드가 자살을 책망하는 근거는 「창세기」 9장 5절 "너희 생명인 피를 흘리게 하는 자에게 나는 앙갚음을 하리라"에 대한 해석이다. 자해적 죽음은 오로지 배교와 불명예, 생포나 고문으로 인한 치욕과 같이 극단적인 상황에 놓였을 때에만 용인되었다. 자살 희생자와 유가족에게는 처벌의 일환으로 통례적 매장과 관례적 애도 의식이 금지되었다. 이처럼 처벌이 무거웠기 때문에 그 시절 랍비들은 오로지 미리 고지한 후 목격자 앞에서 실행한 자살만을 자해성 죽음으로 간주했다. 현대 유대인 학자들은 자살에 대한 유대인의 가혹한 처사가 자살에 부정적인 기독교의 영향에서 부분적으로 기인했다고 믿는다."(Ch. W. 레인즈, 「자살을 바라보는 유대인의 태도」, 『유대교*judaism*』 제10권, 1966년 봄, 170쪽)[3]

그런가 하면 우리가 이슬람의 아주 오래된 질문—'자살을 어떻게 생각해야 하는가?'—을 미처 숙고해보기도 전에, 일찍이 코란은 '자살이 살인보다 훨씬 더 큰 죄악'이라는 답을 마련해두었다. 노스캐롤라이나주 윈스턴세일럼 소재 웨이크포리스트대학 종교학과 찰스 A. 킴벌 교수는 이슬람교 신앙의 핵심에 관한 질의응답 시간에 다음과 같은 질문을 받았습니다. "자살에 대한 코란의 입장은 무엇입니까?" 그의 대답은 이랬습니다. "코란에는 자살과 관련된 문구가 포함된 절이 딱 하나 존재합니다. '믿는 신앙인들이여! 너희 가운데 너희의 재산을 부정하게 삼키지 말라. 서로가 합의한 교역에 의해야 하느니라. 또, 너희 자신을 살해치 말 것이니, 하느님은 너희에게 자비로 충만하시니라.'(4장 29절) 일부 주석자들은 해당 구절을 '서로를 살해치 말라'로 번역해야 더 바람직하다고 주장합니다. 하지만 예언자의 성전聖傳은 분명 자살을 금하고 있습니다. 예언자 무함마드의 권위 있는 언행록 『하디트』에는 자살에 대한 명확한 말씀들이 담겨 있습니다. 이를테면, '산에서 스스로 몸을 던지'거나 '독약을 마시'거나 '날카로운 도구로 자신을 살해'하는 자는 지옥 불에 던져집니다. 심지어 고통스런 질병이나 심각한 부상 등으로 극한의 처지에 놓인 자들에게도 자살은 허용되지 않습니다. 궁극적으로, 사람의 수명을 좌우할 권한을 가진 주체는 신이지 인간이 아니란 뜻이죠."(『크리스천 사이언스 모니터*Christian Science Monitor*』 2001년 10월 4일 자 조시 뷰렉과 제임스 노턴의 기사 「질의응답: 이슬람 근본주의: 세계적으로 저명한 학자의 이슬람교 요점 설명」 참조)[4] 그렇지만 '자살이 살인보다 훨씬 더 큰 죄악'이란 구절을 따옴표로 묶어버리는 것은 사실을 오도하는 행위입니다. 왜냐하면 그것은 해당 구절이 코란에서 직접 인용되었음을 의미하기 때문입니다. 문맥상 (명시적이진 않지만, 살인은 회개할 수 있어도 자살은 회개할 수 없다고 가정할 때) 이 주장에 얼마간 일리가 있기는 하나, 여전히 저는 이 구절을 다음과 같이 수

탈무드는 심지어 자살 희생자에 대한 애도마저 금한다.

그런가 하면 우리가 이슬람의 아주 오래된 질문—'자살을 어떻게 생각해야 하는가?'—을 미처 숙고해보기도 전에, 일찍이 코란은 '자살이 살인보다 훨씬 더 큰 죄악'이라는 답을 마련해두었다.

정해야 마땅하다고 생각합니다. “일찍이 코란은, 자살이 살인보다 훨씬 더 큰 죄악이라는 답을 마련해두었다.”

힌두교는 자살을 책망하고… 확실히 대부분의 주류 힌두교 사회에서는 자살을 책망하지만, 다 그런 것은 아닙니다. “힌두교는 환생에 대한 믿음 그리고 영혼이 몸으로부터 결국 분리된다는 믿음이 있어 자살에 비교적 관대하다. 또한 힌두교는 미망인의 자살 의식(사티सती)을 남편의 죄를 씻어 내고 자녀의 명예를 회복하는 방법으로서 용인하지만, 이제는 거의 사라진 풍습이다.”(레오나르도 톤도·로스 발데사리니, 「자살: 역사적, 기술적, 역학적 연구」)

…불교는 줄곧 자살을 금지했으며… 웹사이트 ‹붓다넷BuddhaNet›의 온라인 백과사전에서 ‘달마 관련 자료’ 중 ‘자살’ 항목을 클릭해 들어가보면 도입부에 이렇게 적혀 있습니다. “자살은 부처에게 낯설지 않은 현상이었다. 한번은 어느 비구승 집단이 부처가 자리를 비운 사이 섣불리 몸의 역겨움에 관한 수행〔부정관〕•을 하다 생을 비관해 스스로 목숨을 끊는 일이 있었다. 한편 두 연인이 ‘영원히 함께하기’ 위해 스스로 목숨을 끊었다는 소식을 들었을 때 부처는 그러한 행동이 탐욕과 무지에서 비롯된다고 말했다. 자살에 대한 부처의 태도는 명확하다. 즉, 불교의 율律에서는 수도승이 누군가의 자살을 종용하거나 조력하는 것을 살인과 동급의 죄로 규정한다. 결과적으로, 상좌부 불교〔테라와다〕에서는 자살을 첫 번째 계행〔불살생〕에 대한 위반으로 간주한다. 타인이 아닌 자신을 대상으로 할 뿐, 자살의 동기가 되는 정신 상태는 살인의 동기가 되는 정신 상태(혐오, 두려움, 화, 과보로부터 달아나려는 욕구)와 그리 다를 바가 없다는 것이다.” 그러므로 부처가 자살을 금했다는 내용은 사실로 보입니다. 하지만 ‹붓다넷› 백과사전의 이어지는 설명은 이렇습니다. “대승불교는 일반적 유형의 자살에 대해서는 비슷한 태도를 취하지만, 종교적 동기로 인한 자살은 사실상 장려하기도 한다. 『묘법연화경』을 비롯한 대승불교의 여러 경전에서는 소신공양燒身供養〔몸을 태워 부처에게 바침〕의 공덕을 기리는데, 인간 스스로 향이 되어 ‘가장 고귀한 공물’을 바치는 의식이라는 것이다. 신체 일부도 모자라 때로 목숨까지 내놓는 뭇 보살에 관한 이야기는 중세 인도에서 회자되었고, 결과적으로 자해나 자살에 정당성을 부여했다. 중국 역사의 몇몇 특정 시기에는 그러한 관습이 지나치게 성행한 나머지 정부가 나서서 금지령을 포고할 정도였다.” 그러므로 저자의 글은 부처가 실제로 자살을 만류했다는 점에서 학술적으로 적절한 내용이지만, 불교계에서는 상황에 따라 자살을 제도적으로 용인한 듯합니다.

힌두교는 자살을 책망하고, 불교는 줄곧 자살을 금지했으며, 취리히에서는 한때 조례를 근거로 자살자를 모조리 어느 산 밑에 매장하는 형에 처한 적이 있었다.

“이는 그들의 영혼을 영원토록 억압하기 위해서”라고, 그 법령에는 적혀 있었다.

…취리히에서는 한때 조례를 근거로 자살자를 모조리 어느 산 밑에 매장하는 형에 처한 적이 있었다. 이 포고령에 대한 참고자료는 어디에서도 찾지 못했습니다. 출처는요?

• 인체의 장기 및 그 구성 물질(피, 땀, 배설물)과 시체가 부패하는 과정을 관하며 인간의 몸이 더러운 것을 깨닫고 탐욕을 없애는 관법으로, 웨살리 숲에서 부처가 부정에 대한 수행을 설파한 뒤 홀로 수행을 떠난 사이 부정관에 몰두한 비구들이 지나친 신체 혐오감으로 잇따라 집단 자살한 일이 전해진다.

존 확실하진 않지만, 이 작고도 사소한 사실의 정확성을 밝히는 게 대단히 중요하다는 것이 명백해지면, 제가 찾아낼 수 있을 것이 확실합니다.

짐 지금으로선 상당히 '중요한' 정도입니다. 하지만 면밀한 검토를 위해서 자료가 있었으면 합니다.

존 그렇군요. 한번 샅샅이 뒤져 보죠.

짐 우아, 감사합니다. 그래요, 물론 우리가 좀 티격태격하긴 했지만, 이 정도면 그래도 제법 잘 지내는 편이죠.

존 미안합니다. 못 찾겠네요.

정신과 의사들은 비교적 늦은 시기인 1960년대까지도 여전히 자살의 범죄성을 논의하면서, 간음을 저지른 여성—혹은 당대 전문 용어로 '도덕적으로 타락한 여성'—은 대개 창밖으로 몸을 던져 목숨을 끊는다고 주장했다. 그런가 하면 '성적으로 침해당한' 것에 수치심을 느낀 남성 동성애자는 칼로 자기 몸을 찌르고 또 찔러 죽음에 이른다고도 했다. 이에 더해 '유해한 생각들'로 인해 광분한 사람은 유독한 가스로 자해할 가능성이 높다고도 했다. 1960년대라는 시기, 그리고 '도덕적으로 타락한 여성'과 '유해한 생각들'이라는 구절은 1961년에 출간된 앨런 조지 N.과 롭 엘리스 에드워드의 『내부의 배신자*Trator Within Our Suicide Problem*』에서 확인할 수 있었습니다. 그러나 '성적으로 침해당한' 것에 수치심을 느낀 남성 동성애자에 대한 참고자료는 찾지 못했습니다(그걸 찾으며 제가 누렸던 즐거움에 대해서는 상상에 맡기겠습니다).

정신과 의사들은 비교적 늦은 시기인 1960년대까지도 여전히 자살의 범죄성을 논의하면서, 간음을 저지른 여성—혹은 당대 전문 용어로 '도덕적으로 타락한 여성'—은 대개 창밖으로 몸을 던져 목숨을 끊는다고 주장했다. 그런가 하면 '성적으로 침해당한' 것에 수치심을 느낀 남성 동성애자는 칼로 자기 몸을 찌르고 또 찔러 죽음에 이른다고도 했다. 이에 더해 '유해한 생각들'로 인해 광분한 사람은 유독한 가스로 자해할 가능성이 높다고도 했다.

"아마 제가 고소를 당한 첫 번째 이유도 이렇듯 자살을 금기시하는 문화 때문일 겁니다." 론이 말했다.

그 주 초에 론은 어느 자살 희생자 유가족이 외동딸의 사망 유형에 대한 수정을 요구하며 그를 고소한 건으로 재판을 받으러 법원에 다녀온 참이었다.

"듣자니 제가 그 건을 '자살'로 분류하는 바람에 따님이 천국에 가질 못하게 돼버렸다더군요."

"아마 제가 고소를 당한 첫 번째 이유도 이렇듯 자살을 금기시하는 문화 때문일 겁니다." 론이 말했다. 저자의 노트에서 플러드가 나오는 부분을 찾았습니다. 그리고 이 발언은 플러드가 저자와의 대화 중에 말한 듯한 내용과 일치합니다. 보아하니 저자가 플러드와 만난 횟수는 두 번인데요, 한 번은 기록을 남기지 않았지만, 검시관 사무소에서 이뤄진 또 한 번의 만남에 대해서는 제법 상세하게 기록해뒀더라고요. 짐작건대 첫 번째 대화는 '관계를 쌓는 것'이 주목적이었고, 본격적인 취재는 바로 이 두 번째 대화에서 진행된 듯합니다.

"듣자니 제가 그 건을 '자살'로 분류하는 바람에 따님이 천국에 가질 못하게 돼버렸다더군요." 저자의 노트에 따르면, 한 모르몬교도 가정에서 딸의 공식 사인을 변경할 목적으로 플러드를 고소한 일이 실제로 있었습니다. 하지만 이 일화에 대한 플러드의 발언을 직접 인용한 문장은 없고요. 있는 거라곤 기본 줄거리 정도가 고작입니다. 따라서 저자가 여기에도 '살을 좀 붙였다'고 봐야겠지요.

론은 턱수염을 긁적이며 시선을 돌렸다. 『라스베이거스 리뷰저널』에 실린 「클라크카운티 검시관, 프랑스인 수감자 사인 질식사로 판정」이란 제목의 기사 속 사진을 확인한 결과, 실제로 플러드는 턱수염을 길렀습니다.

"일면 황당해 보이지만, 그분들의 심정은 이해합니다. 문화심리학적으로 이 도시는 여가의 장소, 누구도 상처받을 수 없는 장소라는 인식이 우리 뇌리에 강하게 박혀 있으니까요. 하지만 알고 보면 이곳도 여느 도시와 별반 다르지 않아요. …[이하]" 이 단락의 골자는 저자의 노트에서 그럭저럭 확인되었습니다.

다운타운 사무실에 자리한 론 플러드의 뒤로는 말을 탄 조지 워싱턴의 초상화가 있었다. 실제로 검시관 사무소는 '다운타운' 근처에 있습니다. 실질적 '다운타운'과는 고속도로로 분리돼 있지만, 어지간히 가까운 것은 사실입니다. 그런데 이 워싱턴의 승마 초상화는 실재 여부를 확인하지 못했습니다. 다만 고르려고 들면 근사한 것들이 제법 있기는 합니다.

론은 턱수염을 긁적이며 시선을 돌렸다.

"일면 황당해 보이지만, 그분들의 심정은 이해합니다. 문화심리학적으로 이 도시는 여가의 장소, 누구도 상처받을 수 없는 장소라는 인식이 우리 뇌리에 강하게 박혀 있으니까요. 하지만 알고 보면 이곳도 여느 도시와 별반 다르지 않아요. 우리는 호텔에 살지도 않고, 저녁으로 뷔페를 먹지도 않죠. 모든 여자가 스트립 구역의 라운지에서 깃털옷 차림으로 춤을 추지도 않고요. 라스베이거스는 도회지예요. 때론 화려하고 때론 재미있지만, 미국에서 자살이 가장 많이 발생하는 곳이기도 하죠. 이 도시에 관한 그 어떤 안내 책자도 그런 내용은 다루지 않고, 이제 저도 그 이유를 분명히 이해하지만, 핵심은 우리가 문제를 스스로 인정하지 않는 한 그 문제를 고칠 길이 요원하다는 겁니다."

다운타운 사무실에 자리한 론 플러드의 뒤로는 말을 탄 조지 워싱턴의 초상화가 있었다. 얇은 갈색

서류철 안에는 레비 프레슬리의 사인—"다발성 두부 및 신체 외상"—이 세 쪽짜리 검시관 보고서 속 시신BODY이라고 표기된 칸에 타이핑돼 있었다. '다발성 두부 및 신체 외상'에 관한 내용은 해당 보고서에서 확인했습니다. 한데 유감스럽게도 이 보고서는, 표지를 포함하면 세 쪽짜리가 아니라 네 쪽짜리입니다. 게다가 두부 외상 관련 정보가 기입된 칸에는 시신Body이라고 표기되어 있습니다. 다시 말해 글자가 전부 대문자로 적힌 건 아니라는 얘기죠. 또한 유감스럽게도, 보고서의 실제 이름은 '검시관 보고서'가 아닙니다. 공식 명칭은 '수사 보고서: 검시관 케이스'입니다. 물론 일상적 구어에서는 '검시관 보고서'라는 명칭도 통용되지만요.

…그와 같은 신체에 가해지는 최악의 손상은 "뭐, 믿기 어렵겠지만… 외부 손상이 아니라 내부 손상"이라고 말했다. 매우 높은 곳에서 떨어졌을 때 사람의 신체에 외부 손상은 놀랍도록 경미하게, 내부 손상은 굉장히 심하게 가해지는 상황에 대해서는 「극단적 입수 충격이 유발하는 치명적 부상」이라는 논문을 통해 확인했습니다(『항공 우주 의학*Aerospace Medicine*』 제38권 8호, 1967년 8월, 779-783쪽).[5]

서류철 하나가 넓고 반들반들한 책상 위에 놓여 있었다. 서류철 안에는 레비 프레슬리의 사인—"다발성 두부 및 신체 외상"—이 세 쪽짜리 검시관 보고서 속 시신이라고 표기된 칸에 타이핑돼 있었다.

"그건 그렇고, 이제 본론으로 들어갈까요?" 론이 말했다.

대화가 이어지는 동안 그는 서류철을 간간이 들춰보면서, 안에 담긴 사실들을 바탕으로 이야기를 엮어 나갔다.

이를테면 그는, 추락한 레비의 시신 사진을 슬쩍 훑어보더니, 그와 같은 신체에 가해지는 최악의 손상은 "뭐, 믿기 어렵겠지만… 외부 손상이 아니라 내부 손상"이라고 말했다.

그는 "우리가 얼마나 높은 곳에서 뛰어내리든 얼마나 무겁든, 우리 몸이 도달할 수 있는 공기속도에는 한계가 있다는 사실을 아는지" 내게 물었다.

그는 뉴질랜드의 산맥 위를 비행하던 항공기에서 추락한 어떤 여성의 이야기를 내게 들려주었다.

"무려 2만 피트 상공에서 눈밭으로 떨어졌는데도, 크게 다친 곳 하나 없이 살아남았죠."

하지만 그는 그날 오후 사무실

그는 "우리가 얼마나 높은 곳에서 뛰어내리든 얼마나 무겁든, 우리 몸이 도달할 수 있는 공기속도에는 한계가 있다는 사실을 아는지" 내게 물었다. 낙하하는 동안 인체가 '종단속도'에 도달한다는 것까지는 확인했지만, 그 속도가 얼마나 빠른지에 대해서는 의견이 분분합니다. 『대학 물리학*College Physics*』 105쪽에 나오는 폴 티플러의 설명에 따르면, 통상 시속 241킬로미터에서 322킬로미터 사이로 간주된다고 하네요.

그는 뉴질랜드의 산맥 위를 비행하던 항공기에서 추락한 어떤 여성의 이야기를 내게 들려주었다. "무려 2만 피트 상공에서 눈밭으로 떨어졌는데도, 크게 다친 곳 하나 없이 살아남았죠." 이 이야기의 구체적인 내막은 확인하지 못했습니다. 하지만 「BBC 뉴스 매거진」의 한 기사에서 이런 내용을 발견했습니다. "1972년 1월 베스나 불로비치라는 22세 여성 승무원이 탑승한 비행기가 테러리스트에 의해 화물칸에 설치된 것으로 추정되는 폭탄으로 인해 폭발하는 사건이 발생했다.

불로비치 씨는 3만3000피트 상공을 날던 비행기 꼬리 부분에서 체코공화국의 눈 덮인 산비탈로 곤두박질쳤다. 두 다리의 골절을 비롯한 심각한 부상에도 불구하고 불로비치 씨는 살아남았고 훗날 이런 말을 했다. '저는 지금도 여전히 여행을 즐기고, 비행을 두려워하지도 않습니다.'"(「BBC 뉴스 매거진」 2005년 8월 11일 자에 수록된 조 스미턴의 기사 「비행기 추락 사고에서 살아남는 일이 가능하다?」 참조)[6] 어쩌면 이게 플러드가 들려준 이야기의 원본일지도 모르겠습니다. 혹은 저자가 플러드의 이야기를 잘못 들었을 수도 있고요. 아니면 저자가 이야기를 지어냈는데, 요행히 그의 상상이 실제 사건과 얼추 맞아떨어진 것이든지요.

하지만 그는 그날 오후 사무실에서 내가 두세 번을 물었음에도, 추락 중에 의식을 잃는 일이 가능한지는 끝내 말해주지 않았다. 저자의 노트에서는 플러드에게 이런 질문을 했다는 증거를 발견하지 못했습니다. 물론 '두세 번' 반복해서 물어봤다는 증거도 못 찾았고요.

에서 내가 두세 번을 물었음에도, 추락 중에 의식을 잃는 일이 가능한지는 끝내 말해주지 않았다.

그는 언젠가 산악인들을 연구한 19세기 지질학자가 그랬듯 "사람이 추락하는 동안에는 그 어떤 불안도, 그 어떤 절망의 흔적도, 그 어떤 고통도, 그 어떤 후회도, 그 어떤 슬픔도 느껴지지 않는다. … 오히려, 추락하는 사람은 대개 장밋빛 구름으로 가득한 눈부시게 푸르른 하늘에 둘러싸인 채 아름다운 음악 소리를 듣는다. … 그리고 이어서 갑자기, 고통이라곤 없이, 신체가 지면에 닿는 바로 그 순간 모든 감각이 온몸에서 즉시 소멸된다"라고는, 말하지 않았다.

달리 말해 론 플러드는 그가 내게 보여준 폴라로이드 사진 속 레

그는 언젠가 산악인들을 연구한 19세기 지질학자가 그랬듯 "사람이 추락하는 동안에는 그 어떤 불안도, 그 어떤 절망의 흔적도, 그 어떤 고통도, 그 어떤 후회도, 그 어떤 슬픔도 느껴지지 않는다. … 오히려, 추락하는 사람은 대개 장밋빛 구름으로 가득한 눈부시게 푸르른 하늘에 둘러싸인 채 아름다운 음악 소리를 듣는다. … 그리고 이어서 갑자기, 고통이라곤 없이, 신체가 지면에 닿는 바로 그 순간 모든 감각이 온몸에서 즉시 소멸된다"라고는, 말하지 않았다. 플러드가 저자와 대화하는 중에 의학적 근거가 모호한 글을 언급했을 가능성은 매우 희박합니다. 이 비슷한 내용도 언급한 적이 없는 듯한데요. 저자가 인용한 문장들의 출처는 1972년 발행된 『오메가*Omega*』 제3권 46쪽에 수록된 러셀 노이어스 주니어·로이 클레티의 「추락사라는 경험」입니다.[7] 그러나 놀랍지 않게도, 저자는 해당 논문을 원문과 다르게 인용하고 있습니다. 원문에는 첫 번째 인용문의 "그 어떤 후회도"라는 구절이 나오지 않을뿐더러 다른 부분에서도 차이가 발견됩니다. "그 어떤 불안도, 그 어떤 절망의 흔적도, 그 어떤 고통도 느껴지지 않았다. 그보다는 오히려 진지하게, 상황이 깊이 이해되면서, 정신이 무척 기민해지고 확신이 차오르는 것을 느꼈다." 다음은 두 번째 인용문입니다. "추락하는 사람은 대개 아름다운 음악 소리를 들으며 장밋빛 조각구름이 떠 있는 눈부시게 푸르른 하늘에서 떨어져내렸다." 다음은 세 번째. "그러다 의식은, 보통은 충돌의 순간에, 고통이라곤 없이 소멸되었고, 그 충돌은 기껏해야 소리로 전해졌을 뿐 그로 인한 아픔은 조금도 느껴지지 않았다."

달리 말해 론 플러드는 그가 내게 보여준 폴라로이드

사진 속 레비의 스니커즈 운동화가, 소년의 몸이 지표면에 부딪치던 순간 발에서 벗겨져 … 6미터 남짓 떨어진 벽돌 노면에서 발견된 경위를 설명해주지 않았다.

'흰색 운동화가 시신 근처에서 발견[되었다]'는 것은 수사 보고서에서 확인했습니다. 그러니까 프레슬리의 발에서 신발이 벗겨져 있었던 겁니다. 하지만 만약 그 운동화가 보고서에 적힌 대로 '근처'에 놓여 있었다면, 시신으로부터 '6미터 남짓' 떨어져 있었다는 부분의 개연성은 극도로 낮아집니다. 폴라로이드 사진기가 경찰의 공식적인 사진 기록용 장비로 사용되었을 가능성도 높지 않아 보이고요. 또한 검시관이 일개 언론인에게(혹은 저자가 자처하는 모종의 신분을 가진 이에게) 이런 종류의 사진을 정말 보여주었을지도 다소 의심스럽습니다.

비의 스니커즈 운동화가, 소년의 몸이 지표면에 부딪치던 순간 발에서 벗겨져, 사진상으로 보기에 멀쩡하게, 얼룩도 없이, 여전히 끈이 매어진 데다 심지어 두 번 감아서 묶인 상태로, 6미터 남짓 떨어진 벽돌 노면에서 발견된 경위를 설명해주지 않았다.

…사진상으로 보기에 멀쩡하게, 얼룩도 없이, 여전히 끈이 매어진 데다 심지어 두 번 감아서 묶인 상태로… 그 스니커즈 운동화가 유난히 '멀쩡하게' '얼룩도 없이' '두 번 감아서 묶인' 상태로 발견되었다는 내용은 수사 보고서에 언급돼 있지 않습니다. 어쩌면 저자가 문제의 '폴라로이드 사진'을 수사관들보다 훨씬 더 면밀히 살펴봤는지도 모르죠. 아, 그러고 보니 CSI 오리지널 시리즈의 배경이 라스베이거스 아니었나요? 어쩌면 저자가 본인의 탁월한 과학수사 능력을 십분 발휘해 '(대단히) 창의적인 고문관'으로서 활약할 수도 있겠는데요?

6

"이 도시에 내 족적을 남기고 싶었습니다." 카지노 업자 밥 스투팩은 스트래토스피어, 그러니까 자신의 건물…에 대해 언젠가 그렇게 말했다. 존 L. 스미스의 『한계는 없다: 밥 스투팩과 라스베이거스 스트래토스피어 타워의 흥망성쇠*No Limit: The Rise and Fall of Bob Stupak and Las Vegas' Stratosphere Tower*』, 허핑턴 프레스, 1997, 142-144쪽에서 확인했습니다.[1]

…미시시피강 서쪽에서 가장 높은 미국 건축물에 대해… 『라스베이거스 리뷰저널』 1989년 10월 5일 자에 실린 존 갤턴트의 기사 「스투팩의 시선, 철탑을 향하다」[2]를 통해 확인했습니다.

"에펠탑이 파리에서 이룩한 것들 혹은 엠파이어스테이트빌딩이 뉴욕에서 이룩한 것들을 라스베이거스에서 이룩하고 싶었죠. … 내 건물이 라스베이거스 자체를 의미하는 하나의 상징으로 자리매김하길 바랐습니다." 앞서 언급한 스미스의 책 143쪽 참조.

"진짜 그렇게 되긴 했죠." … 데이브 히키가 말했다. 저자의 노트에 나오는 내용입니다. 메모에 따르면, 저자는 히키와 '2002년 12월 15일 라스베이거스 소재 페퍼밀 레스토랑 내 파이어사이드 라운지'에서 대화를 나눴습니다. 그런데 페퍼밀 웹사이트에 들어가 보니, 라운지와 레스토랑이 한 건물이고 그 장소 전체를 '페퍼밀'이라고 부르는 것 같더라고요. 따라서 이곳의 명칭으로는 차라리 '페퍼밀 파이어사이드 라운지'가 적합할 듯합니다.

"이 도시에 내 족적을 남기고 싶었습니다." 카지노 업자 밥 스투팩은 스트래토스피어, 그러니까 자신의 건물이자 미시시피강 서쪽에서 가장 높은 미국 건축물에 대해 언젠가 그렇게 말했다. "에펠탑이 파리에서 이룩한 것들 혹은 엠파이어스테이트빌딩이 뉴욕에서 이룩한 것들을 라스베이거스에서 이룩하고 싶었죠. … 내 건물이 라스베이거스 자체를 의미하는 하나의 상징으로 자리매김하길 바랐습니다."

"진짜 그렇게 되긴 했죠." 네바다주립대학 라스베이거스 캠퍼스에 재직 중인 미술평론가 데이브 히키가 말했다. "스투팩이 라스베이거스의 새로운 상징물을 만들어낸 것만은 틀림없으니까요. 하지만 여전히 풀리지 않는 의문은, 과연 그 상징물이 무엇을 의미하느냐는 겁니다."

…네바다주립대학 라스베이거스 캠퍼스에 재직 중인 미술 평론가… 히키는 맥아더 펠로십•을 수상한 '미술비평계의 악동'이자 〔사진작가〕 로버트 메이플소프와 막역한 사이였던 인물로, 실제 네바다주립대학 라스베이거스 캠퍼스를 근거지로 활동하고 있습니다. 그곳에서 영문학을 가르치더군요. 그러니까 엄밀히 말하면, 네바다주립대학 라스베이거스 캠퍼스에 재직 중인 영문학 교수라는 얘기죠. 그런데 또 엄밀히 말하면, 히키는 네바다주립대학 라스베이거스 캠퍼스에 재직 중인… 미술평론가이기도 합니다. 하지만 그곳을 떠날 날도 머지않았습니다. 부인인 리비 럼프킨이 뉴멕시코주립대학 미술사학과 종신교수로 부임하게 돼서, 부부가 함께 뉴멕시코주로 이사할 예정이거든요. 히키는 그곳에서 실제로 미술을 가르칠 예정이고요. 그러니까 이제 곧 '뉴멕시코주립대학에 재직 중인 미술평

• MacArthur Fellowship, 맥아더재단에서 매년 분야에 상관없이 창의력을 지닌 잠재적 인재를 선정해 수여하는 상.

론가'라는 설명이 더 잘 부합하게 될 거란 뜻이죠(『라스베이거스 선』 기사 「라스베이거스 미술계에 공백 남기고 떠나는 부부」 참조).[3] 그렇지만 인터뷰 당시에는 히키가 네바다주립대학 라스베이거스 캠퍼스에 재직 중이었으므로, 이 건은 그냥 넘어가도 괜찮을 듯합니다.

데이브 히키는 라스베이거스를 바깥 세계에 알리는 사절이자 그 도시의 상주 미술사학자로 거론되는 인물이었다. 제 생각엔 이것도 저자가 나름대로 히키를 일컫는 칭호인 듯합니다. 그러니까, 저자가 그를 상주 미술사학자로 거론했으므로, 히키는 실제로 '그 도시의 상주 미술사학자로 거론되는' 인물이었던 것으로 파악되었습니다. 이상입니다.

"제가 이곳을 왜 좋아하는지 아십니까?" 히키가 말했다. "이 도시에서는 모든 게 경제를 중심으로 굴러가거든요. 이 나라 유일의 참된 민주 사회랄까요. 그래서 전 라스베이거스에서 미술학도를 가르치는 일이 즐겁습니다. 나약해빠진 친구가 없죠." 대부분 저자의 노트에 나와 있는 내용이고, 일찍이 히키가 했던 다른 발언과도 결이 비슷합니다. 예를 들어, 오토 리월트의 저서 『새로운 호텔 설계*New Hotel Design*』에는 라스베이거스를 "북아메리카 대륙 유일의 진정한 이미지 세계"라고 일컫는 그의 발언이 인용된 바 있습니다.

…파이어사이드 라운지라는 술집에서, 붉은 카우치와 팔각 탁자, 푸르고 가느다란 네온 불빛으로 둘러싸인 화로, 벽마다 바닥부터 천장까지 빈틈없이 부착된 거울이 있는 공간에서 만났다. 네, 이젠 저자가 그곳을 라운지라고 부르고 있습니다. 노트에 잘못 기재한 내용을 에세이에서 바로잡은 셈이죠. 여하튼, 이 파이어사이드 라운지는 일종의 고급 주점입니다. 웹사이트 ‹베이거스 핫스포츠Vegas Hotspots›에서는 그곳을 "쇼걸을 만나기에 가장 좋은 장소"로 꼽았고, 『카지노 매거진*Casino Magazine*』에서는 "가봐야 할 장소 중 하나"로, 『라스베이거스 매거진*Las Vegas Magazine*』에서는 "최고의 칵테일 웨이트리스"를 자랑하는 곳으로, 『메뉴 메거진*Menu Magazine*』에서는 "가장 로맨틱한 술집"으로 선정했습니다. 그리고 보아하니, 그 술집 웹사이트에 따르면, 영화 「카지노」와 「쇼걸」, 텔레비전

데이브 히키는 라스베이거스를 바깥 세계에 알리는 사절이자 그 도시의 상주 미술사학자로 거론되는 인물이었다.

"제가 이곳을 왜 좋아하는지 아십니까?" 히키가 말했다. "이 도시에서는 모든 게 경제를 중심으로 굴러가거든요. 이 나라 유일의 참된 민주 사회랄까요. 그래서 전 라스베이거스에서 미술학도를 가르치는 일이 즐겁습니다. 나약해빠진 친구가 없죠."

우리는 어느 이른 아침, 아홉 시가 채 되기 전, 스트립 구역에 있는 파이어사이드 라운지라는 술집에서, 붉은 카우치와 팔각 탁자, 푸르고 가느다란 네온 불빛으로 둘러싸인 화로, 벽마다 바닥부터 천장까지 빈틈없이 부착된 거울이 있는 공간에서 만났다.

한쪽 카우치에서는 세 남자가 검은 정장을 입은 채 술에 취해 있었고, 옆자리에서는 한 커플이 서로를 애무하며 요란스레 신음하는 와중이었고, 또 다른 자리에서는 웬 여성이 혼자서 블러디메리를 홀짝거렸고, 카운터 자리에서는 히키가 검은 카우보이 부츠를 신은 채 서비스로 그릇에 담겨 나온 땅콩을 입안에 털어 넣고 있었다.

시리즈「CSI 라스베이거스」와 「엘리미데이트Elimidate」 등의 배경 장소로도 활용된 듯합니다. (유감스럽게도,「CSI 라스베이거스」라는 텔레비전 드라마는 존재하지 않습니다. 앞서 논급했다시피,「CSI: 과학수사대」라는 텔레비전 드라마가 라스베이거스를 배경으로 촬영되긴 했지만, 제목에 지명을 붙이기 시작한 것은 단지 후속 시리즈를 라스베이거스에서 촬영된 그 오리지널 시리즈와 구분하기 위해서였거든요.) 그런데 그 술집에는 비단 붉은 카우치만이 아니라 푸른 벨벳으로 된 2인용 소파도 있고, 팔각 탁자만이 아니라 평범한 원형 탁자도 있습니다. 게다가 화로는 실상 신비로운 불꽃을 내뿜는 물웅덩이에 가까운 형태입니다. 또한 거울이 많기는 해도, 벽이란 벽마다 바닥부터 천장까지 빈틈없이 부착돼 있지는 않습니다. 그런 일이 가능할 것 같지도 않고요. 따라서 이 대목은 세부적인 내용 수정이 불가

"맞아요." 히키가 말했다. "스트래토스피어는 라스베이거스에서 키가 가장 큰 물건이에요. 사실이 그렇죠. 물건이 가장 큰 남자는 어떤 경탄의 대상이 되기도 하고요. 하지만 저는 건물이 무지막지하게 크다는 그 사실이 이 도시에 수많은 난제를 안겼다고도 생각합니다. 라스베이거스에서 건축은 상업과 관련이 있고, 상업은 유연성과 관련이 있죠. 이곳에선 생각과 행동 사이에 공백이 전혀 없어요. 이 도시는 관광업 특유의 변덕스러운 흐름에 대처하는 능력이 탁월합니다. 스스로 그 사실을 자랑스럽게 여기죠. 혹시 일이 잘못되더라도 쓸 만한 대안이 마련되어 있다는 뜻이니까요. 공들여 뭔가를 쌓아 올리다가도, 잘못되면 미련 없이 날려버리는 겁니다. 건물이든, 이웃이든, 정치인이든… 가릴 것 없이 무엇이든 다요. 뭐든 영원하리라곤 상정하는 법이 없죠. 그렇지만 스트래토스피어는 현재 모습 그대로 존재할 수밖에 없습니다. 다시 말해 계속 저 자리에 저렇게 서 있어야만 한다는 뜻이죠. 그리고 문제는 바로 그거예요. 스트래토스피어는 영원히 '스트래토스피어'로서 존재하는 상태에 갇혀버린 겁니다.

피할 듯합니다.

한쪽 카우치에서는 세 남자가 검은 정장을 입은 채 술에 취해 있었고, 옆자리에서는 한 커플이 서로를 애무하며 요란스레 신음하는 와중이었고, 또 다른 자리에서는 웬 여성이 혼자서 블러디메리를 홀짝거렸고, 카운터 자리에서는 히키가 검은 카우보이 부츠를 신은 채 서비스로 그릇에 담겨 나온 땅콩을 입안에 털어 넣고 있었다. 제가 확인차 문제의 장소에 방문했을 때는 이 가운데 두 장면이 눈앞에서 펼쳐지고 있었습니다. 따라서 나머지 장면도 실제로 펼쳐졌을 가능성이 다분합니다.

"맞아요." 히키가 말했다. "스트래토스피어는 라스베이거스에서 키가 가장 큰 물건이에요. …[이하]" 저자의 노트에서 확인했습니다. 또한 그 건축물이 갖는 남근 상징성은 더할 나위 없이 명백하기도 하고요.

1996년 스트래토스피어가 문을 연 직후, 전문가들은 그 건물을 철거할 수 있는 방안에 대한 자문 요청을 받았다. 『라스베이거스 선』 1996년 7월 29일 자에 실린 켄 매콜의 기사 「무너뜨리기보다 쌓아 올리기가 더 쉬운 타워」에서 확인했습니다.[4]

라스베이거스의 건물은 대부분 육각 철망과 스투코, 강철 지지대로 지어졌지만… 물론, 라스베이거스에 스투코를 쓴 건물이 많이(정말이지 너무나 많이…) 존재하는 것은 사실입니다. 하지만 그 대부분은 스트립 구역을 벗어난 장소에 자리하고 있어요. 따라서 스트래토스피어를 유사한 부류의 다른 카지노들과 비교할 때 이 기준을 적용하는 것은 부당합니다. 예를 들어, 룩소르는 온통 유리로 지어졌고, 벨라지오도 콘크리트나 석재 같은 것들로 지어진 걸로 보이거든요. 다시 말해, 육각 철망이나 스투코는 절대로 아니라는 얘기죠.

…스트래토스피어는 수십만 세제곱피트의 콘크리트로 이루어졌다. 여기서 스트래토스피어란, 타워를 지칭하는 것이 거의 확실한데요. 이게 호텔과 카지노를 짓는 데 들어간 것까지 포

1996년 스트래토스피어가 문을 연 직후, 전문가들은 그 건물을 철거할 수 있는 방안에 대한 자문 요청을 받았다.

"좋은 질문입니다." 스트래토스피어의 공사를 맡은 도급업자가 말했다.

라스베이거스의 건물은 대부분 육각 철망과 스투코, 강철 지지대로 지어졌지만, 스트래토스피어는 수십만 세제곱피트의 콘크리트로 이루어졌다.

"기본적으로는, 거대한 나무를 쓰러뜨릴 때와 방식이 유사합니다." 마크 루아조가 말했다. 폭파 전문가인 그는 일찍이 라스베이거스 내 유명 리조트 몇 곳의 철거를 감독한 적이 있었다. "우선 건물을 한 방향으로 기울입니다. 폭약을 써서 기우뚱하게 만드는 것이죠. 그런 다음 건물이 지면으로 쓰러지는 동안 나머지 부분을 모조리 폭파시킵니다. 기본적으로는 기우뚱한 상태일 때, 이를테면 거실 소파만 한 파편으로 잘게 분쇄하는 것이 바람직할 테고요. 하지만 그러자면 가장 큰 문제는, 해당 건물의 높이만큼 넓은 공간이 필요하다는 겁니다."

함한 수치인지, 아니면 오로지 타워에 들어간 것만 따진 수치인지가 조금 애매하긴 합니다. 타워 건축에 사용된 콘크리트의 정확한 양은 알아내지 못했습니다. 하지만 타워 전체 무게가 대략 4만5000여 톤이라는 사실은 확인했는데요. 그중 강철이 차지하는 무게가 1450톤가량입니다. 그럼 저 무게는 다 어디서 나왔을까요? 일단 타워의 나머지 부분이 전부 콘크리트로 이뤄진 것은 아닙니다. 리드 신소재의 웹사이트에 따르면, 일반적으로 콘크리트 1세제곱피트의 무게는 약 64-68킬로그램입니다. 보통 타워에 들어가는 콘크리트와 강철의 전형적인 비율이 어느 정도인지는 저도 모르겠습니다. 특히 스트래토스피어 타워처럼 무게가 어마어마한 콘크리트 건물은 그 비율을 가늠하기가 더 어렵기도 하고요. 게다가 저는 저자가 말하는 '수십만'에서 이 '수-'라는 게 정확히 얼마만큼인지도 모르겠습니다. '수-'를 3에서 10 사이 어디쯤의 숫자로 해석하면, 여기서 말하는 '수십만 세제곱피트'는 콘크리트 1만9000톤에서 6만8000톤 사이라는 얘기가 되거든요. 이건 너무 모호하잖아요. 그래서 저는 이 설명이 부정확한 것으

로 간주될 소지가 있다고 봅니다.

"기본적으로는, 거대한 나무를 쓰러뜨릴 때와 방식이 유사합니다." 마크 루아조가 말했다. 앞서 언급한 켄 매콜의 『라스베이거스 선』 1996년 기사에서 확인했습니다. 하지만 이 기사는, 저자가 직접 루아조를 인터뷰한 것처럼 보이게 할 의도로 사용된 인용문이 실은 그 사람의 말을 그럴듯하게 다듬은 것에 불과하다는 점을 드러내기도 합니다. 군데군데 바꾸거나 지어낸 부분들도 눈에 띄고요. 예컨대, 사실 루아조는 "거실 의자만 하거나 그보다 작은 파편들"이라고 말했거든요.

존 저는 제가 그 남자를 직접 인터뷰한 것처럼 보이게 하려고 하지 않았습니다. 문제의 그 기사 사본을 제공한 사람이 바로 저인걸요. 그런 만큼 저는 아무것도 숨기지 않았습니다. 단지 그 글을 다듬으려고 했을 뿐이죠.

폭파 전문가인 그는 일찍이 라스베이거스 내 유명 리조트 몇 곳의 철거를 감독한 적이 있었다. 그가 듄즈와 랜드마크의 폭파를 감독했다는 사실을 위에 언급된 기사를 통해 확인했습니다. 둘 다 실제로 유명한 카지노 호텔이었고요. 『메리엄-웹스터 사전』에 따르면, 리조트란 '주로 휴가객들에게 오락과 기분전환을 제공하는 장소'를 의미하므로, 이 두 호텔은 리조트라고 불러도 무방하다고 봅니다—호텔 소유주들이 그렇게 불렀을 리는 없겠지만요. 아무튼 그렇습니다.

달리 말하면, 라스베이거스 스트립 구역에 400미터 길이의 공터가 필요하다는 뜻이었다.

"그뿐이 아니죠." 루아조가 말을 이었다. "비용 문제도 있습니다. 결국은 이걸 지을 때보다 허물 때 더 많은 비용이 소요될 테니까요."

대략 10억 달러쯤.

"그래서 저는 이 건물이 계속 저 자리에 서 있어야 한다고 생각합니다." 루아조는 말했다.

"사람들이 라스베이거스를 찾는 이유는 그 건물 때문이 아니에요." 히키가 말했다. "이곳은 뉴욕이 아닙니다. 시카고도 아니죠. 위대한 건물들의 도시가 아니라는 겁니다. 이곳은 익살과 속임수의 도시입니다. 탈출이 필요할 때 찾아오는 곳이라고요."

무엇으로부터?

"무엇으로부터라고 생각하세요?" 히키가 말했다.

그는 웨이트리스를 불러 땅콩을 더 청했다.

달리 말하면, 라스베이거스 스트립 구역에 약 400미터 길이의 공터가 필요하다는 뜻이었다. 틀렸습니다. 실제 타워의 높이는 400미터가 아닌 350미터니까요. 게다가 이건 기사에서 직접 인용한 문장도 아니고요.

존 문장을 좀더 깔끔하게 다듬어본 겁니다. 그런데 아마도 수학적 계산은 깔끔하지 않았던 것 같네요.

짐 아마도요.

대략 10억 달러쯤. 앞서 언급한 기사에는 "그 비용이 … 5억 달러를 상회할 것"이라고 적혀 있습니다. 저자가 말한 10억 달러가 아니라요. 그리고 이것도 직접 인용문은 아닙니다.

존 그렇군요. 착오가 있었네요.

짐 그렇죠?

"사람들이 라스베이거스를 찾는 이유는 그 건물 때문이 아니에요." 히키가 말했다. 저자의 노트에 나오는 인용문입니다. 그런데 당장 저만 해도 맨 처음 라스베이거스를 방문한 이유가 건물들에 대한 환상 때문이었거든요. 실제로, 온라인에서 '라스베이거스를 방문하는 열 가지 이유'를 검색해보면, 대다수 목록에서 조명과 카지노처럼 건축에 관련된 내용이 눈에 띄기도 하고요. 물론 '위대한 건축물'이란 구절이 들어가는 목록은 없었지만요. (참고로, 한 웹사이트에서는 '액시스 앤드 얼라이즈• 함께할 사람 구하기'가 목록에 포함돼 있었습니다.)

"이 도시에서 제일 잘나가는 호텔들을 보세요." 히키가 말했다. "그 호텔들 공통점이 뭐게요? 천장이랑 바닥은 있는데, 빌어먹을 벽은 없다는 겁니다." '빌어먹을 벽'이 없는 건물은 존재 자체가 절대 불가능합니다.

존 인용문이잖아요. 그대로 두시죠. 덧붙여, 제 말에 대한 팩트 체크는 그렇다 쳐도, 히키의 발언에 대한 건 누가 봐도 업무 영역을 벗어나는 듯한데요. 자제하시죠.

"이 도시에서 제일 잘나가는 호텔들을 보세요." 히키가 말했다. "그 호텔들 공통점이 뭐게요? 천장이랑 바닥은 있는데, 빌어먹을 벽은 없다는 겁니다. 카지노 설계자들은 알거든요. 사람들은 머리 위가 휑하게 뚫린 장소에서 도박하길 좋아하지 않는다는 걸. 가령 벨라지오 호텔을 볼까요? 이 도시 역사상 가장 성공한 호텔이죠. 그런데 평면도를 보면 면적이 약 7432제곱미터로 널찍하고 탁 트인 데 반해, 천장은 전부 굉장히 낮습니다. 게다가 다층 구조를 갖고 있고요. 맨 위에 본천장이 있고, 그보다 층이 낮은 단천장이 있고, 그 아래 휘장이 걸려 있고, 그 아래로는 차양이 있죠. 그래서 결국 천장 높이는 6미터이지만 천장과 머리 사이 공간의 높이는 3미터에도 못 미치게 됩니다. 왜 그렇

"카지노 설계자들은 알거든요. 사람들은 머리 위가 휑하게 뚫린 장소에서 도박하길 좋아하지 않는다는 걸." 빌 프리드먼의 저서 『경쟁자를 압도하는 카지노 설계: 프리드먼식 카지노 설계 국제 표준*Designing Casinos to Dominate the Competition: The Friedman International Standards of Casino Design*』(현재 영국과 일본에서도 구입 가능! 단돈 150달러!)에는 카지노 설계의 여러 '원칙'이 일목요연하게 정리돼 있습니다. 일례로 '원칙 8'은 "낮은 천장이 높은 천장을 이긴다"이고, 그 세부 항목은 각각 "천장 높이가 잠재적 경기력에 미치는 막대한 영향" "천장 높이와 경기자 수의 연관성" "천장 높이와 경쟁력의 상관관계" 등 입니다. 다른 원칙들도 상당히 흥미롭습니다. "원칙 1: 물리적으로 분할된 카지노가 완전히 개방된 대형 건물을 이긴다" "원칙 2: 카지노 입구 바로 안쪽의 도박기기가 텅 빈 입구 층계참과 썰렁한 로비를 이긴다" "원칙 3: 짧은 가시선이 광범한 가시심도를 이긴다" "원칙 4: 미로식 배치가 길고, 넓고, 곧은 통로와 복도를 이긴다" "원칙 5: 촘촘한 도박기기 배치가 듬성한 바닥 배치를 이긴다" "원칙 6: 관심의 초점을 모으도록 체계성을 갖춘 도박기기 배치가 체계성이 부족한 바닥 배치를 이긴다" "원칙 7: 분리된 좌식 설비가 밀착된 좌식 설비를 이긴다" " 원칙 9: 장식적인 도박기기가 인상적이고도 감명적인 장식을 이긴다" "원칙 10: 일반적인 장식이 카지노풍 인테리어를 이긴다" "원칙 11: 도박기기가 돋보이는 통로가 노란 벽돌길을 이긴다" "원칙 12: 감각이 현실을 이긴다" "원칙 13: 복합적인 내부 환경과 도박 여건이 단조로운 분위기를 이긴다". 정말이지 모든 요소를 꼼꼼하게도 분석해놨더라고요.

존 그러니 아무쪼록 원칙 12번에 유념하시기 바랍니

• Axis and Allies, 제2차 세계대전을 테마로 한 미국의 유명 보드게임.

다. "감각이 현실을 이긴다."

"가령 벨라지오 호텔을 볼까요? 이 도시 역사상 가장 성공한 호텔이죠." 벨라지오가 현재 라스베이거스에서 가장 돈이 되는 카지노라는 건 여러 매체에서 언급된 바 있습니다. 하지만 '역사상' 가장 돈이 된다는 주장을 뒷받침할 만한 자료는 찾지 못했습니다.

"그런데 평면도를 보면 면적이 약 7432제곱미터로 널찍하고 탁 트인 데 반해, 천장은 전부 굉장히 낮습니다. 게다가 다층 구조를 갖고 있고요. 맨 위에 본천장이 있고, 그보다 층이 낮은 단천장이 있고, 그 아래 휘장이 걸려 있고, 그 아래로는 차양이 있죠. 그래서 결국 천장 높이는 6미터이지만 천장과 머리 사이 공간의 높이는 3미터에도 못 미치게 됩니다." 카지노 웹사이트 소개글에 따르면, 실제로 그 도박장의 면적은 9290제곱미터이지만, 이 공간을 전부 중앙 도박장이 차지하는 것은 아닙니다. 하지만 이 자료를 놓고 볼 때 그곳이 비교적 '탁 트인' 공간인 것만은 사실입니다(프리드먼의 규칙 가운데 미로와 가시선에 관한 항목을 위반한 셈이죠). 천장 높이는 정확히 파악하지 못했지만, 문제의 차양이 여기저기 존재한다는 것은 확인했습니다.

게 지었을까요? 왜냐면 호텔 경영진은 알거든요. 인간이 신의 눈을 피해서 이곳을 찾는다는 걸. 농담이 아니에요. 비록 의식적으로 고려하진 않더라도, 사람들이 이곳을 찾는 이유는 결국 그거라니까요. 스스로 쾌락을 즐기는 동안에는 되도록 예수 그리스도와 거리를 두고 싶어하는 겁니다. 높이를 내세우는 호텔들이 여기서 별 재미를 못 보는 이유도 바로 이거고요. 이를테면 룩소르만 해도 그래요. 하늘 높이 조명을 쏘아대는 그 호텔 아시죠? 룩소르는 1990년대 중반에 고급 호텔로 문을 열었지만, 10년 후에는 스트립 구역에서 가장 낮은 수준의 객실 요금을 받게 됐어요. 패리스 호텔 객실도 대체로 가격이 떨어졌죠. 건축비를 10억 달러나 들였는데도 말입니다. 요컨대 그 호텔은 사람의 마음을 끄는 장소가 아닙니다. 건물 정

"왜 그렇게 지었을까요? 왜냐면 호텔 경영진은 알거든요. 인간이 신의 눈을 피해서 이곳을 찾는다는 걸." 그보다 저는, 호텔 측에서 천장을 그런 식으로 지은 이유가 예의 그 '천장 높이와 경쟁력의 상관관계' 때문이라고 생각합니다.

존 확실히 시에는 영 취미가 없으신 것 같네요.

"룩소르는 1990년대 중반에 고급 호텔로 문을 열었지만, 10년 후에는 스트립 구역에서 가장 낮은 수준의 객실 요금을 받게 됐어요." 다수의 여행 사이트에 따르면, 룩소르 호텔의 객실가는 약 125달러로, 그보다 비싼 곳은 벨라지오와 베네치안, 시저스팰리스, 포시즌스뿐입니다.

"패리스 호텔 객실도 대체로 가격이 떨어졌죠. 건축비를 10억 달러나 들였는데도 말입니다." 호텔 예약 일정표를 보면, 실제로 요금을 내리기는 했지만, 비성수기라서 그런 듯하고, 이는 업계의 표준적 관행입니다. 또한 〔여행 안내서〕 프로머스Frommer's 시리즈에 따르면, 건축비는 10억 달러가 아닌 7억 8500만 달러가 들었습니다.

"요컨대 그 호텔은 사람의 마음을 끄는 장소가 아닙니다." 아니, 입주 예술가가 무려 배리 매닐로인데도 사람의 마음을 끄는 장소가 아니라고요?

"건물 정면 외벽에 자잘하게 나 있는 수많은 창문은, 보는 이에게 거대한 건물이 머리 위로 우뚝 솟아 있다는 인상을 주죠." 맞는 말이긴 한데, 그렇게 따지면 벨라지오 호텔도 정면부에 수많은 창문이 나 있어서 '보는 이에게 거대한 건물이 머리 위로 우뚝 솟아 있다는 인상'을 주긴 매한가지거든요. 그러니까 일종의 이중 잣대가 적용된 셈이죠.

존 과연 그럴까요? 만약 히키가 편집자님 의견을 팩트체크한다면 어떨까요? 비록 벨라지오 호텔 정면부도 패리스 호텔 정면부 못지않게 많은 영역이 창문으로 이뤄져 있긴 하지만, 실상 벨라지오 호텔의 각 창문은 네 개의 객실 각각에 난 네 개의 창문으로 이뤄져 있기 때문에 패리스 호텔 창문에 비해 훨씬 더 크고, 그래서 앞에서 봤을 때 덜 위협적일뿐더러 훨씬 덜 '번잡해' 보인다고 말하지 않을까요? 이 문제에 관해선 히키의 의견이 옳습니다.

"기도하려고 라스베이거스를 찾는 사람은 없으니까요." 이 건에 대해서는 저자에게 의견을 양보하겠습니다. 라스베이거스의 인구 대비 교회 수가 미국 그 어떤 도시보다도 더 많다는 것은 그저 도시 전설에 불과하지만, 인구 대비 술집 수가 다른 어떤 곳보다 더 많다는 것은 틀림없는 사실이니까요.

당초 밥 스투팩이 구상한 스트래토스피어 타워의 모습은 세계에서 가장 높은 광고탑이었다. 앞서 언급한 『라스베이거스 리뷰저널』 1989년 10월 5일 자 존 갤턴트의 기사에서 확인했습니다.

그는 그 광고탑을 자신의 20층짜리 호텔 '밥 스투팩스 베이거스 월드'의 야트막한 정면부 옆에 세우고… 같은 기사.

…'한계는 없다'라는 호텔 표어가… 같은 기사.

세로로 적힌 네온사인을 300여 미터 높이의 로켓함 구조물에 길이 방향으로 설치할 계획이었다. 같은 기사.

당시 기준으로, 지구상의 온갖 건조물 가운데 열 번째에 해당되는 높이였다. 글쎄요, 일단 '건조물'이라는 전제부터가 사실이 아닙니다. 만약 모든 '건조물'이 고려 대상에 포함된다면, 방송탑도 고려해야 하는데, 그 당시 스트래토스피어 타워

면 외벽에 자잘하게 나 있는 수많은 창문은, 보는 이에게 거대한 건물이 머리 위로 우뚝 솟아 있다는 인상을 주죠. 이 도시를 방문하는 사람들은 여기서 지내는 동안 위를 올려다보고 싶어하지 않아요. 기도하려고 라스베이거스를 찾는 사람은 없으니까요."

당초 밥 스투팩이 구상한 스트래토스피어 타워의 모습은 세계에서 가장 높은 광고탑이었다. 그는 그 광고탑을 자신의 20층짜리 호텔 '밥 스투팩스 베이거스 월드'의 야트막한 정면부 옆에 세우고, '한계는 없다'라는 호텔 표어가 세로로 적힌 네온사인을 300여 미터 높이의 로켓함 구조물에 길이 방향으로 설치할 계획이었다. 당시 기준으로, 지구상의 온갖 건조물 가운데 열 번째에 해당되는 높이였다.

"그런데 마침 그 무렵 딸아이가 오스트레일리아에 살고 있어서, 그 앨 보러 그곳에 가게 됐어요." 스투팩이 말했다. "시드니 타워에서 같이 점심을 먹었죠. 시드니 타워는 높이가 300미터쯤 되는데 꼭대기 층에 회전식 식당이 있거든요. 한데 가만 보니까 사람들이 오직 전망대에 가보겠다는 일념으로 거의 한 시간을 기다려 돈을 내고 엘리베이터를 타는 거예

보다 더 높은 방송탑이 열 개도 훨씬 넘게 있었으니까요. (게다가 여기에 적합한 용어가 과연 '건조물'이냐 '탑'이냐 '마천루'냐 '기둥'이냐를 따지려고 들면, 문제가 정말 복잡해집니다.) 존 그럼 따지지 말죠.

"그런데 마침 그 무렵 딸아이가 오스트레일리아에 살고 있어서, 그 앨 보러 그곳에 가게 됐어요." 스투팩이 말했다. 역시, 존 L. 스미스의 저서 『한계는 없다』 143쪽 참조.

스트래토스피어 호텔은 『라스베이거스 리뷰저널』의 연간 독자 투표에서 … 일곱 부문의 상을 수상했고… 사실 충돌: 실제로 연간 독자 투표를 실시한 매체는 『라스베이거스 선』이지만, 보아하니 현재는 『라스베이거스 리뷰저널』에 인수 합병된 상태이기 때문에, 문제의

요. 그때 불현듯 아이디어가 떠올랐죠. 라스베이거스에 단순히 광고탑만 세울 것이 아니라 그 광고탑 꼭대기에 전망대까지 설치한다면? 그래서 오직 그곳에서 경관을 감상하겠다는 일념으로 온 나라에서 사람들이 찾아온다면? 그러다 문득 이런 생각이 들더군요. '이왕이면 더 높게 세워도 되지 않을까?' 그때 딱 마음을 먹은 겁니다. 300미터가 아니라 350미터짜리 광고탑을 제작하기로. 왠지 그게 더 과학적인 수치로 보였거든요. 그때를 기점으로, 세계에서 가장 높은 광고탑을 세운다는 당초의 아이디어는 우리 관심사에서 제외되었습니다. 생각해보니까 우린 이미 그 일을 하고 있었더라고요. 그 건조물 자체가 광고판 노릇을 하게 될 테니까요."

1996년 이래로 스트래토스피어 호텔은 『라스베이거스 리뷰저널』의 연간 독자 투표에서 '라스베이거스에서 가장 못생긴 건물' '라스베이거스에서 가장 천박한 장소' '가장 먼저 폭파해야 마땅한 호텔'을 포함한 일곱 부문의 상을 수상했고, 와중에 밥 스투팩은 '라스베이거스의 가장 큰 골칫덩어리'라는 이름의 특별상을 받았다.

상들을 『라스베이거스 리뷰저널』에서 수여했다는 설명도 엄밀히 말하면 완전히 틀린 이야기는 아닐 겁니다.

…'라스베이거스에서 가장 못생긴 건물'… 확인 완료: 1997년에 그 상을 수상했습니다.

…'라스베이거스에서 가장 천박한 장소'… 확인 완료: 이 상 역시 같은 해인 1997년에 수상했습니다.

…'가장 먼저 폭파해야 마땅한 호텔'… 확인 완료: 1997년.

…와중에 밥 스투팩은 '라스베이거스의 가장 큰 골칫덩어리' 라는 이름의 특별상을 받았다. 이야, 스트래토스피어 입장에선 1997년이 그야말로 폭망한 해였겠는데요(『한계는 없다』, 198쪽).

한편 스트래토스피어 호텔에서는 화재도 여덟 번 발생했는데… 이 가운데 적어도 일곱 건의 화재 사건에 대해서는 명확한 확인이 가능하고, 어쩌면 아홉 건까지도 확인이 가능할 듯합니다. 발생 시점은 각각 1993년 8월, 즉 호텔을 건설 중이던 시기(『라스베이거스 선』 1999년 10월 30일 자 기사 「라스베이거스 단신」 참조)와 1996년 4월 26일(『라스베이거스 선』 1996년 4월 26일 자에 수록된 케이시 스콧의 기사 「연기 났지만, 큰불은 아냐」 참조), 1996년 7월 5일(『라스베이거스 선』 1996년 7월 5일 자 기사 「라스베이거스 단신」 참조), 1997년 4월 16일(『라스베이거스 선』 1997년 4월 16일 자 기사 「쓰레기통에서 난 불로 스트래토스피어 〔투숙객〕 대피」 참조), 2000년 3월(『소방 공학*Fire Engineering*』 제153권 3호, 2000년 3월, 46쪽 참조. 해당 논문에서는 "네바다주 라스베이거스에 있는 스트래토스피어 호텔앤드카지노 내 배스 앤드 바디웍스 소매점 2층에서 피운 촛불로 인해 우연히 시작된 화재가 소방대원이 도착하기도 전에 스프링클러 시스템 덕분에 진화되었다"라고 설명하고 있지만, '화재'치고는 상당히 약한 불이었습니다), 2003년 1월 13일(『라스베이거스 선』, 2003년 1월 13일 자 단신 「스프링클러, 스트래토스피어 화재 진화」 참조), 2005년 9월 3일(『라스베이거스 선』 2005년 9월 6일 자에 수록된 메리 매닝의 기사 「교통사고 및 호수 익사 사망자 소식으로 암울한 주말」 참조)입니다.[5]

한편 스트래토스피어 호텔에서는 화재도 여덟 번 발생했는데, 그 중 세 건은 호텔이 개점하기도 전에, 한 건은 개점식을 하던 도중에 발생했다.

투숙객 한 명이 호텔 객실에서 교살범에게 목 졸려 살해당하는 사건, 기관총 한 대가 주차장 건물에서 발사된 사건, 고소인만 무려 1만8000명이 넘는 소송 사건도 한 건씩 있었다.

…한 건은 개점식을 하던 도중에 발생했다. 사실 충돌: 이 '화재'는 1996년 4월 29일에 발생했는데(『라스베이거스 선』 1996년 5월 1일 자 기사 「연기로 인해 타워 꼭대기에 발 묶인 방문객들」 참조)[6], 알고 보니 실제 화재는 아니었고, 불꽃놀이 연기가 예기치 않게 타워 쪽으로 너무 많이 넘어가면서 화재 경보기가 울렸던 사건으로 밝혀졌습니다.

투숙객 한 명이 호텔 객실에서 교살범에게 목 졸려 살해당하는… 『라스베이거스 선』 2001년 10월 9일 자 기사 「2001년 10월 9일 자 법원 단신」[7]을 통해 확인했습니다.

…기관총 한 대가 주차장 건물에서 발사된… 『라스베이거스 선』 1997년 3월 12일 자 기사 「경찰, 폭력 범죄 빈발 지역 관련 보도에 항변」[8]을 통해 확인했습니다.

…고소인만 무려 1만8000명이 넘는 소송 사건도… 확인 완료: 알아보니 대략 1만9000건의 패키지 여행 계약 불이행에 대한 집단 소송이었더군요. "스투팩은 1만9000개의 여행 패키지 상품 판매로 2500만 달러가 넘는 수익을 벌어들였음에도 자금을 고갈시켜 스트래토스피어의 지배권을 그랜드에 강제로 양도해야 했다. 급기야 1997년 1월에는, 440만 달러에 달하는 현금과 스투팩의 에스크로 계정 내 주식으로는 1500만 달러 상당의 여행 계약 의무를 이행하기에 턱없이 부족하다는 현실을 자각한 스트래토스피어 측에서 기존 패키지 여행 계약을 이행하는 게 더는 불가능하다고 선언하기에 이르렀다. 이에 해당 패키지 상품 계약자들은, 1997년 초 파산을 신청한 스투팩과 스트래토스피어를 상대로

소송을 제기했다. 문제의 소송은 지난 6월 집단 소송 자격을 부여받았다."(『라스베이거스 선』 1998년 4월 6일 자에 수록된 존 와일런의 기사 「스트래토스피어, 스투팩의 패키지 여행 계약 이행해야」 참조)[9] 애고, 잘못하긴 했네요.

짐 제 말뜻은 그게 아니라요…. 그러니까, 원안상 타워 높이인 308미터가 미 연방항공국 규정을 183미터가량 초과했다고 하면, 규제 높이가 125미터부터여야 한다는 겁니다. 그런데 연방항공국은 높이가 238미터를 초과하는 건물에 대해서만 감독하고 있거든요. 그럼 이건 연방항공국이 125미터에서 238미터짜리 건축물에 대해서는 공항 규정을 초과하는 높이임에도 불구하고 그저 손을 놓고 있다는 얘기가 되기도 해서.

존 지금 문제를 복잡하게 만들려고 일부러 애쓰시는 건가요? 도대체 뭐가 문제죠? 일단 그 정보에 대한 자료는 있습니다. 보아하니 편집자님 신경은 온통 거기에만 집중돼 있는 것 같네요. 아, 그러고 보니 정부 기관을 중상모략하는 일에도.

미 연방항공국은 그 300미터 높이 타워가 건축 설계상 공항 고도제한 규정을 183미터 초과한다며 경고한 적이 있었다. 사실 충돌: 미 연방항공국은 높이 238미터를 초과하는 모든 건축물을 감독합니다. 그래서 1991년 스투팩의 타워가 항공기 비행 패턴에 "상당한 악영향"을 미칠 거라며 우려를 표명한 것이고요(당초 설계상으로는 높이가 308미터였습니다). 한데 그러면 원안상 건축물 높이가 규정을 183미터가량 초과했다는 이유로 경고를 받았을 가능성이 낮아집니다. 미 연방항공국이 단속하는 최소 높이를 겨우 70미터쯤 초과했을 뿐이라면 모를까(『한계는 없다』 198쪽)? 이에 관한 자료가 있을까요?

존 말씀이 논리적으로 이해가 잘 안 되는데요. 그러니까 미 연방항공국의 규정을 183미터가량 초과하는 타워는 압도적으로 높아서 단속이 불가능할 거란 뜻인가요? 건축물이 관리 가능한 범위 내에서 높으면 어떻게든 건설업자를 다그치겠지만, 만약 그보다 훨씬 더 높으면 거기에 압도된 나머지 욕이나 한번 내뱉고 만다는 건가요?

미 연방항공국은 그 300미터 높이 타워가 건축 설계상 공항 고도제한 규정을 183미터 초과한다며 경고한 적이 있었다. 이에 라스베이거스 시장은 "[미 연방항공국의] 업무는 라스베이거스의 안전을 위해 항공기를 감독하는 것이지 항공기의 안전을 위해 라스베이거스를 감독하는 것이 아니"라고 응수한 바 있었다.

이윽고 공사가 시작되었을 때는 한동안 지역민들 사이에서 이른바 '킹크kink'라는 이상으로 인해 타워의 244미터 높이 버팀기둥 세 개 중 한 개가 굽었다는 소문이 돌았고, 스트래토스피어의 건축을 맡은 도급업자는 그것이 중대한 구조적 결함은 아니라며

이에 라스베이거스 시장은 "[미 연방항공국의] 업무는 라스베이거스의 안전을 위해 항공기를 감독하는 것이지 항공기의 안전을 위해 라스베이거스를 감독하는 것이 아니"라고 응수한 바 있었다. 『라스베이거스 선』 1994년 6월 3일 자 기사 「자문 위원, 타워는 항공 교통의 장애물」[10]에 따르면 그렇습니다.

이윽고 공사가 시작되었을 때는 한동안 지역민들 사이에서 이른바 '킹크'라는 이상으로 인해 타워의 244미터 높이 버팀기둥 세 개 중 한 개가 굽었다는 소문이 돌았고, 스트래토스피어의 건축을 맡은 도급업자는 그것

이 중대한 구조적 결함은 아니라며 시민들을 안심시켰지만, 소문이 비로소 잦아든 것은 몇 달 후 어느 적요하고 이른 아침, 그 자리를 스프레이형 스티로폼으로 메우고 페인트를 칠한 뒤였다. 이에 대한 증거 자료는 찾지 못했습니다. 선생님?

존 스트래토스피어의 킹크 현상에 대한 그 '소문'은 그저 기담에 불과합니다. '소문'이란 게 원래 그렇잖아요. 제가 라스베이거스를 처음 방문한 시기가 1994년입니다. 그 당시에도 스트래토스피어 타워는 여전히 공사 중이었고요. 라스베이거스에서 후버 댐으로 버스 투어를 가던 길이었는데, 교통 체증으로 인해 타워 아래쪽에 잠시 머물게 됐을 때, 우리 버스 기사—겸 투어 가이드—가 그러더군요. 그 타워의 버팀기둥 세 개 중 한 개가 구부러졌는데, 그 모습을 본 지역 주민들이 하도 불안해하니까 시공업자가 그 기둥의 구부러진 귀퉁이를 (안전 진단을 통과했음에도) 스티로폼으로 메워버렸다고요.

짐 흠… 그에 대한 어떤 문헌 자료가 있을까요? 이를테면 여행 일지라든지.

존 지금 저한테 소문에 대한 증거를 요청하시는 겁니까?

짐 소문이 있었다고 말씀하시니, 그 소문의 진리 가치는 차치하더라도, 실제로 소문이 있었는지 정도는 알아봐야죠. 당시 그 투어를 운영한 여행사 이름은 기억하시나요?

존 진담입니까?

짐 지금 농담을 시작하기엔 좀 늦었을걸요.

존 아뇨, 여행사 이름은 기억나지 않습니다. 15년도 더 지난 일이라서요. 이거 어쩌죠? 독자들에게 사실을 제대로 전달하지 못하게 됐으니.

짐 그럼 그 여행 중에 개인적으로 기록하신 거라도?

존 1994년에 저는—글쓰기가 아닌—라틴어와 그리스어를 공부하는 대학교 2학년생 신분으로 당시 조부모님과 함께 휴가 여행을 떠났다가 에어컨도 없는 버스를 타고 장시간 동안 사막을 지나 후버 댐을 찾아가는 와중이었습니다. 기록 같은 걸 남겼을 리가요.

시민들을 안심시켰지만, 소문이 비로소 잦아든 것은 몇 달 후 어느 적요하고 이른 아침, 그 자리를 스프레이형 스티로폼으로 메우고 페인트를 칠한 뒤였다.

문을 열기 전 그 호텔의 주가는 14달러였다.

그랬다가 문을 연 직후에는 2센트가 되었다.

건축비는 당초 3500만 달러로 추산되었지만, 실제로는 5억 달러가 들었고, 8억 달러가 부채로 누적되었다.

문을 열기 전 그 호텔의 주가는 14달러였다. 『라스베이거스 선』 1998년 4월 6일 자에 수록된 존 와일런의 기사 「스트래토스피어, 스투팩의 패키지 여행 계약 이행해야」를 통해 확인했습니다.[11]

그랬다가 문을 연 직후에는 2센트가 되었다. 확인 완료: 『라스베이거스 선』 1998년 2월 26일 자에 수록된 게리 톰프슨의 기사 「스트래스토피어 주식의 미스터리 해명」 참조.[12]

건축비는 당초 3500만 달러로 추산되었지만… 확인 완료: 『한계는 없다』 171쪽.

…실제로는 5억 달러가 들었고… 사실 충돌: 『라스베이거스 리뷰저널』 1997년 1월 29일 자 애덤 스타인하워의 기사 「스트래토스피어, 파산 신청」[13]에 따르면, 실제로 들어간 금액은 '5억 달러'가 아닌 5억5000만 달러가 맞습니다.

존 운율을 다듬느라 '5억 달러'로 축약한 겁니다.

…8억 달러가 부채로 누적되었다. 사실 충돌: 『라스베이거스 선』 1998년 5월 1일 자 브라이언 실즈의 기사 「스트래토스피어 채권자들의 돌발적 등장」[14]에 따르면, '800달러'가 아니라 887달러가 맞습니다.

한때 그 호텔은 파산한 적이 있었다.

2000년에는 유타에서 온 남성이 그곳에서 뛰어내렸다.

그 후에는 영국에서 온 남성이 그곳에서 뛰어내렸다.

시 공식 엘비스 프레슬리 모방 연예인에 관한 지역 텔레비전 리얼리티쇼 「라스베이거스 엘비스」의 프로듀서가 그곳에서 뛰어내렸을 때, 해당 프로그램의 주인공 남성은 제작자의 투신 소식을 전해듣고는 이런 말을 했다. "이제 저는 스트래토스피어를 볼 때마다 〔엘비스 프레슬리의 노래〕 「하트브레이크 호텔Heartbreak Hotel」을 떠올리겠지요."

한때 그 호텔은 파산한 적이 있었다. 확인 완료: 『라스베이거스 선』 1998년 2월 26일 자 게리 톰프슨의 기사 「스트래토스피어 주식의 미스터리 해명」 참조.[15]

2000년에는 유타에서 온 남성이 그곳에서 뛰어내렸다. 확인 완료: 『라스베이거스 리뷰저널』 2000년 1월 6일 자에 수록된 트레버 헤이스의 기사 「350미터 높이 카지노 호텔 타워 꼭대기에서 남성 투신 사망」 참조.[16]

그 후에는 영국에서 온 남성이 그곳에서 뛰어내렸다. 확인 완료: 『라스베이거스 리뷰저널』 2006년 2월 8일 자 기사 「스트래토스피어 타워에서 남성 투신」 참조.[17]

시 공식 엘비스 프레슬리 모방 연예인에 관한 지역 텔레비전 리얼리티쇼 「라스베이거스 엘비스」의 프로듀서가 그곳에서 뛰어내렸을 때, 해당 프로그램의 주인공 남성은 제작자의 투신 소식을 전해듣고는 이런 말을 했다. "이제 저는 스트래토스피어를 볼 때마다 「하트브레이크 호텔」을 떠올리겠지요." 사실 충돌: 이 리얼리티쇼의 원래 제목은 「베이거스 엘비스」입니다(『라스베이거스 리뷰저널』 2005년 3월 30일 자 기사 「엘비스 쇼 제작에 뒤이은 비극」 참조).[18] 또한 주인공 남성이 '공식 엘비스 프레슬리 모방 연예인'이라는 증거도 찾아내지 못했습니다. 그리고 인용문도 수정이 필요한데요, 원문은 이렇습니다. "멜라니는 아름다운 사람이었습니다. 이제 제게 스트래토스피어는 언제까지나 「하트브레이크 호텔」을 연상시키겠지요."(『카지노 시티 타임스*Casino City Times*』 2005년 4월 13일 자 기사 「리얼리티쇼 '베이거스 엘비스', 비탄에 잠기다」 참조)[19]

존 문장을 더 유려하게 고친 겁니다. 더구나 원문의 골자를 바꾸지도 않았고요.

…하늘에 홀로… 사실 충돌: 스트래토스피어는 결코 라스베이거스 '하늘에 홀로' 우뚝 서 있지 않습니다. 하루가 멀다 하고 수많은 고층 건물이 올라가는 곳이니까요. 물론 그것이 그 일대 시내에서 가장 크고 가장 눈에 띄게 높은 건 사실입니다. 하지만 '하늘에 홀로' 우뚝 서 있는 건 절대 아니죠. 저자의 과장입니다.

존 제 말은 '홀로' 서 있는 듯한 정서가 느껴진다는 겁니다. 다른 여러 건물에 둘러싸여 있음에도 유독 슬프고 외로워 보인다는 뜻이죠. 웬만하면 시도 좀 읽고 그러세요. 하지만 그뿐 아니라 여기에는 물리적 진실도 얼마간 존재합니다. 레비가 사망하던 시점에 스트래토스피어 타워는 본래 하늘에 홀로 우뚝 서 있었으니까요. 최근에 고층 건물이 우후죽순 들어서면서 스카이라인이 많이 달라진 건 사실이지만, 오랫동안 스트래토스피어는 기실 그 도시 위로 '홀로' 우뚝 서 있었습니다.

어느 학교 운동장 트램펄린에서 보면, 그것은 기다란 갈색 지평선 위로 펼쳐진 하늘에 홀로 모습을 드러낸다.

어느 요양원 창밖에서 보면, 그것은 수목 한계선보다 더 높은 하늘에 홀로 모습을 드러낸다.

그리고 북쪽에서 95번 국도를 타거나 남쪽에서 15번 고속도로

어느 요양원 창밖에서 보면 … 하늘에 홀로… 여기서 봐도 (하늘에 홀로 우뚝 서 있지 않기는) 매한가지입니다. 하지만 이론적으로 누군가 창밖을 내다볼 수도 있는 요양원이나 양로원, 은퇴자 마을이 라스베이거스에 제법 많다는 것만은 확실합니다.

그리고 북쪽에서 95번 국도를 타거나 남쪽에서 15번 고속도로를 타거나 혹은 동쪽에서 93번 국도를 타고 라스베이거스에 진입할 때면, 8킬로미터 구간 혹은 26킬로미터 구간 혹은 34킬로미터 구간에 걸쳐 멀리서 홀로 … 우뚝한 스트래토스피어가 시야에 들어온다. 사실 충돌: 지도를 전혀 보지 않고 기억에만 의존해서 쓴 글로 보입니다. 비록 15번 고속도로는 남쪽에서 들어오는 게 맞지만, 더 정확하게 말하면, 95번 국도는 북서쪽에서, 93번 국도는 북동쪽에서 들어오는 도로입니다. 하지만 실제로는 둘 다 엇비슷한 각도로 시내에 진입하는 듯합니다. 그리고 실제 남쪽에서 시내로 접어드는 사람 눈에는 스트래토스피어 타워가 홀로 우뚝한 형상으로 보이지 않습니다. 제가 직접 (스트립 구역 남쪽에 자리한) 공항에 가서 스트래토스피어 타워를 눈으로 찾아봤는데, 주변 야자나무가 시야를 가리는 통에 주위를 두리번거릴 수밖에 없었습니다. 그러다 이윽고 타워가 시야에 들어왔을 때는 산맥 위로 불쑥한 첨탑 꼭대기만 간신히 식별되는 상태였고요. 공항에서 일하는 사람들도 제가 타워의 위치를 가리켜 달랬더니, 한동안 주위를 두리번거린 뒤에야 그걸 찾아내더군요. 스트래토스피어 타워가 라스베이거스의 랜드마크로서 지역민 모두의 의식 깊숙이 각인돼 있다고 보기에는 무리가 있다는 얘기죠. (그나저나 라스베이거스 사람Las Vegan 중에 비건vegan은 몇 명이나 될까요? 소위 비건 패션을 표방하는 쇼걸 의상실은 많아 보이는데 말이죠.) 하지만 다행히도, 이들 고속도로의 모든 주요 구간에서 라스베이거스를 사진으로 열심히 촬영해둔 사람들이 있습니다. 그래서 저는 저자의 이 병렬 구조식 산문이 풀어 쓰면 각각 "북쪽에서 95번 국도를 타고 가다 보면 멀리서 홀로 우뚝한 스트래토스피어가 약 8킬로미터 구간에 걸쳐 시야에 들어온다" "남쪽에서 15번 고속도로를 타고 가다 보면 멀리서 홀로 우뚝한 스트래토스피어가 약 26킬로미터 구간에 걸쳐 시야에 들어온다" "동쪽에서 93번 국도를 타고 가다 보면 멀리서 홀로 우뚝한 스트래토스피어가 약 34킬로미터 구간에

걸쳐 시야에 들어온다"가 된다는 가정하에, 각 설명의 정확성 여부를 판가름하기 위해 로키마운틴로드닷컴rockymountainroad.com에 실린 사진들을 살펴봤습니다. 북쪽에서 95번 국도를 탔을 때 8킬로미터 표지판이 서 있는 위치에서 눈에 보이는 가장 큰 사물은 스트래토스피어 타워가 아니라 도로 근처의 송전선과 가로등뿐이었습니다. 남쪽에서 15번 고속도로를 탔을 때는 스트래토스피어 타워가 보이긴 하지만, 그 밖의 여러 카지노도 함께 보였습니다. 그런가 하면 93번 국도를 타고 동쪽이나 북쪽에서 보이는 경관이 찍힌 사진은 93번 국도가 15번 고속도로와 합류하는 곳에서 촬영한 것들뿐이었는데, 그곳에서도 마찬가지로 주변 산맥에 가려 아무것도 보이지 않았습니다.

…라스베이거스 밸리를 높이 둘러싼 검은 산맥… 반론: 라스베이거스 주변의 산맥은 하루에도 색이 갖가지로 변화합니다. 군데군데 갈색으로 보이는 곳도 있고 검은색으로 보이는 곳도 있죠. 어떤 때는 밝은 주황색으로 보이기도 합니다. 제 관찰에 의하면, 산맥 동쪽은 갈색빛을 띠었고, 검은색으로 보이는 곳은 남동쪽이었습니다.

…라스베이거스 스트립 구역 한복판에서 홀로, …'시인의 다리'라는 다리…끝에서 홀로… 사실 충돌: 첫째, 저자가 이야기하는 다리는 루이스애비뉴와 14번가에 위치해 있는데, 둘 다 '스트립 구역'으로 간주되는 곳이 아닙니다. 이 교차로가 라스베이거스 스트립의 '중앙부'로 간주될 만한 곳과 대충 가깝기는 해도, 다리가 스트립 구역에 위치한다는 설명은 부정확합니다. 둘째, 저자가 "시인의 다리'라는 다리…끝'이라고 기술한 것이 정확히 뭐죠? 모름지기 다리는 끝이 열려 있지 않나요? 대체 무슨 끝을 말하는 걸까요? 어느 쪽이 시작점이죠? 기준점이 어디인가요? 여기서 저자의 글은 통사론적으로 혼란스럽기 그지없습니다. 아니면 다분히 의도적으로 모호하게 작성됐을 수도 있고요. 왜냐면 저자는 알거든요. 본인의 이 수사적 표현들이 죄다 헛소리라는 걸. 그리고 셋째, 이 교차로는 스트래토스피어에서 3.2킬로미터 남짓 떨어져 있습니다. 제가 온라인에서 검색해본 결과, 미국 남서부 도시에선 한 블록의 평균 길이가 약 160미터로 추정되고요. 이 추정치를 라스베이거스시에 적용해보면, 3.2킬로미터는 대략 15개 내지 20개 블록이 됩니다. 아무래도 '몇 블록'이라고 하긴 어려운 수치죠.

존 하나의 이미지를 구축하는 과정입니다.

짐 뭐에 근거한 이미진데요? 선생님의 상상입니까?

존 이미지의 근거는 라스베이거스라는 도시 특유의 감성입니다. 그런 감성을 나 혼자만 느끼는 게 아니에요. 스트래토스피어 타워와 시인의 다리는 공히 라스베이거스로 통칭되는 지역에 위치해 있고, 여기서 실질적인 핵심도 바로 이겁니다. 하지만 더 중요한 점은 두 구조물 모두 제가 라스베이거스에 있으면서 느낀 도시의 정서적 분위기를 만드는 데 기여하며, 제가 구축하는 이미지가 그런 분위기의 감성을 독자에게 전달할 거라는 점입니다.

짐 하지만 만약 선생님이 구축하는 그 '분위기'의 기반이 완전히 조작된 것이라면요? 그럼 사실상 선생님

를 타거나 혹은 동쪽에서 93번 국도를 타고 라스베이거스에 진입할 때면, 8킬로미터 구간 혹은 26킬로미터 구간 혹은 34킬로미터 구간에 걸쳐 멀리서 홀로, 라스베이거스 밸리를 높이 둘러싼 검은 산맥 너머에서 홀로, 라스베이거스 스트립 구역 한복판에서 홀로, 타워로부터 몇 블록 떨어진 라스베이거스 우범지대에 자리한 '시인의 다리'라는 다리 — 다리의 콘

은 자기만의 주관적인 느낌을 도시 전체에 억지로 부여하는 꼴 아닌가요? 그건 너무 무책임한데요.
존 라스베이거스가 애수의 도시라는 암시를 준 사람이 제가 처음은 아닌데요.

…라스베이거스 우범지대에 자리한… 사실 충돌: 『인사이더스 가이드: 라스베이거스 편*Insider's Guide to Las Vegas*』(제3판)에 따르면, 이 다리가 위치한 라스베이거스 다운타운은 보시다시피 변호사 사무소라든지 정부 청사, 간이식당 들로 붐비는 지역입니다. "다운타운 지역은 프리몬트가와 라스베이거스 대로를 중심으로 퍼져나가는 반지름 3.2킬로미터 구역에 걸쳐 있으며, 오랫동안 법원과 은행, 정부 기관, 그리고 알다시피 카지노의 중심지였다. 다운타운 가장자리에는 게이트웨이 지구가 자리한다. 이 구역은 예술가 지구로서 부상하고 있는데, 찰스턴 대로에 있는 아트 팩토리는 그 일대 문화의 허브다. 창고를 개조해 지은 아트 팩토리 건물에는 다수의 예술 단체와 사업체가 입주해 있다." 고로 이런 곳을 '라스베이거스의 우범지대'라고 묘사하는 건 부적절하다고 봅니다. 『인사이더스 가이드』에 따르면 라스베이거스의 '우범지대'는 시 서부 및 중남부에 자리하는데, 역시 『인사이더스 가이드』에 따르면 "비열한 거리의 전형적인 모습"을 띤다고 하네요.

크리트 면에 새겨진 시구 위에는 누군가 검은 매직펜으로 지평선 너머 어둠 속에서 각색의 네온등이 오라고 손짓하는 지도의 가장자리에 닿으면 과연 무슨 일이 우리를 기다리고 있을까라는 글귀를 덧써놓았다 — 끝에서 홀로 우뚝한 스트래토스피어가 시야에 들어온다.

…다리의 콘크리트 면에 새겨진 시구 위에는 누군가 검은 매직펜으로 지평선 너머 어둠 속에서 각색의 네온등이 오라고 손짓하는 지도의 가장자리에 닿으면 과연 무슨 일이 우리를 기다리고 있을까라는 글귀를 덧써놓았다. 사실 충돌: 이 글귀는 사실 콘크리트 면에 덧쓰인 게 아니라 새겨진 구절입니다. 실상 검은 매직펜으로 쓰인 글귀는 다리 어디에도 없을뿐더러, 그 어떤 반달리즘적 파괴의 흔적도 찾아볼 수 없었습니다. 아무래도 저자는 이 문구가 라스베이거스시에 적당한 공공예술작품을 보급할 목적으로 (십중팔구 관료적인 국가기관이 임명한 위원회에 의해) 선정된 글이 아니라, 예컨대 반항적 10대라든지 그 비슷한 유의 인물에 의해 충동적으로 휘갈겨진 글이라는 암시를 건넴으로써, 거기에 어떤 신비로운 의미를 부여할 심산인 듯합니다. 하지만 막상 그 글귀는 커크 로버트슨이라는 사람의 글을 인용해 (다리 콘크리트 면에 직접) 새긴 것이고, 커크 로버트슨은 약 스무 권의 시집을 써낸 것도 모자라 네바다주립대학 리노 캠퍼스의 '네바다주 작가 명예의 전당'에까지 올라 있는 인물입니다. 따라서 안타깝게도, 저자가 창출하려던 '반체제적' 분위기는 기실 이곳에서 감지되지 않습니다. 송구합니다. 제가 노력을 망쳐놨네요.
존 예, 그 글씨는 제 상상의 산물이었나 봅니다.

7

그날 저녁 자살예방 핫라인 첫 근무를 마친 후, 나는 레비 프레슬리가 누구인지 알아내기 위해 여기저기 전화를 돌렸다.

그의 양친에게도 전화해보려 했지만, 그들의 번호는 전화번호부에 없었다.

그의 장례식에 가보려고도 했지만, 일반 조문객을 받지 않았다.

급기야 나는 업종별 전화번호부에 실린 광고에서 찾아낸 비너스 흥신소—'희한하고 까다로운 사건'에 적합한 민간 조사업체—라는 곳에 전화를 걸었다.

비너스는 목소리가 허스키했고, 전화기 너머로는 개 짖는 소리와 아이들의 고함 소리, 퀴즈쇼 「제퍼디Jeopardy!」•가 방영되는 소리가 들려왔다.

'필수 정보'를 제공하는 대가로, 비너스는 현금 400달러를 요구했다.

• 1964년부터 방영된 NBC의 최장수 텔레비전 퀴즈쇼.

그날 저녁 자살예방 핫라인 첫 근무를 마친 후, 나는 레비 프레슬리가 누구인지 알아내기 위해 여기저기 전화를 돌렸다. 이건 단지 사적인 일화에 불과합니다. 저자의 노트에서도 못 찾았고요.
또한 지적할 부분은, 이 '첫 근무'에 관계된 모든 상황이 보아하니 굉장히 의심스럽다는 겁니다.
존 왜죠?

그의 양친에게도 전화해보려 했지만, 그들의 번호는 전화번호부에 없었다. 앞서 언급했다시피, 저는 그 시절 전화번호부를 찾아내려는 노력이 부질없다는 판단을 내렸습니다. 하지만 인터넷을 조금만 검색해보면, 부부의 전화번호와 주소를 쉽게 알아낼 수 있습니다. 만약 두 사람이 전화번호부에서 구태여 자기들 이름을 삭제할 만한 성향을 가진 이들이라면, 온라인상에 전화번호가 돌아다니는 상황을 지금처럼 마냥 두고 보고만 있었을까요? 그래서 저는 이 부분 또한 의심스럽습니다.

그의 장례식에 가보려고도 했지만, 일반 조문객을 받지 않았다. 그럭저럭 확인되었습니다. 『라스베이거스 리뷰저널』에 실린 레비 프레슬리의 부고를 보니, 레비의 장례를 주관한 식장 이름이 '합리적 비용의 화장 및 매장 서비스'라고 기재되어 있더라고요. 그래서 해당 장례식장 사무실에 전화로 문의한 결과, 비록 레비의 장례식에 관한 구체적인 기록은 없지만 그곳에선 거의 모든 장례식이 가족이나 친지만을 초대해 약식으로 치러진다는 사실을 확인할 수 있었습니다. (찾아온 사람들을 문앞에서 돌려보내지는 않지만, 특별히 홍보를 하지도 않을뿐더러, 이를테면 저자처럼 무작정 전화를 걸어 온 사람에게 고인에 대한 정보를 제공하지도 않는다는 겁니다.)

…'희한하고 까다로운 사건'에 적합한 민간 조사업체… 사실 충돌: 저자로부터 제공받은 이 광고의 복사본에는 '희한하고 까다로운 사건에 특화된'이라고 적혀 있습니다.

비너스는 목소리가 허스키했고, 전화기 너머로는 개 짖는 소리와 아이들의 고함 소리, 퀴즈쇼 「제퍼디!」가 방영되는 소리가 들려왔다. 비너스와 관련된 이 세부적 사실들은 저자의 노트에서 확인했습니다. 「제퍼디!」의 철자도 맞는 걸 확인했고요. 그나저나 세상에, 알렉스 트레벡••이 콧수염을 깎다니, 정말이지 너무나 아까운걸요.

•• 1989년부터 2020년까지 「제퍼디!」의 진행을 맡은 캐나다 출신 방송인.

'필수 정보'를 제공하는 대가로, 비너스는 현금 400달러를 요구했다. 나는 그 돈을 송금했다. 이 부분은 저자의 자료에 포함된 영수증을 통해 확인할 수 있었습니다. 저자가 네바다주 라스베이거스의—그 이름도 놀라운!—비너스 러브티어 씨에게 400달러를 송금한 내역이 영수증에 기재되어 있더라고요.

닷새 후 비너스는 전화로 레비의 중간 이름을 알려주었다. 레비의 양친이 처음 만난 장소가 애리조나라는 것도, 레비가 사는 동안 범죄라곤 일절 저지른 적이 없다는 것도 일러주었다. 이어서 비너스는 그들이 사는 곳을 일러주더니… 사적인 일화인 데다, 저자의 노트에도 나오지 않는 내용입니다.

"그런데 테이프가 하나 있어요." 확인 완료: 자살 전 레비의 모습이 스트래토스피어에서 녹화되었다는 증거 자료를 검시관 보고서에서 찾아냈습니다.

라스베이거스 시내 호텔에서 일어나는 모든 사건은 천장에 내장된 수천 대의 카메라에 의해 녹화되고 있었다. 사실 충돌: '사생활 보호를 기대할' 법한 구역—예컨대 (「직장 내 전자 감시: 관습법 및 연방법에 근거한 보호」란 논문에 따르면) 욕실이나 스파, 호텔 객실 등—에 카메라를 설치하는 행위는 불법적 사생활 침해입니다. 고로 엄밀히 말하면, '라스베이거스 호텔에서 일어나는 모든 사건'이 녹화되는 건 아니란 얘기죠.

레비는 애플비스 레스토랑을 즐겨 찾았다. 인앤아웃 버거 매장도. 지금은 폐업한 어떤 장소도. [이하] 일관성 문제: 이 각각의 문장이 진실인지 아닌지는 차치하더라도, 여기 열거된 사항들은 저자가 앞서 열거한 다음 사항들과 내용상 아귀가 맞지 않는데요. "레비 프레슬리에 관해 내가 확실히 아는 부분은 그가 어떻게 생겼는지, 몇 살인지, 어떤 차종을 몰았는지, 그가 어떤 학교에 다녔는지, 그가 좋아한 소녀는 누구이고 그를 좋아한 소녀는 누구인지, 어떤 옷차림을 특히 좋아했는지, 어떤 영화를 특히 좋아했는지, 어떤 식당을 특히 좋아했는지, 어떤 밴드를 특히 좋아했는지, 태권도 몇 단이었는지, 그가 침실 벽에 색칠은 나중에 하기로 하고—연필로, 아주 연하게—스케치해둔 밑그림은 어떤 모습인지, 그가 예술학교에 다니며 손수 그린 데생 가운데 유달리

나는 그 돈을 송금했다.

닷새 후 비너스는 전화로 레비의 중간 이름을 알려주었다. 레비의 양친이 처음 만난 장소가 애리조나라는 것도, 레비가 사는 동안 범죄라곤 일절 저지른 적이 없다는 것도 일러주었다. 이어서 비너스는 그들이 사는 곳을 일러주더니, "그런데 테이프가 하나 있어요"라고 말했다.

"테이프라고요?" 내가 물었다.

"보안용 비디오테이프예요."

라스베이거스 시내 호텔에서 일어나는 모든 사건은 천장에 내장된 수천 대의 카메라에 의해 녹화되고 있었다.

"그러니까 만약 누군가가 카드 게임에서 속임수를 쓴다든지 어딘가에서 싸움이든 살인이든 뭔가 사건이 벌어지면, 호텔 측에서 관련 영상을 모으고 편집해서 라스베이거스 경찰에게 보낼 수 있단 얘기죠. 그런 식으로 법적 책임을 덜어내는 겁니다." 비너스가 전화로 설명했다.

"레비에 대해서도 그런 자료를 만들었고요?"

"네, 제가 들은 바로는 그래요."

"그걸 제가 좀 볼 수 있을까요?"

"근데 그딴 건 봐서 뭘 어쩌려고요?

레비는 애플비스 레스토랑을

자랑스러워했다고 여겨지는 작품은 무엇인지, 그것들의 주제에서 자살 '관념'의 징조가 드러난다고 말할 수 있는지, 그의 차에 붙여진 별명은 무엇인지, 양친이 제각기 그에게 붙여준 두 가지 별명은 무엇인지, 학교에서 치른 마지막 쪽지 시험 문제 — 무엇이 좋은가? 무엇이 나쁜가? 나에게 '예술'은 무엇을 의미하는가? 앞에 놓인 탁자 위 의자를 보고 보이는 그대로 묘사한다면? — 엔 어떤 답을 내놓았는지, 그리고 레비가 복도 약장에 간직했던 향수 가운데, 그의 사망 석달 뒤 내가 처음 그 집을 방문할 때까지, 심지어 양친이 아들의 미술작품만을 남겨 둔 채 카펫을 찢어 버리고 침대를 내다 버리고 벽장을 비워버린 그때까지도 그의 작은 침실에 여전히 잔향이 남아 있던 향수는 무엇이었는지 하는 것들이다." 그러다 보니 이 대목은 내용이 엉성하고, 무엇보다 저자가 고집하는 '예술적 효과' 면에서도 상당히 조잡합니다. 그래서 말인데요, 이 일련의 문장을 앞 내용에 맞춰 다시 정리하는 게 깔끔하지 않을까요?

존 안 됩니다. 여기 열거된 사항은 레비에 관한 정보 가운데 (그가 특히 좋아한 식당처럼) 그다지 내밀하지 않은 것들에서 (모친이 지어준 별명이나 저와 전화상으로 나눴다고 생각되는 대화처럼) 매우 내밀하다고 간주될 만한 것들로 점진적으로 옮겨가게끔 일부러 정리해놓은 상태라서요.

즐겨 찾았다.

인앤아웃 버거 매장도.

지금은 폐업한 어떤 장소도.

그는 흰옷을 즐겨 입었다.

가끔은 은목걸이를 찼다.

그리고 때로는 보랏빛 색안경을 꼈다.

그는 메리라는 소녀를 좋아했다.

에미넴도 좋아했다.

그는 모친에게 '우리 강아지'라고 불렸다.

그의 크라이슬러 레바론은 '거위'라고 불렸다.

그는 슬프다고 말했다.

나는 무엇 때문이냐고 물었다.

그는 그런 게 있다고 했다.

나는 가령 어떤 게 있냐고 물었다.

별거 아니에요.

왜 별게 아니죠.

그냥 다 엿 같아요.

전화가 끊겼다.

나는 레비의 유해가 담긴 흑색 도자 항아리를 무릎에 올려둔 채 녹색 가죽을 씌운 레이지보이 사의 조립식 안락의자에 프레슬리 부부와 나란히 앉아 있었다.

그는 슬프다고 말했다. 나는 무엇 때문이냐고 물었다. 그는 그런 게 있다고 했다. 나는 가령 어떤 게 있냐고 물었다. 별거 아니예요. 왜 별게 아니죠. 그냥 다 엿 같아요. 전화가 끊겼다. 저자의 노트에는 이 대화를 주고받았다는 증거가 없습니다. 참고자료라고는 핫라인 상담 일지에 나오는 어떤 '젊은' 사람이 전화를 걸었다 결국 '끊어버렸다'는 내용이 전부거든요. 그리고 앞서 말씀드렸다시피, 저자가 이 대화를 토씨 하나 안 틀리고 고대로 기억한다는 게 어째 좀 이상합니다. 본인이 글에서 밝혔다시피, 처음에 저자는 이 아이의 전화를 대수롭지 않게 받아들였으니까요. 아무튼 적잖이 수상한 냄새가 납니다. 기분 좋은 냄새는 아니에요.

나는 레비의 유해가 담긴 흑색 도자 항아리를 무릎에 올려둔 채 녹색 가죽을 씌운 레이지보이 사의 조립식 안락의자에 프레슬리 부부와 나란히 앉아 있었다. 레이지보이La-Z-Boy의 철자 표기는 확인했습니다. 레비의 화장에 관한 언급은 신문에서 찾지 못했고, 흑색 도자 항아리에 대한 언급도 저자의 노트에서 찾지 못했습니다. 하지만 앞서 언급된 장례식장 이름이 '합리적 비용의 화장 및 매장 서비스'였다는 점으로 미루어 볼 때, 어쩌면 이와 관련해서는 저자의 이야기를 곧이곧대로 믿어도 괜찮을 듯합니다. 덧붙여, 항아리가 보통은 도자기로 만들어진다는 사실도 확인했습니다.

우리는 그 집의 박공 천장 아래 있었다. 우리는 TV 랜드 채널을 시청 중이었다. 우리는 견과류를 먹었고 트리스킷 크래커에 시금치 딥 소스를 먹었고 콜라를 마셨다. 우리는 수프에 이어서 샐러드에 이어서 닭고기에 이어서 브라우니로 식사를 마쳤다. 우리는 몇 분 동안 그 집의 새로운 서재에서 레비의 작품을 살펴보았다. 이 '박공 천장'이라는 것은 경사진 형태로 지붕 같은 데 대는 그저 평범한 천장인 듯합니다. 또 여러 자료의 지적에 따르면, 그런 천장이 있는 집은 단열이 잘 안 된다고 하네요. 하지만 프레슬리 부부는 사실상 사막 한복판에서 살고 있으니, 그런 부분은 전혀 문제가 안 될지도 모르겠습니다. 그런데 저자의 노트에는 이에 관한 세부 사항이 대부분 기록돼 있지 않고요. 다만 레비의 작품에 대한 참고 사항은 제법 존재합니다. TV 랜드의 철자 표기는 TV 랜드 웹사이트에서 확인했습니다.

존 '지붕 같은 데 대는' 천장이라고요? 이런 게 정말 편집자님이 생각하는 엄격한 팩트체크입니까?

우리는 그 집의 박공 천장 아래 있었다.

우리는 TV 랜드 채널을 시청 중이었다.

우리는 견과류를 먹었고 트리스킷 크래커에 시금치 딥 소스를 먹었고 콜라를 마셨다.

우리는 수프에 이어서 샐러드에 이어서 닭고기에 이어서 브라우니로 식사를 마쳤다.

우리는 몇 분 동안 그 집의 새로운 서재에서 레비의 작품을 살펴보았다.

우리는 차를 몰고 라스베이거스 밸리를 가로질러, 방과 후 레비가 훈련도 하고 다른 사람을 가르치기도 하던 어린이 태권도장이란 곳으로 향했다.

태권도를 창시한 고대 인도 왕자는 연구의 일환으로 기다란 은

우리는 차를 몰고 라스베이거스밸리를 가로질러 … 어린이 태권도장이란 곳으로 향했다. 저자의 노트에 따르면, 이 태권도장의 실제 이름은 '코리 마틴의 ATA[••] 유단자 학원 겸 어린이 가라테 도장'입니다. 한데 대관절 그 이름은 어디서 났으며 저자는 왜 이걸 바꾸기로 한 걸까요?

존 간소화할 요량으로 그랬습니다. 코리의 도장에서 레비는 태권도를 배웠어요. 하지만 도장의 실제 이름은 자칫 태권도를 배울 수 있는 장소가 아닌 듯한 인상을 줄 소지가 크죠. 그래서 불필요한 혼란을 피하기 위해 — 또한 레비가 어떻게 가라테 도장에서 태권도를 배울 수 있었는지를 상세히 설명하는 복잡하고 거추장스러운 과정을 피하기 위해 — 이름을 바꾼 겁니다. 그런다고 세상이 무너지는 것도 아니고요!

…방과 후 레비가 훈련도 하고 다른 사람을 가르치기도 하던… 확인 완료: 저자의 노트에 따르면, 레비가 방과 후 그 도장에서 어린아이 몇 명의 훈련을 도왔다는 모친의 진술이 있었습니다.

태권도를 창시한 고대 인도 왕자는 연구의 일환으로…

•• American Taekwondo Association, 미국 태권도 협회.

사실 충돌: 미국 태권도 협회 웹사이트에 따르면, 그리고 여러 다양한 자료에서 확인한 바에 의하면, 태권도는 1950년대가 되어서야 비로소 발전이 이뤄졌고, 그러므로 '고대인'으로 간주될 만한 누군가가 태권도를 창시했을 가능성은 극도로 낮습니다. 그뿐 아니라 미국 태권도 협회의 조사에 의하면, 태권도의 본류 격인 '택견'의 발원지는 인도가 아닌 한국이었습니다. 읽어보시죠. "설사 그 기원은 고대에 있을지라도, 태권도가 비교적 현대에 체계화된 무술이라는 것은 역사적 사실이다. 실제로 문서화된 역사만 놓고 보자면, 태권도는 1900년대 중반에 한국에서 시작되었다. … 비록 태권도의 실질적 형태는 한국의 최홍희라는 장군이 조국의 다양한 무술 양식을 하나의 무예로 통합하기 위한 운동을 조직한 1955년에야 비로소 갖추어졌지만 말이다. 그는 이 새로운 무술의 명칭을 선정할 목적으로 특별 조직된 위원회 측에 '태권도'라는 이름을 추천했다. 1955년 4월 11일, 태권도는 이 새롭게 통합된 한국 공인 무술의 공식 명칭으로 채택되었다." 제가 찾아본 바로는 태권도가 인도에서 기원했다는 저자의 이론을 뒷받침할 만한 자료라곤 지극히 지오시티스•스러운 웹사이트로 연결되는 링크뿐이었는데, 그곳에서는 인도의 한 왕자가 (태권도가 아닌) 가라테의 잠재적 창시자라고 설명합니다. 이렇게요. "통설에 따르면 가라테는 450년경 인도에서 시작되었다. 구전에 의하면, 인도의 어느 부유한 왕자는 신체에서 취약한 부위를 파악하기 위해 노예들을 침으로 찌르는 실험을 단행했다. 또한 그는 동물이 싸우는 모습을 관찰했다. 이를테면 그는 호랑이가 공격을 개시하기 전에 몸을 긴장시키는 방법과 발톱을 사용해 적의 몸을 찢는 방법을 눈여겨보았다. 또한 그는 다른 동물들의 움직임도 관찰하여 인체에 맞게 응용했다. 그 일이 끝나자 그는 다시 노예들을 실험 대상으로 삼았고, 이번에는 침으로 찌르는 대신 실제 주먹질과 발차기를 했는데, 상대의 어디를 어떻게 때려야 대결에서 원하는 결과를 거둘 수 있는지 알아내기 위해서였다. 전설에 따르면, 이 기이한 실험으로 인해 100명이 넘는 노예가 죽임을 당했다." 그런데 문제의 웹사이트에서 묘사하는 이 수상쩍은 이야기가 (태권도가 아닌) 가라테의 역사라는 사실은 차치하더라도, 뒤이어 이 사이트는 자기들이 소개한 이야기의 정확성을 다음과 같이 부인합니다. "이 기록은 부분적으로 구전에 근거하고 있으며, 기록의 정확성은 구전된 내용이 정확한지 여부에 달려 있다." 다시 말해 사이트에 게재된 이야기가 풍문이라는 점을 인정하는 겁니다. 선생님, 혹시 더 믿을 만한 자료는 없을까요?

침을 노예들의 몸에 찔러 넣어가며 인체에서 가장 취약한 부위들을 체계적으로 파악해갔다. 어떤 곳을 찌르느냐에 따라 견딜 수 없는 고통을 유발할 수도 있고, 몸을

존 그 이야기는 '풍문'이 아닙니다. 전설이지요. 풍문과는 달라요. 구전 역사도 다른 유형의 역사 못지않게 공신력이 있습니다. 사실 저는, 오히려 훨씬 더 믿음직하다고 보는데요. 제도화된 역사가 아니라 유기적으로 형성된 역사잖아요.

짐 음, 지금 그 말씀은 실로 논란의 소지가 다분하지만, 제 정신건강을 위해서 일단은 그냥 넘어가겠습니다. 어쨌든 여기서 주의 깊게 보셔야 할 부분은, 동일한 웹사이트의 또 다른 항목에서 태권도의 일반적 기원도 다루고 있다는 사실입니다. 그것도 선생님의 고귀한 인도 왕자님 이야기와는 완전히 상충되는 내용으로 말이죠. "태권도는 일본 가라테와 거의 비슷한 한국의 비무장 격투기를 가리키는 용어다. 실제로 태

• GeoCities, 1990년대 인기를 끌었던 무료 홈페이지 서비스로 2009년에 폐쇄되었다.

권도는 근대에 들어서 일본 가라테로부터 영향을 받았다. 하지만 태권도의 기원은 고대 한국 역사로 거슬러 올라간다. 4세기에 불교 승려들은 한반도 북부에 쿵후를 들여왔고, 쿵후는 점차 택견이라는 무예로 진화되었다. 택견의 기술들은 절이라는 울타리를 벗어나 마침내 호신술로서 사람들에게 전파되었다. 가라테의 기술들을 연상시키는 신라 시대(668-935) 불교 조각상들은 택견과 불교 사이에 밀접한 관련이 있었음을 가늠케 한다.” 이렇게 단락마다 이야기가 바뀌는 웹사이트를 과연 '믿음직하다'고 말할 수 있을까요?

존 중요한 걸 놓치고 계시네요.

짐 그럼 깨우쳐주시죠.

존 중요한 건 이 웹사이트가—물론 구조적으로 다소 조잡하기는 해도—다음 세 가지를 말하고자 한다는 점입니다. ① 태권도의 기원은 가라테에 있다. ② 가라테의 기원은 인도에 있을 가능성이 있다. ③ 이 모든 역사는 의심스럽다. 그러니까 이것은 태권도의 역사에 전설이라는 속성을 부여합니다. 그리고 제가 속한 '문학적 논픽션'의 세계—다시 말해 에세이가 설명문이 아닌 문학으로서 평가되는 세계—에서는, 전설에 대해 사실을 대할 때와 같은 유의 엄격한 정확성을 요구할 필요가 없고 그러는 게 적절하지도 않습니다.

마비시킬 수도 있으며, 어쩌다 급소를 공격하면 노예를 죽일 수도 있다는 것을 왕자는 일생에 걸쳐 차차로 배워나갔다.

“하지만 태권도는 살상 무술

짐 그렇지만 선생님은 이 이야기에 전설이라는 속성을 부여하지 않았을뿐더러, 문제의 자료를 전설로서 인용하지도 않았습니다. 선생님은 이 이야기를 사실로서 소개하고 있어요. 그리고 저는 가상의 독자로서, 선생님이 확실한 정보를 줄 거라는 믿음, 아니면 적어도 명백히 거짓인 이야기를 소개할 때는, 설령 그것이 '예술적 이유'로 인한 거짓이라고 해도 독자에게 주의를 당부하는 조치를 얼마간 취할 거라는 믿음을 갖고 있습니다. 한데 선생님은 도대체 무슨 권한으로 설익은 전설을 사실로 소개해놓고 사실성에 대한 질문을 회피하시는 거죠?

존 그런 게 바로 예술이니까요, 거참 답답하시네.

짐 변명이 참 한결같으시네요.

존 '변명'이라니요. 이게 제가 〔에세이〕 장르에 접근하는 방식입니다. 이 단락에서 저는 약 1600년 전 인도에서 자기 노예들을 침으로 찔러가며 통증의 정도를 파악함으로써 적과의 격투 기술을 개발했다고 추정되는 한 남자에 관한 역사를 소개하고 있어요. 딱 봐도 터무니없는 이야기죠. 보통의 독자라면 그 점을 스스로 인지하고 알아서 걸러 읽을 게 뻔하지 않나요?

짐 하지만 선생님 생각에도 독자가 '알아서 걸러 읽을' 정도로 '터무니없는' 이야기라면, 처음부터 명확한 경고를 주는 편이 합리적이지 않을까요? 그것이 거짓된 역사라고, 그래서 진실을 호도하고 있다고 말이죠.

존 그러기엔 이야기가 너무 흥미진진해서요. 어느 공산주의자 장군이 세상에 너무 많은 형태의 무술이 존재하니 수백 년 전통의 한국 무예를 하나의 체계로 정리하겠다는 뜻을 품고 이를 계기로 1950년대에 위원회를 꾸려 태권도란 이름의 무술을 창시했다는 이야기보다야, 이쪽이 훨씬 더 재미있게 읽히거든요. 인도 왕자 이야기는 강렬해요. 태권도에 뭔가 더 흥미로운 기운을 불어넣는달까요. 또 레비가 죽기 전에 마지막으로 한 일이 태권도 시합 출전이기도 해서, 개인적으로 태권도라는 운동에 모종의 의미를 부여하고픈 마음도 큽니다. 태권도가 이 에세이에서 더 진한 울림을 주었으면 싶기도 하고요. 인도 왕자 이야기는 태권도에 그런 울림을, 어느 공산주의자가 꾸렸다는 위원회 이야기보다 더 깊은 울림을 부여합니다.

짐 무슨 말씀인지는 저도 알겠습니다. 울림이 없는 예술은 아무래도 지루하겠지요. 하지만 문제는 여기서 선생님이 '의미'를 발명하고 있다는 겁니다. 그건 경험적 자료를 해석하고 지금껏 숨어 있던 뜻을 선지자처럼 공표하는 행위와는 달라요. 선생님은 본인이 구상한 자극적인 이야기에 레비의 삶을 끼워 맞추고 있으니까요.

존 인도 왕자에 관한 이야기를 믿는 **누군가**가 존재하는 한, 그것은 발명된 역사가 아닌 정통성이 내재된 역사라고 생각합니다. 태권도에 대한 그런 생각이 세상에 실재하잖아요. 그래서 저는 레비의 인생 가운데 이 부분을 그 생각의 틀에 맞추기로 한 것이고요. 그리고 모르긴 해도, 레비 역시 태권도를 그런 식으로 해석하는 걸 더 선호했을걸요.

짐 세상에, 선생님, 저도 포스트모더니즘을 사랑하고 과거에 대한 다각도의 해석을 존중하지만요, 우리가 과거를 기록하거나 개략하거나 심성모형을 바탕으로 과거에 의미를 새롭게 부여함에 있어서 얼마나 어설프고 또 얼마나 부정확하든지 간에, 세상에는 실제 사람의 실제 진술과 실제 행동으로 이뤄진 객관적 과거가 실재합니다. 이 또한 제가 보기에는 명백한 진실이에요. 역사의 목적은 비단 과거를 해석하고 의미를 새롭게 부여하는 것만이 아니라, 실제로 과연 무슨 일이 있었는가를 이해하는 것이기도 하거든요. 이런 기록은 다양한 시도를 통해 작성되지만, 개중에는 나머지에 비해 객관적으로 더 타당한 것이 있게 마련이고요. 그런데 선생님 말씀의 행간에는, 이 원칙이 자의적일뿐더러 어느 수상스러운 웹사이트에 서술된 이야기가 월등히 탄탄한 증거를 바탕으로 성실히 기록된 사실과 동일한 수준으로 타당하다는 주장이 담겨 있는 듯합니다. 물론 역사를 새로운 관점으로 해석하는 데 열린 자세를 취해야 한다는 의견에는 저도 동의합니다. 하지만 새로운 해석에 열린 자세를 취한다고 해서 모든 해석을 타당한 것으로 받아들여야 하는 건 아니잖아요. 그리고 이 건과 관련해서는 논리적으로 훨씬 더 타당한 역사 기록이 존재하는데도, 선생님은 그저 문학적 욕구에만 매몰된 나머지 그것을 선택적으로 외면하고 있습니다. 물론 선생님이 이 이야기를 픽션으로 쓰신다면 그래도 괜찮겠지요. 하지만 선생님은 이걸 픽션이 아닌 역사로 쓰고 계시잖아요.

이 아닙니다." 레비의 사범이 말했다. "태권도는 기술을 습득하되 스스로 삼가는 법을 익히는 무술이에요."

우리는 도장 사무실에 수북이

존 저, 혹시 그 두 가지 외에 고를 수 있는 선택지가 더 있을 수도 있다는 생각은 안 해보셨습니까? 제3의 선택지(혹은 제4, 제5, 제6의 선택지)가 있을 수도 있다는 생각은요? 정말 세계가 '픽션'과 '역사'라는 두 범주 안에서만 이해될 수 있다고—중간에는 아무것도 없다고—생각하시는 겁니까? 이를테면 정서적 진실이라는 것도 있잖아요. 설령 이치에 맞지 않을 수도 있지만, 우리는 모두 그것을 믿고 그것에 끈질기게 매달리며 그것이 타당하다고 주장합니다.

짐 이젠 제가 정서적 진실에 대한 팩트체크까지 해야 하나요? 그럴 바엔 차라리 다른 직업을 구하고 말죠.

존 잘됐군요. 추천서는 제가 써드리겠습니다.

"하지만 태권도는 살상 무술이 아닙니다." 레비의 사범이 말했다. "태권도는 기술을 습득하되 스스로 삼가는 법을 익히는 무술이에요." 저자가 레비의 양친과 그 태권도장을 방문했을 당시 코리 마틴과 대화했다는 증거는 존재합니다. 하지만 정작 이 대화 내용은 저자의 노트에 기록되어 있지 않네요.

우리는 도장 사무실에 수북이 쌓인 트로피 더미를 끼

고 앉아서, 이튿날 있을 시합을 준비하는 사범을 도와, 발차기 하는 사람을 본뜬 작은 모형을 리본과 금속편으로 장식한 기둥에 나사로 고정한 다음, '승급'이라는 글자가 판에 새겨진 목재 받침에 다시 고정시켰다. 이 트로피 조립 건과 관련해 저자의 노트에서 찾은 메모라고는 "트로피!"라는 감탄문이 전부였습니다. 제 생각엔 그걸 다 같이 트로피 조립을 도왔다는 근거로 '해석'해도 무방할 듯합니다. 무엇보다 이 글에선 자유로운 형태의 '해석'이 모든 것에 우선하는 듯 보이니까요.

쌓인 트로피 더미를 끼고 앉아서, 이튿날 있을 시합을 준비하는 사범을 도와, 발차기 하는 사람을 본뜬 작은 모형을 리본과 금속편으로 장식한 기둥에 나사로 고정한 다음, '승급'이라는 글자가 판에 새겨진 목재 받침에 다시 고정시켰다.

그날 밤 나는 태권도의 급수가 오로지 아홉 단계로 이뤄져 있다는 것을 알았다 — 흰띠, 노란띠, 주황띠, 초록띠, 파란띠, 보라띠, 빨간띠, 밤띠에 이어, 유품·유단 단계인 검은띠 계열이 존재하고, 검은띠는 각각 아홉 단계 안에서 아홉 등급의 아홉 층위로 끝없이 이어지는 복잡다단한 위계로 구성되는데 — 한국 문화에서는 인

그날 밤 나는 태권도의 급수가 오로지 아홉 단계로 이뤄져 있다는 것을 알았다. 잘못 아셨습니다. 사실 태권도에는 열한 가지 색의 급수 — 흰띠, 주황띠, 노란띠, 얼룩무늬띠, 초록띠, 보라띠, 파란띠, 밤띠, 빨간띠, 품띠, 검은띠(출처: 미국태권도 협회 웹사이트) — 가 있어요. 그런데 또 ‹엔카르타 ENCARTA› 백과사전에 따르면, "태권도의 등급 체계는 열 개의 급〔단〕과 어린이·청소년 급〔품〕으로 나뉜다"고도 합니다. 따라서 저자의 암묵적 기대와 달리, 아홉이라는 숫자가 지닌 신비로운 의미가 태권도에 깃들어 있다는 증거는 부재합니다. 물론 이 에세이의 전체적 구조가 사실상 그 잘못된 근거에 의해 짜여 있다는 점을 고려할 때, 이를 받아들이면 문제가 복잡해진다는 건 저도 인식하고 있습니다만, (저자와 달리…) 저는 사실을 멋대로 바꿀 수 없으니까요. 게다가 애석하게도, 만약 태권도에 '의미'를 지닌 숫자가 정말 존재한다면, 그것은 9가 아닌 8일 겁니다. 읽어보시죠. "세계 태권도 연맹에서 … 공인한 태권도 품새는 두 가지〔태극과 팔괘〕이며, 각각 여덟 장으로 구성돼 있다. 이 여덟 장짜리 두 수련법의 근거는 『주역周易』 혹은 『역경易經』이라는 고대 문헌으로, 음효와 양효가 겹쳐져 나타나는 여덟 가지 상을 설명하는 책이다. … 그 여덟 괘란 다음과 같다. 하늘〔건乾〕, 기쁨〔태兌〕, 불〔이離〕, 벼락〔진震〕, 바람〔손巽〕, 물〔감坎〕, 산〔간艮〕, 땅〔곤坤〕." 존 레비의 사범에게서 직접 들은 내용입니다. 그래서 저는 레비가 태권도를 그렇게 배웠다는 가정하에 그렇게 소개하려는 것이고요.

…유품·유단 단계인 검은띠 계열이 존재하고, 검은띠는 각각 아홉 단계 안에서 아홉 등급의 아홉 층위로 끝없이 이어지는 복잡다단한 위계로 구성되는데… 이 내용은 대체로 맞습니다. 저자의 세계에서는 '잠재적으로 타당한 비제도적 구전 역사'로 간주되는 — ‹위키피디아›의 설명을 빌리자면, "최홍희 장군이 밝힌바, 검은띠에 아홉 개의 단수가 존재하는 이유는 9라는 숫자가 한자리 숫자 가운데 가장 높은 수일 뿐 아니라 3의 3배수이기도 하기 때문"인데, "동양에서 3은 모든 숫자를 통틀어 가장 완전하다고 여겨진다"고 합니다. 따라서 적어도 ‹위키피디아›에서는, 검은띠에 아홉 단수가 존재한다는 저자의 설명이

사실로 인정됩니다. 하지만 '아홉 단계 안에서 아홉 등급의 아홉 층위로' 이어진다는 대목과 관련된 내용은 어디에서도 찾아볼 수 없었습니다. 그래서 저는 이것이 저자의 각별한 상상 속에나 존재하는 이야기란 의심을 거두기 어렵습니다. 심지어 ‹위키피디아›의 동조마저 얻지 못한 사람의 발언을 과연 어디까지 사실로 받아들여야 하는지도 의문이고요.

석했다는 인상을 줍니다. 이에 대한 근거자료는 뭐죠?

존 이젠 정말 신경조차 안 쓰이네요. 대체 뭐 하자는 건지.

간이 완벽해질 가능성을 믿지 않는 까닭이라 했다.

그가 트로피를 하나 더 완성했을 즈음 누군가 "흐음" 소리를 냈다.

짐작건대 레비가 9초 동안 떨어졌다는 생각이 떠오른 까닭인 듯했다.

짐 이 이야기의 출처를 묻는 겁니다.

존 이제부터 저는 이 절차에 관여하지 않겠습니다.

짐작건대 레비가 9초 동안 떨어졌다는 생각이 떠오른 까닭인 듯했다. 다시 말씀드리지만, 검시관 보고서와 레비의 죽음에 관한 호텔 기록에 따르면, 레비가 타워에서 떨어지는 데 걸린 시간은 8초였습니다.

…**한국 문화에서는 인간이 완벽해질 가능성을 믿지 않는 까닭이라 했다.** 문화 전반을 유달리 낭만적으로 해

8

가령 3과 같은 길수를 제곱하면, 신성수가 나온다. 사실 충돌: 솔직히 저는 이게 무슨 뜻인지 전혀 모르겠습니다. 어디서 나온 얘긴지도 모르겠고요. 더욱이 저자의 노트에도 이런 내용을 조사했다는 증거가 전무합니다. 물론 다양한 종교에서 전통적으로 3을 신비하고도 신성한 숫자로 간주해온 것은 사실입니다. 가령 기독교에는 성삼위가 존재하고, 예수는 사흘 만에 부활했으며, 동방박사 세 사람도 세 가지 예물을 바쳤으니까요. 그런가 하면 이슬람교에는 3대 성지가 존재하고, 유대교에는 삼족장이 존재하며, 도교에는 삼청三清이 존재합니다.• 하지만 『종교 백과사전*The Encyclopedia of Religion*』을 아무리 뒤져봐도, 3과 3을 곱하면 '신성한' 수가 나온다는 말이 당최 무슨 소리인지는 알아낼 수 없었습니다.

이를테면, 내가 아는바 신은 천국의 아홉 번째 하늘에 거한다. 사실 충돌: 이게 지금 단테 이야기일까요? 한데 단테는 신이 천국의 아홉 번째 하늘 안〔원동천原動天〕이 아니라 너머에, 즉 지고천至高天에 거한다고 했거든요(알리기에리 단테, 『신곡』 제30곡, 바틀비닷컴bartleby.com).

룬 문자의 신비한 의미를 마침내 알아내기 전, 오딘은 나무에 매달린 채로 아홉 날을 보내야 했다. 사실 불철저: 실상 오딘은 단순히 아홉 날이 아니라 '아홉 날과 밤'을 매달려 있었습니다(출처: 제니퍼 에믹, 「오딘의 아홉 밤」, 어바웃닷컴about.com).

무사는 언제나 늘 아홉 명이다. 확인 완료: 칼리오페, 클레이오, 에라토, 에우테르페, 멜포메네, 폴리힘니아, 테르프시코레, 탈리아, 우라니아(출처: 가드체커닷컴Godchecker.com).

고대 켈트 신화에는 항상 아홉 처녀가 등장한다. ‹신화 백과사전Encyclopedia Mythica› 웹사이트에서 확인 완료.

가장 신성한 불교 사원들은 늘 아홉 개 층으로 이뤄져 있다. 대체로 확인 완료: 아홉 개 층으로 이뤄진 '가장 신성한 불교 사원들'보다는 단 하나의 '가장 신성한 불교 사원'이라고 하는 편이 더 정확할 듯합니다. ‹붓다넷›의 설명을 보시죠. "입적하기 전에 부처는 제자들에게 네 곳으로 순례를 떠날 것을 명했다. 그 네 곳은 바로 부처가 태어난 룸비니, 부처가 깨달음을 얻은 우루벨라(현대의 부다가야), 부처가 처음으로 설법을 행한 사르나트, 부처가 열반에 든 쿠시나가라였다. 4대 성지 모두 오늘날에도 방문이 가능한데, 그중 부다가야는 예나 지금이나 가장 신성한 곳으로 여겨진다. … 그곳에는 높게 곧추선 피라미드형 9층 탑〔늘 하보디 대탑〕이 세워져 있다."

> 가령 3과 같은 길수吉數를 제곱하면, 신성수가 나온다.
>
> 이를테면, 내가 아는바 신은 천국의 아홉 번째 하늘에 거한다.
>
> 룬 문자의 신비한 의미를 마침내 알아내기 전, 오딘은 나무에 매달린 채로 아홉 날을 보내야 했다.
>
> 무사•는 언제나 늘 아홉 명이다.
>
> 고대 켈트 신화에는 항상 아홉 처녀가 등장한다.
>
> 가장 신성한 불교 사원들은 늘 아홉 개 층으로 이뤄져 있다.

• 그리스 신화에서 학예를 관장하는 아홉 여신(무사이).

• 각각 메카·메디나·알아크사 사원, 아브라함·이삭·야곱, 옥청·상청·태청(삼원의 화생인 삼보군이 관할하는 최고 이상향)을 가리킨다.

시녀가 완두콩이 아홉 알 들어 있는 꼬투리를 찾아 부엌 바닥에 두면, 들어와서 처음 그 깍지를 밟는 남자와 혼인하게 된다. 확인 완료: 한 웹사이트에서 이런 글을 찾았습니다. "소녀가 완두콩이 아홉 알 들어 있는 꼬투리를 찾아 문간에 두었는데 이어서 그 문으로 남자가 들어오면 미래에 그 남자는 소녀의 남편이 된다." 꽤 비슷하지요.

양털실을 아홉 번 매듭지으면 부러진 발목이 낫는다. 사실 충돌: 앨런 길리스의 「케이프브레턴/유이스트 설화: 주술을 알려드립니다」라는 글[1]을 보면, 양털실 매듭의 마력에 관한 두 가지 중요한 참고 사항이 나오긴 하지만, 둘 다 저자의 이야기와 내용이 일치하지 않습니다. 먼저 길리스는 플리니우스의 이야기를 인용합니다. 그는 "거미줄 한 가닥을 가져다 아홉 번 매듭지은 뒤 환자의 병든 서혜부에 묶어 병을 치료한 사람들"의 일화를 보고했는데, "치료 효과를 높이려면 각 매듭을 묶을 때마다 과부들의 이름을 대야만 했다"고 합니다. 또한 "발목이나 손목을 접질렸을 때는 노파가 다친 부위에 대고 주문을 외거나, 흰 실타래에 감긴 실을 일곱 번 매듭지어 접질린 자리에 두르면 치료가 되었다" 고도 하고요. 따라서 결론: 이 설화와 흡사하지만, 똑같지는 않다.

시녀가 완두콩이 아홉 알 들어 있는 꼬투리를 찾아 부엌 바닥에 두면, 들어와서 처음 그 깍지를 밟는 남자와 혼인하게 된다.

양털실을 아홉 번 매듭지으면 부러진 발목이 낫는다.

네 잎 클로버 위에 아홉 톨의 밀알을 올려놓으면 빅토리아 시대 요정이 꾀어든다.

결국 열에 아홉은 점유자에게 소유권이 있다고들 한다.

아홉 방향을 본다*to look nine ways*는 말은 실눈을 뜬다는 뜻이다.

9펜스만큼 좋다*to be right as ninepence*는 말은 일이 아주 잘되어간다는 뜻이다.

아홉까지 차려입었다*to be dressed to the nines*는 말은 근사하게 갖춰 입었다는 뜻이다.

그리고 아홉 번째 구름 위에 있다*to be on cloud nine*는 말은 하

네 잎 클로버 위에 아홉 톨의 밀알을 올려놓으면 빅토리아 시대 요정이 꾀어든다. 사실 충돌: 제가—요정과 관련된 다수의 허접한 웹사이트를 포함한—대부분의 자료에서 살펴본 바에 따르면, 요정의 주의를 끄는 밀알의 개수는 아홉 톨이 아니라 일곱 톨입니다.

결국 열에 아홉은 점유자에게 소유권이 있다고들 한다. 실제로 쓰이는 표현입니다. 하지만 좀더 공식적으로는, 2003년 『법률과 동시대 현안*Law and Contemporary Problems*』 제66권 75호 75-87쪽에 실린 마크 로즈의 「법적 승산은 열에 아홉: 영국의 저작권 논쟁과 공유 저작물의 수사학」[2]을 통해서도 확인이 가능합니다.

아홉 방향을 본다는 말은 실눈을 뜬다는 뜻이다. 확인 완료: E. 코범 브루어가 1898년 편찬한 『경구 및 우화 사전*Dictionary of Phrase and Fable*』.[3]

9펜스만큼 좋다는 말은 일이 아주 잘되어간다는 뜻이다. 확인 완료: ‹월드 와이드 워즈World Wide Words› 웹사이트, 1996년.

아홉까지 차려입었다는 말은 근사하게 갖춰 입었다는 뜻이다. 확인 완료: ‹월드 와이드 워즈›.

그리고 아홉 번째 구름 위에 있다는 말은 하늘을 나는

듯한 기분이라는 뜻인데, 민속학자들의 설명에 의하면 이 구절의 기원은 미국 기상국이 모든 구름을 고도에 따라 아홉 유형으로 구분한 데서 찾을 수 있고, 그중 가장 높이 뜨는 쌘비구름은 고도가 9000여 미터에 달한다. 이 폭신하면서도 산더미처럼 거대한 구름은 보통 화창한 여름날에 눈에 띄지만, 때때로 폭풍우를 유발하기도 한다. 대략 확인 완료: 여기서 '아홉 번째 구름 위에 있다'란 구절의 뜻은 ‹월드 와이드 워즈›에서 민속학자들의 설명을 통해 확인했지만, 그 밖의 이야기는 모두 앞뒤가 맞지 않습니다. 우선 첫째, 구름의 종류는 아홉 가지 이상입니다. 덴버대학 기상학과에 따르면, 구름에는 "털구름, 털층구름, 털쌘구름, 높쌘구름, 높층구름, 층쌘구름, 층구름, 비층구름, 쌘구름, 쌘비구름" 이렇게 열 가지 유형이 존재합니다. 둘째, 일리노이대학 샘페인-어배너캠퍼스 대기과학과 웹사이트에는 쌘비구름의 고도가 9000여 미터가 아니라 1만2000여 미터에 달한다고 기술돼 있습니다. 그리고 플리머스주립대학 기상학과에 따르면, 쌘비구름은 1만8000여 미터 고도에서도 관측된 바 있습니다. 게다가 미 항공우주국NASA에 따르면, 쌘비구름은 가장 높이 뜨는 구름도 아닙니다. 보아하니 '야광운'이라는 보기 드문 구름이 8만5000미터에 육박하는 고도에서 발견되기도 하는 모양이더라고요. 그런데 과연 저자가 이 부분을 "미국 기상국이 모든 구름을 고도에 따라 각기 다른 여러 유형으로 구분한 데서 찾을 수 있고, 그중 가장 높이 뜨는 축에 속하는 쌘비구름은"으로 선뜻 고쳐 쓰려고 할까요?

늘을 나는 듯한 기분이라는 뜻인데, 민속학자들의 설명에 의하면 이 구절의 기원은 미국 기상국Weather Bureau이 모든 구름을 고도에 따라 아홉 유형으로 구분한 데서 찾을 수 있고, 그중 가장 높이 뜨는 쌘비구름은 고도가 9000여 미터에 달한다. 이 폭신하면서도 산더미처럼 거대한 구름은 보통 화창한 여름날에 눈에 띄지만, 때때로 폭풍우를 유발하기도 한다.

그러나 생각건대 우리는, 레비가 기실 8초 동안 떨어졌다는 것을 알고 있었다.

다시 차를 타고서 그들의 집으로 돌아갔다.

곧이어 저녁 식사 약속을 잡았다.

입 맞추고 포옹하고 손 흔들어 작별을 고하고 계속 연락하자 말했다.

레비 프레슬리가 죽은 지 다섯 달이 지났을 무렵, 나는 라스베이거스를 떠났다.

레비가 죽던 그 밤, 실은 나와 이야기를 나누지 않았다는 것이, 그의 양친을 만나던 중에 어느 순간 분명해졌다.

그때 전화한 소년은 레비가 아니었다는 것을, 나는 라스베이거스를 떠나며 분명히 알 수 있었다.

의미심장해 보이는 무언가를 내가 가리킬 때는 필시 그 안에 일말의 진실도 존재하지 않을 가능성이 존재한다.

때때로 우리는 정보를 좇느라 지식을 유실하고는 한다.

때로는 소위 지식을 좇느라 지혜를 유실하기도 한다.

그러나 생각건대 우리는, 레비가 기실 8초 동안 떨어졌다는 것을 알고 있었다. 대체 어쩌란 건지.

다시 차를 타고서 그들의 집으로 돌아갔다. 곧이어 저녁 식사 약속을 잡았다. …[이하] 전부 개인적인 진술이긴 하지만, 만일 이 모든 일화가 사실이라면, 왜 앞에선 소개한 모든 일이 사실이 아닌 걸 알고 있으면서도 구태여 사실인 양 소개해서 자가당착에 빠진 걸까요?

의미심장해 보이는 무언가를 내가 가리킬 때는 필시 그 안에 일말의 진실도 존재하지 않을 가능성이 존재한다. 저기요, 그건 내가 할 소리거든요.

때때로 우리는 정보를 좇느라 지식을 유실하고는 한다. 때로는 소위 지식을 좇느라 지혜를 유실하기도 한다. 정답.

9

레비는 새벽 2시에 집으로 돌아왔거나, 새벽 2시 30분경에 집으로 돌아왔다. 그러나 정확히 어느 쪽인지는, 모친인 게일도 부친인 레비 시니어도 기억하지 못한다. 하지만 문제는 그게 아니라고 두 사람은 말한다. 어느 쪽이든 레비의 통금 시간은 11시였으니까. "곧바로 혼내지는 않았어요. 이튿날 시합이 있었거든요. 일단은 아이를 재우는 게 급선무였죠." 게일은 말한다. 레비는 다섯 시간 동안 눈을 붙였거나 네 시간 반 동안 눈을 붙였고, 이후에 깨어났고, 샤워를 했고, 옷을 입었고, 아무것도 먹지 않았고, 차를 몰고 시합장에 나갔고, 스트레칭을 했고, 기합을 넣었고, 겨루었고, 패했고, 차를 몰고 집으로 돌아왔고, 차 문을 세게 닫았고, 현관문을 세게 닫았고, 자기 방문을 세게 닫았고, 그곳에 머물렀다. "아마 두 시간은 방에 틀어박혀 있었을 거예요." 게일은 말한다. 드문 일이었을까? "드문 일은 아니었지만, 시합 후라는 걸 감안하면 다소 그렇기도 했죠. 집에 오면 경기에 대해 이야기하길 좋아했으니까요." 한 시간이 더 지나자 프레슬리 부부는 레비를 안방으로 불러, 귀가 시간이 지났는데도 집에 안 돌아오고 파티에서 마약 하는 애들이랑 어울린 것 아

레비는 새벽 2시에 집으로 돌아왔거나 … "하지만 문제는 그게 우리가 외출 금지령을 내린 직후였다는 거예요." 검시관 보고서에 근거한 시간적 선후 관계는 이렇습니다. "클라크카운티 검시관 행크 미시그는 자택에 있던 고인의 양친에게 사건을 고지했다. 그들[게일 프레슬리와 레비 프레슬리]이 그에게 제공한 정보에 따르면, 고인은 사건 당일 새벽에 귀가했고 마리화나를 피운 듯했다. 고인은 당일 오후 가라테 시합에 참가했고 성적이 좋지 않았다. 17시경, 고인이 시합을 마치고 귀가한 후, 고인의 부친은 당일 새벽의 행실을 이유로 그에게 외출 금지령을 내렸다. 그러자 고인은 밖으로 뛰쳐나가 본인의 차를 몰고 집을 떠났다."

니냐며 외출 금지령을 내렸다고, 게일은 말한다. 듣기로 엑스터시였다고, 게일은 말한다. 마리화나였다고, 레비 시니어는 말한다. 레비는 알겠다며 휴대전화를 침대에 내던지더니, 이럴 거면 전화기도 가져가라고 말했다. 그는 안방 문을 세게 닫았고, 현관문을 세게 닫았고, 차 문을 세게 닫았고, 차를 몰고 나갔다. 드문 일이었을까? "드문 일은 아니었죠, 10대잖아요. 하지만 문제는 그게 우리가 외출 금지령을 내린 직후였다는 거예요." 게일은 말한다.

레비는 플레전트플레인스 길을 따라 동쪽으로 가다가, 레이니리버 길을 만나 오른쪽으로, 조마이클 길을 만나 왼쪽으로, 셤크레프트 길을 만나 오른쪽으로, 가윈 길을 만나 오른쪽으로, 레인보 대로를 만나 왼쪽으로, 샤이엔애비뉴를 만나 오른쪽으로, 두 개의 출구를 지나 15번 주간고속도로를 따라 남쪽으로, 이어서 사하라애비뉴를 만나 왼쪽으로, 라스베이거스 대로를 만나 왼쪽으로, 볼티모어애비뉴를 만나 왼쪽으로, 그리고 스트래토스피어 호텔 주차장 건물 내부를 향해 오른쪽으로 차

레비는 플레전트플레인스 길을 따라 동쪽으로 가다가, 레이니리버 길을 만나 오른쪽으로, 조마이클 길을 만나 왼쪽으로, 셤크레프트 길을 만나 오른쪽으로, 가윈 길을 만나 오른쪽으로, 레인보 대로를 만나 왼쪽으로, 샤이엔애비뉴를 만나 오른쪽으로, 두 개의 출구를 지나 15번 주간고속도로를 따라 남쪽으로, 이어서 사하라애비뉴를 만나 왼쪽으로, 라스베이거스 대로를 만나 왼쪽으로, 볼티모어애비뉴를 만나 왼쪽으로, 그리고 스트래토스피어 호텔 주차장 건물 내부를 향해 오른쪽으로 차를 몰았다. 샤이엔애비뉴에서는 방향을 오른쪽이 아니라 왼쪽으로 틀었어야 합니다. 그랬다가 95번 고속도로를 따라 남쪽으로 약 12킬로미터를 이동한 다음 15번 주간고속도로에 들어섰어야죠. 그러지 않고 만약 샤이엔애비뉴에 접어들면서 방향을 우측으로 틀었다면, 레비는 결코 15번 주간고속도로를 탈 수 없었을 테고, 따라서 스트래토스피어에 도착할 수도 없었을 겁니다. 또한 15번 고속도로 남쪽 구간에서 사하라애비뉴에 들어설 때 역시 방향을 좌측으로 틀어야 하는데, 스트래토스피어 카지노가 그 고속도로 동쪽에 위치하기 때문입니다.

그는 5층, 그러니까 파랑 층에서, 엘리베이터로부터 세 칸 떨어져 있는 빈 주차 칸을 발견했다. 저자의 노트에는 이 내용에 대한 증거 자료가 없습니다. 하지만 엘리베이터로부터 세 칸 떨어진 곳에 비장애인 주차 구역이 있다는 내용과 건물 5층이 실제로 파랑 층이라는 내용은 확인이 가능하기 때문에, 잠정적으로는 맞는 얘기입니다. 그런데 제가 초가을 토요일 오전에 그곳을 방문했을 때는 5층 전체가 이미 거의 만차였거든요. 하물며 여름철 토요일 저녁에는 얼마나 더 붐비겠습니까! 레비가 그 자리에 차를 댈 수 있었던 건, 제 생각엔 천운입니다. 선생님, 이 정보를 어디서 얻으셨을까요?

존 정말이지 말도 안 되는 트집으로 에세이를 망치려고 드시는군요. 전에도 말씀드렸지만, 저는 관여하지 않겠습니다. 잘해보세요.

짐 그러니까 이제 와서 다 접겠다는 말씀이네요. 참 어른스러우십니다. 아니, 이런 글에 정확성 비슷한 걸 부여할 목적으로 세부적 사실관계를 확인하는 작업이 어떻게 '트집'이 됩니까? 아마 독자도 대부분 저랑 같은 생각일걸요. 이런 절차를 거치는 목적은 실상 선생님 글의 약점을 보완하는 겁니다. 하지만 아무래도 선생님은 몸소 집필하신 소중한 글, 직접 펜 끝으로 빚어낸 그 완전무결한 세계에 수정이 필요할 수도 있다는 점을 조금도 인정하실 마음이 없는 듯싶네요.

존 예, 저는 어른스럽지 못한 인간입니다.

를 몰았다. 그는 5층, 그러니까 파랑 층에서, 엘리베이터로부터 세 칸 떨어져 있는 빈 주차 칸을 발견했다. 오후 5시 18분이었다. 이어서 레비는 주차장과 호텔 프런트를 연결하는 고층 통로가 있는 주차 건물 3층, 그러니까 주황 층을 향해 계단 두 층을 걸어 내려갔다. 아니면 그곳에서 엘리베이터를 타려고 기다렸는지도 모른다. 하지만 그날은 토요일이었고, 토요일 이른 저녁 시간대에는 라스베이거스 어디를 가나 엘리베이터가 더디 온다. 일단 카지노에

오후 5시 18분이었다. 검시관 보고서에 따르면, 레비가 스트래토스피어 타워에서 뛰어내린 시각은 오후 6시 1분입니다. 또한 같은 보고서에 따르면, 레비가 집을 나선 시각은 오후 5시경이고요. 한편 구글 지도의 추산에 의하면, 레비의 집에서 스트래토스피어까지는 20킬로미터 남짓, 시간상으로 약 17분 거리라는데, 당시 정황으로 미루어 그는 속도를 냈을 가능성이 다분합니다. 그래서 얼핏 '오후 5시 18분'이었다는 저자의 주장이 제법 타당해 보이기도 하죠. 그러나 앞서 지적했다시피, 라스베이거스의 교통 체증은 로스앤젤레스 뺨칠 정도로 심각합니다. 그러므로 이 시간표가 설득력을 갖기 위해서는, 레비가 검시관 보고서에 기록된 시각보다 더 일찍 집을 나섰거나, 이동하는 내내 파란불만 받았어야 하고, 고속도로에서도 운이 따라서 신기할 정도로 원활한 교통 상황을 맞닥뜨렸어야 합니다.

이어서 레비는 주차장과 호텔 프런트를 연결하는 고층 통로가 있는 주차 건물 3층, 그러니까 주황 층을 향해 계단 두 층을 걸어 내려갔다. 아니면 그곳에서 엘리베이터를 타려고 기다렸는지도 모른다. 하지만 그날은 토요일이었고, 토요일 이른 저녁 시간대에는 라스베이거스 어디를 가나 엘리베이터가 더디 온다. 주차 건물 5층에서 카지노로 가려면 이 통로를 지나야만 한다는 것, 3층이 주황 층이라는 것, 스카이워크가 존재한다는 것, 토요일 밤에는 엘리베이터가 확연히 느리다는 것까진 확인이 가능합니다. 하지만 레비는 열여섯 살 소년이었고, 이 주차 건물의 각 층을 연결하는 계단은 그 길이가 상당

히 짧거든요. 그런데 이 어리고 성마른 친구가 굳이 붐비는 엘리베이터를 타려고 기다렸다는 가정은, 그가 당시에 처했음직한 마음 상태를 고려할 때 개연성이 매우 부족하다고 생각합니다.

일단 카지노에 들어서자, 레비는 붉은 카펫이 깔린 계단을 걸어 내려가며… 제가 직접 그 계단을 걸으며 확인한 바로는, 붉은색이라기보다 빛바랜 보라색에 가까웠습니다.

…오른쪽으로 단체 관광 접수처를 … 지나쳤다. 확인 완료: 오른쪽입니다.

…왼쪽으로 록시스 다이너라는… 그런데 록시스 다이너의 위치는 단체 관광 접수처 바로 맞은편이 아닙니다. 만약 이 문장이 레비가 고개를 오른쪽으로 돌리면 단체 관광 접수처가 보이고 왼쪽으로 돌리면 록시스 다이너가 보였으리라는 의미로 쓰인 거라면, 이는 일종의 허위 진술이 됩니다. 두 장소는 서로 상당히 멀리 떨어져 있으니까요.

들어서자, 레비는 붉은 카펫이 깔린 계단을 걸어 내려가며 오른쪽으로 단체 관광 접수처를, 왼쪽으로 록시스 다이너라는, 디제이가 1950년대 록 음악을 틀고 종업원들이 노래를 부르는 간이식당을 지나쳤다.

토요일 이른 저녁이었기에 록시스 다이너는 "분명 눈코 뜰 새 없이 바빴을 거"라고, 웨이터장 조니 폿 로스트가 그날 밤의 기억을 더듬으며 말했다. "음, 아마도 저는 「그리스트 라이트닝Greased Lightnin」•을 부르고 있었을 겁니다. 토요일 밤엔 다들 그렇게 에너지 넘치는 곡을 원하니까요." 조니가 노래를 시작하면 웨이트리스들은 저마다 앞치마 주머니에서 마이크를 꺼내 들고 각 좌석 사이에 설치된 칸막이 위로 뛰어오른다. 그들이 각자의 자리에서 몸을 흔들며 주문서를 흔드는 동안 손님들은 포크로 감자를 찍어 입으로 가져가고 그사이 조니는 풀쩍 뛰어올랐다가 무릎으로 착지한 다음 두 눈을 감고 마지막 고음부인 "라이트닝"이라는 소절에서 잉 하는 소리를 길게 뽑아낸다.

• 뮤지컬 「그리스」 1막에 삽입된 넘버로 후에 동명의 영화에서 존 트라볼타가 불러 크게 유명해진 로큰롤 곡.

…디제이가 1950년대 록 음악을 틀고 종업원들이 노래를 부르는 간이식당을… 아닌 게 아니라 정말 꾀꼬리처럼 고운 목소리로 노래하던데요.

토요일 이른 저녁이었기에 록시스 다이너는 "분명 눈코 뜰 새 없이 바빴을 거"라고, 웨이터장 조니 폿 로스트가 그날 밤의 기억을 더듬으며 말했다. "음, 아마도 저는 「그리스트 라이트닝」을 부르고 있었을 겁니다. 토요일 밤엔 다들 그렇게 에너지 넘치는 곡을 원하니까요." 저자의 노트에 조니 폿 로스트와의 간략한 인터뷰 기록이 남아 있는데, 이 부분은 포스터의 발언을 개략적으로 풀어 쓴 것이더라고요. 따라서 그대로 두어도 괜찮겠습니다.

…손님들은 포크로 감자를 찍어 입으로 가져가고… 사실 충돌: 그 식당이 예컨대 고기찜에 감자를 곁들인 요리보다는 햄버거와 감자튀김 세트를 판매하는 곳이라는 특성을 감안할 때, 여기 기술된 내용은 정확성이 떨어집니다.

한편 카지노에 들어선 레비는 … 1200대의 슬롯머신과 마흔여덟 개의 카드 테이블을 지나 걸었고… 스트래토스피어 호텔 웹사이트에서는 그곳이 “50개 이상의 테이블과 1500대가 넘는 최신 슬롯머신 및 비디오 포커 게임기를 갖춘 7432제곱미터 면적의 카지노를 자랑한다”고 주장합니다. 그리고 2001년에 나온 보도자료에서는 그곳에 “1600대의 슬롯머신과 더불어 넘치도록 많은 테이블 게임…”이 구비되어 있다고 설명합니다. 제가 방문한 2006년 10월에는 주요 게임장에 룰렛 테이블 다섯 대와 크랩 테이블 넉 대, 카드 테이블 마흔 대가 있었습니다. 따라서 이 건과 관련해서는, 혹여 거액의 판돈이 오가는 밀실 같은 공간에 얼마간 테이블이 숨겨져 있는 게 아니라면, 저자의 추산도 호텔 측의 주장도 틀렸습니다. 한데 우리가 여기서 논하는 대상이 다름 아닌 스트래토스피어 호텔이란 말이죠….

…일부 미국의 대중적 텔레비전 쇼에서 유래한 이름—내 사랑 지니, 휠 오브 포천, 호건의 영웅들—이라든지 미국의 대중적 상품에서 유래한 이름 – 스팸, 할리데이비슨, 보드게임 배틀십—이라든지 그 무엇에서도 유래하지 않은 이름—행운을 믿어라, 니켈 게임, 눌러 눌러 눌러—이 붙어 있는… 제가 방문했을 때는 이런 게 하나도 눈에 띄지 않았습니다. 하지만 슬롯머신과 관련해 이 사안은 건드리지 않겠습니다. 어차피 저자가 구태여 수정하려 들지 않을 거라고 99퍼센트 확신이 드는 모종의 사안에 대한 사실 확인이 올바른 정보를 밝혀내는 데 드는 각고의 노력을 감수할 정도로 반드시 필요하다고는 생각되지 않으니까요. 그럼에도 한 가지 짚고 넘어가자면, 「행운을 믿어라Press Your Luck」는 1983년부터 1986년까지 텔레비전에서 방영된 게임쇼 제목이기 때문에, 그 게임쇼에서 유래한 이름을 가진 슬롯머신이 ‘그 무엇에서도 유래하지 않은 이름’을 가졌다고 보기는 어렵습니다. 실상 그 쇼는 일종의 고전으로 분류되는 데다, 마니아층도 꽤 탄탄하거든요. 저만 해도 지금까지 제법 생생하게 기억할 정도로 어릴 때 무척 재미나게 봤고요. 따라서 문제의 슬롯머신은 해당 텔레비전 쇼와 관련이 있을 가능성이 높다는 점에서, ‘그 무엇에서도 유래하지 않은 이름’을 가졌다는 내용은 시정이 필요할 듯합니다. 하지만 역시, 저자가 이 시점에 무엇을 얼마나 바꾸려고 할지 의문입니다. 선생님, 텔레비전은 도통 안 보시나요? 혹시 그게 선생님의 예술적 감수성에 해가 될까요?

존 저런, 에세이 전체를 관통하는 핵심을 놓치셨군요.

짐 오오, 답변을 주시다니!

존 이 슬롯머신 이름의 출처일 수도 있고 아닐 수도 있는 텔레비전 쇼가 한때 방영된 적이 있다는 사실은 정말이지 진정 아무런 문제도 되지 않습니다. (더구나 「행운을 믿어라」는 1980년대보다 한참 전부터 영어권에 존재해온 관용구이기 때문에, 저로서는 편집자님이 애청하셨다는 그 텔레비전 쇼가 이 게임에 영감을 불어넣었다는 둥 해가며 장단을 맞춰드리고 싶지 않네요.) 여하튼 기록을 남기는 차원에서 제가 말하고자 하는 핵심은, 레비가 생애 마지막 몇 분 동안 지나쳤던 풍경에 관해 보고된 수많은 세부 사항 중에는 정확한 것과 더불어 부정확한 것도 당연히 존재할 수 있다는 점입니다. 게다가 곧이어 일어날 사건을 생각하면, 이 모든 건 지극히 사소한 부분에 불과하기도 하고요.

짐 이 사실들이 사소하다는 의견에는 저도 동의하지만, 곧 중대한 국면을 앞둔 상황이니 만큼, 이제부터라도 정확성을 부수적이라며 도외시해선 안 되겠다는 생각은 안 드시나요? 이건 어떤 슬롯머신의 이름에만 국한된 문제가 아닙니다. 설령 이 세부 사실들

한편 카지노에 들어선 레비는, 일부 미국의 대중 텔레비전 쇼에서 유래한 이름—내 사랑 지니, 휠 오

이 본유적 의미는 갖지 않는다 해도, 이런 식으로 주의를 환기함으로써 저자 자신이 거기에 부여하는 의미가 있으니까요. 전에도 선생님은 태권도 역사에 관한 제 의견을 깔아뭉개면서 기본적으로 동일한 논리를 펼치신 적이 있습니다. 하지만 선생님의 글은 레비에게 일어난 일에 관한 실재적 이야기로 인식될 공산이 크고, 따라서 선생님이 그 일과 연관 짓기로 결정한 모든 세부 사항은 의미심장한 사실로 인식될 것이 자명합니다. 왜냐하면 누구든 레비에 관한 글을 읽는다면 선생님의 글 역시 읽을 가능성이 있으니까요. 또한 그런 이유로 저는 이것이 심각한 문제라고 생각합니다. 지금 선생님이 창작 중인 이 기록은, 그것이 아무리 부수적일지라도, 누구든 다른 사람이 이 아이에 관해 그에 필적할 만한 서사를 쓰지 않는 한, 결국 권위 있는 기록으로 간주될 수밖에 없으니까요. 선생님 스스로도 그러셨지요? 선생님이 만드는 것은 예술이라고, 인생은 짧지만 예술은 길다고. 한데 어째서 이런 문제를 인정하고 바로잡는 작업을 마다하시는 거죠?

존 저는 이 수많은 정보에 아무런 의미도 내재되지 않았다고 주장하는 게 아닙니다. 그보다 여기서는 의미의 **탐구**에 방점을 찍어야 한다는 얘기를 하는 겁니다. 그리고 그 의미 탐구의 정수는 각각의 세부 사항이 의미심장하게 느껴지도록 재구성하려는 시도에 있습니다. 설령 그 의미심장함이 주요 사건의 기술 과정에서 자연스럽게 드러나진 않을지언정 말입니다. 제 이런 발언이 많은 사람을 불편하게 만든다는 건 알지만, 저는 이것이 진정한 예술가의 일이라고 생각합니다. 여기서 제가 강구하는 것은 진실이지만, 그게 반드시 정확성을 뜻하진 않습니다. 저는 논픽션 작가들이 여느 작가에 비해 '절대적 진실'과 유난히 각별한 관계를 맺고 있는 듯 가장하는 풍토가 공연한 오해를 부추긴다고 생각합니다. 왜냐하면 그렇지 않으니까요. 우리 논픽션 작가도 여느 예술가와 마찬가지로 의미에 대한 강박이 있습니다. 또한 그러므로 우리도 다른 어떤 예술가와 다를 바 없이 상황을 각색하고 세부 사항을 변경하고 해석을 좌우하며 관념을 추구합니다. 물론 하드코어 논픽션 작가들은 생각이 다르겠지만, 저는 개의치 않습니다. 제가 비주류라는 건 저도 알고 있으니까요. 하지만 저로선 장르에 대한 신념이 여전히 확고한 작가들이란 결국 스스로 '논픽션' 작가를 표방하면 자동적으로 논픽션 작가가 된다거나 자신의 텍스트가 '논픽션'을 표방한다고 하면 그 글이 자동적으로 논픽션이 된다는 발상에 굳게 사로잡힌 이들이 아닌가 하는 의구심도 듭니다. 한편으로 누군가는 세상에 관한 사실들을 확정함으로써 앞서 언급하신 유의 역사 기록물을 작성하기 위한 노력에 매진해야 한다는 점에서, 그런 식의 신념을 가진 이들이 몹시 대견하게 느껴지기도 하고요. 하지만 그렇다고 이들이 그런 사실들을 찾아낼 거라고 생각한단 뜻은 아닙니다. 제 모친이 일평생 찾아온 하느님을 찾아낼 거라고는 생각되지 않는 것처럼 말이죠. 하지만 또 그렇다고 모친의 노력이 무의미하다고 생각하지도 않습니다. 다만 저는 그런 식의 노력은 기울이지 않겠다는 겁니다. 사람들이 '논픽션'을 그렇게 고착된 개념으로 받아들이는 거야 얼마든지 환영입니다. 또한 저는 그들이 그런 관념을 추구하는 동안 즐거움을 만끽하길 바랍니다—진심으로요. 하지만 제발 저한테 정해진 틀 안에서 에세이를 쓰라고 강요하지는 마세요. 저는 그 틀을 세우는 데 일절 관여한 바가 없고, 오히려 배척하는 입장인 데다, 그것이 이 장르의 진정한 목적을 대변한다고 여기지도 않으니까요. 에세이는 시도입니다. 다른 게 아니에요. 그리고 근본적으로, 몇백 년간 그게 전부였습니다. 심지어

브 포천, 호건의 영웅들—이라든지 미국의 대중적 상품에서 유래한

어원적으로도 ‘에세이essay’는 ‘시도’를 의미합니다. 또한 그렇기에 한 사람의 에세이 작가로서 저는 제 책무가, 어떤 것이 총체적 혼란에 빠지기 전에 그것을 통제하려고 노력하는 — 제가 노력하는 — 데 있다고 믿습니다. 작가로서 저는 그런 부분을 책임지고 싶고, 그런 관점에서 평가받고 싶습니다. 아마 개중에는 사실을 바로잡기 위해 얼마나 열심히 노력했는가를 근거로 평가받길 원하는 작가들도 있겠지만, 개인적으로 저는 그런 작업엔 흥미가 없습니다. 그런다고 해서 딱히 기념비적인 작품이 나올 것 같지도 않고요.

짐 글쎄요… 이해는 합니다. 이해하고말고요. 하지만 마음 깊은 곳에서는 거부감이 드네요. 물론 이런 소리를 하면 제가 지난 수백 년에 걸친 예술적 실험의 역사에 어두운 사람처럼 보이겠지만, 그럼에도 저는 여전히 선생님의 발언이 일으키는 파문이 불편합니다. 일단 저도 ‘논픽션’ 에세이는 어떤 일에 대한 객관적 설명을 일차적 목표로 삼아야 한다거나 에세이 작가가 문화적 기억의 차원에서 사건의 진실을 보호할 윤리적 의무를 진다고는 믿지 않는다는 점에서 선생님과 같은 의견입니다. 또한 저는 사건이나 인물에 대한 포스트모더니즘적-역사기록학적-메타픽션적 전유專有를 전적으로 지지하는 입장입니다. 그러나 이런 관점을 레비와 같은 10대에게 적용하는 데는 석연치 않은 구석이 있습니다. 어쨌든 그 앤 라스베이거스에 사는 어린 소년일 뿐이잖아요 — 삶이 공공재로 취급되어 철저히 조작되거나 재해석될 수 있는 문화적 인물도 우상적 존재도 아니라는 겁니다. 달리 말해, 이런 식으로 글의 부정확성을 키우는 것이 비록 레비의 무덤을 더럽히는 정도까진 아닐지라도 무덤의 위치를 속이는 정도의 잘못은 될 거라는 얘기죠.

존 도대체 왜 우리가 그의 무덤 위치까지 신경 써야 하죠? 신에게 맹세코 이 에세이에서 다루기에 그보다 더 따분한 주제는 없을 겁니다. 게다가 그건 이 에세이가 지향하는 목표에 배치되기도 하고요. 이 에세이는 한 소년의 자살과 그 죽음을 불러온 내면의 괴이한 악마에 대한 개요가 아닙니다. 이 에세이는 어떤 관념idea에 관한 글이고, 레비는 그 관념의 표상입니다. 글쎄요, 어쩌면 제가 무신경한 것인지도 모르죠. 개인적 친분이라곤 없는 죽은 소년을 멋대로 ‘관념’이라 일컫고 있으니까요. 하지만 관념이 아니면 도대체 무엇이라 일컬어야 할까요? ‘대상subject’? 아니면 ‘등장인물character’? 그에 관한 모종의 글이 쓰이는 순간 그는 ‘이용될’ 수밖에 — 혹은 말씀하신 것처럼, ‘더럽혀질’ 수밖에 — 없습니다. 그러므로 어쩌면 제 입장에서 윤리적으로 가장 적절한 선택은, 순전한 가공의 인물을 자살 희생자로 세워 제 뜻대로 이용하는 것인지도 모르죠. 하지만 설령 그랬더라도, 제 느낌상 우리는 여전히 비슷한 논쟁을 벌였을 겁니다. 우려하시는 부분은 저도 이해합니다 — 전적으로요. 에세이가 이런 일을 하는 게 옳은지 그른지는 저도 확실히 알지 못하니까요. 다만 제가 확신하는 부분은, 이 일에 상상력을 활용하지 않는 건 일종의 직무 유기라는 겁니다. 세상에 상상력이 동원되지 않는 글이 어디 있나요? 상상력이 가미되지 않은 문학 작품을 과연 사람들이 읽고 싶어하기는 할까요?

이름 — 스팸, 할리데이비슨, 보드 게임 배틀십 — 이라든지 그 무엇

짐 잘 알겠습니다. 그럼 이제 제가 선생님의 작업에 의구심을 가지면, 상상적인 글쓰기에 반하는 것이 되나요? 이거 아무래도 제 말뜻을 완전히 곡해하신 것 같은데요. 저는 선생님 글이 집필 과정에서 ‘절대적 진실’과 모종의 신성한 관계를 맺어야 — 혹은 맺는 척이라도 해야 — 한다고 말하는 것이 아닙니다. 그보다 이른바 ‘논픽션’을 표방하는 글을 집필하실 때는 어느 정도 선을 지키는 게 좋겠다는 제언을 드리는 겁니

다. 그리고 저는 결코 레비를 관념 혹은 대상 혹은 등장인물이라고 일컫는 것이 무신경하다곤 여기지 않습니다. 왜냐하면 셋 다 이 에세이에서 그가 사용되는 방식을 묘사하는 용어니까요. 다만 저는, 선생님이 자의로 사실들을 조작하며 써 내려간 서사에 '논픽션'이란 딱지를 붙이는 것이 어딘지 의아하게 느껴집니다. 물론 선생님이 집필한 글을 선생님이 '논픽션'이라고 주장할 때, 그게 꼭 '픽션이 아니'라는 의미는 아닐 수도 있겠죠. 하지만 적어도 그런저런 사정을 모르는 이들은 〔저자와〕 다르게 느낄 소지가 다분하지 않나요? 선생님이 사실성 면에서 부정확한 텍스트에 '논픽션'이란 딱지를 붙인 기저에는, 그 용어의 총체적 개념에 의문을 불러일으키려는 의도가 숨어 있다고 짐작됩니다. 하지만 이 주제에 대한 선생님의 견해를 접한 적이 없는 사람이 가령 이 글을 읽으려다 논픽션이라는 딱지를 발견한다면, 그로서는 이게 통념과 다소 배치되는 〔저자만의〕 의도가 반영된 표시라는 걸 알아차릴 도리가 없지 않나요? 작가가 논픽션을 표방한 글을 쓴다는 것은—설령 그 글이 약간의 세부사실을 '유연하게' 꾸며내거나, 상황에 관한 '느낌' 혹은 '인상'을 묘사하기 위해 상상력을 동원한 결과물일지라도—스스로 허위임이 명백하다고 인식하고 있는 내용은 쓰지 않겠노라고 다짐하는 일종의 사회적 계약입니다. 선생님은 그 계약을 맺은 당사자이고요.

존 자, 우선 첫째, 이 에세이는 '논픽션'을 표방하고 있지 않을뿐더러 제 글이 '논픽션'을 표방하는 일 자체가 드뭅니다. 제가 볼 때 그 용어로는 문학에 내재하는 그 어떤 가치도 제대로 묘사할 수 없거든요. 편집부에서 이 글에 '논픽션'이란 딱지를 붙인 이유는 단 하나, 편집자들이 산문에 허용하는 이분법적 범주에 바로 이 논픽션이 속해 있기 때문입니다. 그리고 둘째, 지금 이게 한낱 슬롯머신의 이름에 관한 대화라는 걸 부디 유념해주시기 바랍니다.

> 에서도 유래하지 않은 이름 — 행운을 믿어라, 니켈 게임, 눌러 눌러

짐 지금 이게 한낱 슬롯머신의 이름에 관한 대화가 아니라는 건, 누구보다 선생님이 더 잘 알고 계실 텐데요. 선생님의 에세이는 사람들의 삶과 생계에 천착하면서, 인간 공동체 전반의 도덕적 지위에 의문을 제기합니다. 여기에 주제를 관철할 목적으로, 쉽게 검증 가능하지만 명백히 조작된 사실들을 여봐란듯이 풀어놓으면서 말이죠.

존 편집자님이 '한 공동체의 도덕적 지위'와 '쉽게 검증 가능한 사실들' 사이에 그토록 분명한 연관성이 존재한다고 생각한다는 사실이야말로, 이 작업이 안고 있는 문제입니다. 숫자와 통계로는 기껏해야 어떤 사람이 누구이고 어떤 공동체가 무엇과 관련되어 있는지 정도밖에 설명할 수 없어요. 어느 지점에 이르면 우리는 작가로서 인물이나 공동체의 내부로 깊숙이 파고들어 그들에 대한 구체화를 시도해야 합니다. 이는 필시 지독히도 치열한 절차이지만, 우리가 작가로서 기꺼이 이를 수행하지 않는다면 (또한 독자로서 기꺼이 이에 동참하지 않는다면), 사실상 그것은 우리 스스로 직무를 방기하는 꼴이나 다름없다는 게 제 생각입니다.

짐 저는 글쓰기가 과학이어야 한다거나, 글쓰기에 있어 무엇을 '할 수 있는지'와 '할 수 없는지'를 가르는 규칙 또는 글쓰기를 어떻게 해야 하는지를 따지는 공식 따위가 존재한다고 말하는 것이 아닙니다. 저는 단지 '절대적 진실'이 존재하면 국부적 '진실들'도 존재하고, '유연한 사실들'이 존재하면 '엄연한 사실들'도 존재하는데, 선생님께선 어째서 마치 이 모든 게 동일하며 이 모든 게 똑같이 임의적인 양, 사실과 다르게 의도적으로 가장하는 듯한 태도를 취하시는 건지 이해하기 어렵다는 얘기를 드리는 겁니다. 요컨대 저는 예술적인 관점보다는 사회정치학적이고도 심리학적인

관점에서 사안을 바라보고자 합니다. 아무래도 읽는 사람 입장에서는 자기가 읽는 글이, 선생님 말마따나 '세상에 관한 진실을 확정하려는 노력을 끊임없이 기울이는' 이의 저작물인지, 예술적 목표를 좇느라 그런 사실들은 무시하고 폐기하고 조작하는 이의 저작물인지를 제대로 파악하는 게 중요할 테니까요. 그런 관점에서 작가가 진실을 호도했다는 사실을 발견했을 때 사람들은 모멸감을 느낍니다. 다시 말해 특정 회고록이 '윤색'된 이야기라는 게 밝혀질 때마다 최근 10년 동안 벌어진 그 모든 미친 소동의 핵심은, 작가들이 때때로 '상상력을 활용한다'는 걸 독자들이 이해하지 못한다는 데 있지 않습니다. 핵심은 사람들이 인간으로서 자신의 본질과 위상에 관한 모종의 진실을 찾아 그 진실과 교감하길 바라던 중에 그런 진실을 어느 감명 깊은 글에서 찾아냈는데, 알고 보니 그 감동적인 글을 작가가 의도적으로 위조했다는 사실, 그러니까 단순한 재해석과 시적 윤색의 수준을 넘어 자기과시를 위해 노골적으로 위조했다는 사실이 밝혀졌을 때 크나큰 좌절감을 느낀다는 데 있습니다. 그러다 결국 다시금 세상에 혼자 남겨졌다는 기분에 사로잡히기도 하고요.

존 지금 제가 이 에세이에서 그러고 있다는 겁니까? '자기과시를 위해' 이야기를 '위조한다'고요?

짐 제 말은, 선생님이 이 에세이에서 그러고 있다는 게 아니라, 선생님이 외견상 옹호하는 '진실'에 대한 아나키즘적 접근법이 실상 어디에도 도움이 되지 않는다는 겁니다.

존 한데 대관절 언제부터 약간의 지적 아나키즘이 나쁜 것이 되었죠? 도대체 언제부터 우리 사회에서 예술의 논리적 타당성 여부를 결정짓는 규칙을 용납하기 시작했나요? 오히려 일상적 담론에선 잘 용납되지 않는 자유도 예술가에게는 권장되는 분위기 아니었습니까? 말하자면, 우리는 바로 그런 점 때문에 예술에 의지하는 것 아닌가요? 예술가가 한계를 시험하고, 규칙에 도전하고, 금기를 파괴해주길 다들 내심 기대하지 않나요? 우리 문화는 예술에 특별한 권리를 부여했습니다. 예술이 특별한 역할을 수행한다고 믿기 때문이죠. 예술은 우리에게 도전하기 위해서 존재합니다. 그 어떤 규칙도 예술에는 적용되지 않거니와, 예술에 속해 있지도 않아요—심지어 예술이 '미친 소동'을 유발할 때조차 상황은 달라지지 않습니다. 사실 저는 그 미친 소동을 조장하는 것 역시 예술의 책무 가운데 하나라고 여기는걸요.

짐 제 안의 펑크적 자아는 그 의견에 동의합니다. 예술적으로나 철학적으로나, 언어와 예술 속에서 '진실'이 갖는 지위에 관한 기본 수준의 논의에서는, 저도 선생님 말씀에 어느 정도 일리가 있다고 생각하거든요. 극한 과잉 학습의 두 표본으로서 선생님도 저도 니체가 진실을 '은유, 환유, 의인화의 유동적 군단'이라 일컬었다는 것, 신도 죽었고 작가도 죽었다는 것, 우리는 모두 각자만의 진실을 만들고 각자만의 현실을 빚는다는 것, 인간은 모든 비제도적인 관점을 억제하려는 경향을 띤다는 것 등등에 대해 잘 안다고 자부하리라 저는 확신합니다. 그러니 우리끼리 서로의 전복적이고도 전위적인 기질을 칭찬하며 그저 등이나 토닥여주는 것도 괜찮겠지요. 하지만 한발짝 떨어져서 들여다보면, 기실 선생님의 발언에는 굉장히 엘리트주의적이고도 학자적인 면모가 존재합니다. 그렇지 않나요? 저는 절대적 진실이든, 예술적 진실이든, 혹은 이 논쟁과 관련이 있는 양 그럴듯하게 포장될 수 있는 다른 그 어떤 종류의 진실이든, 진실을 탐구하는 사람이라면 누구에게나 갈채를 보내는 입장이지만, 〔그와 별개로〕 선생님이 스스로의 예술적 관심을 충족시킬 욕심에 특정 상황을 둘러싼 사

눌러—이 붙어 있는 1200대의 슬롯머신과 마흔여덟 개의 카드 테

실의 본질을 바꿔버린다면, 이건 결코 존재한 적 없는 무엇—라스베이거스에 관한 진실이나 레비 프레슬리에 관한 진실이 아닌, '존 다가타의 라스베이거스'와 '존 다가타의 레비 프레슬리'에 관한 진실—을 창조하는 것이 된다고 생각합니다. 물론 그것도 하나의 예술적 실험으로서 나름의 가치는 있겠지만, 적어도 독자에게 그 어떤 눈짓이나 신호도 주지 않고, 마치 '존 다가타의 라스베이거스'가 "'진짜' 라스베이거스"에 관한 사실적 보도인 양 속이려 드는 것은 뭔가 근본적으로 잘못되었다고 보는데, 선생님은 생각이 다르신가요?

존 저는요, 이 일에 몸담은 이후로 줄곧 독자에게 눈짓이며 신호를 보내왔습니다. 수차례 시선집을 편집하고, 에세이를 집필하고, 강연을 하고, 학생들을 가르쳤죠…. 전부 이 주제에 관련된 것들이었습니다. 일정 시점에 이르면 독자는 작가가 어린애 다루듯 숟가락으로 떠먹여 주길 더는 바라지 말아야 합니다. 자기와 뜻이 맞지 않는 예술을 대하는 자기만의 방법—제 분에 못 이겨 백안시하거나 금기시하지 않으면서 그렇게 하는 방법—을 찾아내야죠.

이블을 지나 걸었고, 이어서 레비는, 어깨에 걸어 가슴 아래로 늘어

짐 멋지군요, 독자를 내려다보는 작가가 여기 또 계시네요.

존 저는 독자를 내려다보지 않습니다. 하지만 별개로, 우리가 '그런저런 사정'을 늘 곧이곧대로 알아야 한다면, 왜 예술에 의지할까요? 문학이 우리를 '모멸'하거나 '진실을 호도'하지 않을 것을 보장해야 한다면, 굳이 예술에 의지할 이유가 있을까요? 혹시 쇼핑몰 예술이라고, 들어보셨습니까? 지금 말씀하시는 것이 바로 쇼핑몰 예술입니다. 편집자님이 말하는 예술 소비자층은, 이를테면 제임스 프레이의 회고록에 나오는 일부 세부적 내용이 실은 지어낸 이야기라는 걸 알고는 오프라 윈프리에게 사연을 보내 배신감을 토로하며 프레이를 대중 앞에서 질책하라고 다그치는 사람들과 같은 부류라고요.• 이런 사람들은 그 책을 베스트셀러로 만들었을지언정, 프레이가 〔에세이 작가로서〕 지켜야 했던 사실상의 유일한 책무, 즉 독자에게 좋은 경험을 선사할 책무를, 그 책을 통해 특별한 경험—그들과 윈프리, 그리고 수십 수백 명의 평론가가 한때 프레이의 책을 입을 모아 칭송하게 했던 그 경험—을 선사함으로써 이행했다는 인식은 갖추지 못한 듯합니다. 자, 이쯤에서 혹자는 그 책을 그 많은 사람이 감명 깊게 읽었을 가능성 자체에 대해 의문을 표할는지도 모르겠습니다. (심지어 작가의 윤색을 거쳤음에도) 이야기가 별달리 훌륭하지 않다면서 말이죠. 하지만 그건 문제가 아닙니다. 사람들은 그 책을 좋아했어요. 그 책에서 뭔가 탁월하게 느껴지는 부분을 발견한 겁니다. 예술이 해야 하는 일도 바로 그것이고요.

짐 하지만 확실히, 그런 사람들은 '좋은 경험' 이상의 것을 추구했을 공산이 큽니다. 그렇지 않고서야 장막 뒤의 실상을 알게 됐다고 해서 그렇게까지 화를 낼 이유가 없죠. 앞에서 제가 말하려던 핵심도 바로 그것이고요….

존 그 이유는, 예술에 관한 한 우리는 미숙한 존재이기 때문입니다. 우리는 학교에서도, 집에서도, 문화 전반에서도 예술을 거의 총체적으로 박탈당했습니다. 정서적으로 마음을 열어 보인 대상에게 갑자기 뒤통수를 맞고 그 대상의 본모습이 겉모습과 같지 않다는 걸 알게 된다면, 당연히 우리는 발을 구르고 고함을 지를 겁니다. 그리고 당연히 그것을 배신이라고 느

• 「오프라 윈프리 쇼」 북클럽 추천 도서로 선정되면서 선풍적 인기를 끈 제임스 프레이의 저서 「백만 개의 작은 조각들*A Million Little Pieces*」이 실은 거짓말로 가득하다는 사실을 한 온라인 매체가 폭로하면서 논픽션과 픽션의 경계를 둘러싸고 윤리적 논란이 일었다.

끼겠지요. 왜냐하면 우리는 바로 그것, 즉 우리를 부수어 열고, 우리의 아린 곳을 드러내고, 우리 자신과 세계에 대한 우리의 해석을 뒤흔듦으로써, 우리가 그 둘을 새롭게, 신선한 시각에서, 또한 그로 인해 이전에는 인지하지 못하던 무언가를 인지할 가능성을 보유한 상태에서 경험할 수 있게 하는 것이야말로 예술의 존재 이유라는 점을 이해할 정도로 예술을 깊이 경험하지는 못했으니까요. 예술의 사명은 우리를 바꾸고, 우리에게 도전하며, 단언컨대 거기서 더 나아가 우리를 속이기까지 하는 것입니다. 프레이의 독자들이 그토록 격하게 반응한 것은, 진정한 예술 경험이 불러온 감동 때문입니다. 그들은 이내 자제력을 잃었죠. 미처 준비되지 않은 자신들에게 뜻밖의 경험을 제공했다는 이유로 한 남자를 헐뜯고 비방했습니다. 하지만 정말 잘못한 쪽은 누구일까요?

짐 그럼 독자들이 잘못했다는 건가요? 지금 독자들이 무지하다는 얘길 하는 겁니까?

존 정확히는 독자들이 다층적으로 무지하다는 얘길 하는 겁니다.

짐 그렇군요. 그럼 이 사안을 다른 각도에서 들여다보죠. 가령 어떤 사람이 세상에 관한 '사실들'을 파악할 목적으로 뉴스를 보거나 신문을 읽거나 라디오를 듣는데, 정작 뉴스가 재밋거리로 다뤄진다면, 혹은 부도덕한 정치경제적 이유로 변형되거나 날조된 뉴스가 소개된다면, 그때 그 사람이 화를 내는 건 이상한 일일까요?

존 아니죠, 그런 이유라면 당연히 불쾌하겠죠.

짐 그럼 권력자가 사리사욕을 채우기 위해 새빨간 거짓말을 입에 올릴 때는요? 그럴 때 선생님은 배신감을 안 느끼나요?

존 그럴 리가요.

짐 자, 그럼 비록 100퍼센트 진실한 자료란 결코 존재하지 않을지라도, 최소한 사람들이 그 의도의 진실성을 기대할 수는 있어야 한다는 제 의견에 동의하십니까?

뜨린 작은 트레이에 담배며 시가
며 전지식 목걸이를 담아 에스컬

존 예, 뭐. 그런데 저는 정치인도 아니고 취재기자도 아닙니다. 독자의 애인도, 아빠도, 치료사도, 목사도, 요가 스승도 아니고, 독자가 믿고 의지할 만한 인간적 관계에 놓여 있지도 않죠. 물론 정직성을 요구하고 진실한 의도를 기대해야 마땅한 일부 영역이 우리 문화에 존재하는 것은 사실입니다. 하지만 단지 그 이유만으로, 세상에서 우리가 경험하는 모든 일에 대해 그런 기대를 품는 것은 온당치 않아요.

짐 하지만 설령 논픽션이 시초부터 '증거의 정확도보다는 주장의 강도'를 기반으로 삼았다 해도—믿으실지 모르겠지만, 그 주제에 관한 선생님의 에세이를 여러 편 읽어보고 드리는 말씀입니다—힘 있는 주장으로 사람들의 마음을 사로잡은 누군가가 그 과정에서 부정한 증거를 이용했다는 것이 밝혀졌을 때 사람들이 화를 낼 거라는 사실에는 변함이 없죠.

존 이제는 돌고 돌아 논픽션의 도덕적 책임에 관해 논하고 있군요. 그래서 저는 이런 대화가 싫은데—끝에 가면 얘기가 늘 제자리를 맴돌게 되기도 하고—예술의 한 형태를 '도덕적 가치'에 입각해 평가하는 순간, 예술에 관한 논의는 그길로 끝이거든요. 우리가 이런 대화를 나누고 이런 쟁점을 거론하는 것만으로 논픽션은 문학으로서의 권리를 박탈당하고 맙니다. 그리고 이는 안타까운 일이죠. 시나 소설, 극작품과 관련해서는 결코 이런 대화를 나눌 일이 없으니까요. 그것들은 우리가 한 치의 의심도 없이 문학으로, 어엿한 예술로 인식하는 장르입니다. 그에 비해 논픽션은 우리 문화계에서 예술로 분류되기 위해 수십 년간 고군분투를 이어왔고요.

짐 음, 시나 소설이나 극작품은 사실의 정확성을 전

면에 내세우는 문학 장르가 아닙니다. 이른바 '논픽션'에 대해서는 사람들이 잘잘못간에 다른 기대를 품기 마련이고요. 사람들은 논픽션과 픽션이 기본적으로 그 의도에 있어 차이가 있다고 인식합니다. 모름지기 논픽션은 현실에 굳게 뿌리를 내리고 있어야 한다고 생각하는 것이죠. '논픽션'의 정의도 바로 그런 것 아니었나요?

존 대체 그 용어에 왜 그렇게까지 집착하는 겁니까? 저는 이 에세이를 얘기할 때 그 용어를 쓰지 않는데, 편집자님은 지금 그러고 계시거든요.

짐 왜냐하면 좋든 싫든, 선생님이 저술하는 글의 장르를 세상이 그렇게 부르고 있으니까요. 어쩌면 언어적 한계 때문인지도 모르죠—우리 언어에는 가령 눈雪을 비롯해 다양한 문학적 경험을 가리키는 낱말이 상대적으로 부족한 편이잖아요—하지만 '에세이'에 대한 선생님의 정의는 지나치게 독특해서 일반 대중의 인식과는 괴리가 있습니다. 그게 좋거나 나쁘다는 게 아니라, 그냥 상황이 그렇다고요.

존 음, 그렇다면 우리가 문화적 교양을 높여야 하는 이유가 하나 더 늘었군요. 사실 '논픽션'은 겨우 오륙십 년 전에야 비로소 문단文壇에서 범용되기 시작했습니다. 1960년대와 1970년대에 '뉴 저널리즘'•의 흐름에 맞춰 작성된 글을 묘사할 목적으로 도입되었죠. 말하자면 일종의 최신 용어랄까요. 그리고 굳이 기억하실 필요는 없지만, 당시 이 장르를 표방하며 작성된 글은 비단 언론 활동에 입각한 보도문만이 아니었습니다. 분명 회고록도 있었고, 자서전도 있었고, 자연 관찰기나 여행기 따위도 있었죠. 그러니까 '논픽션'은 최신 용어일 뿐 아니라, 애초에 부적합한 용어이기도 했다는 겁니다. 한데 500년이 넘도록 우리 곁에는 '에세이'라는 용어가 있었습니다. 그리고 매우 적절하게도 '에세이'는—'논픽션'처럼—장르를 부정하는 용어가 아니라 모종의 활동, 즉 '시도와 시험과 실험'을 묘사하는 용어입니다. 또한 단지 에세이라는 용어를 사용하는 것만으로도 우리는 이 분야가 장르적 호기심을 알게 모르게 용인한다는 느낌, 기억과 관찰, 일화, 역사, 과학, 신화, 경험 등을 두루 다루며 실천가의 정신적 활동이 남긴 궤적을 기록하고자 한다는 느낌을 종종 받게 됩니다. 에세이는 사실을 전달하는 도구가 아닙니다. 달리 말하면, 정보나 검증 가능한 경험을 전달하는 도구가 아니라는 겁니다. 에세이는 곧 경험, 그것도 대단히 인간적인 경험입니다. 에세이는 의미—정서적 의미든, 지적 의미든, 정치적 의미든, 과학적 의미든, 무엇이든 작가가 텍스트에 대해 설정해둔 목표—를 찾고자 노력하는 경험의 실천입니다. 그리고 실제로 에세이의 역사를 깊이 들여다보면 가령 나탈리아 긴츠부르그, 메리 매카시, 조지 오웰, 헨리 데이비드 소로, 찰스 램, 토머스 드 퀸시, 대니얼 디포, 크리스틴 드 피장, 세이 쇼나곤, 성 아우구스티누스, 플루타르코스, 세네카, 키케로, 헤로도토스와 같은 작가를 비롯해 이 문학 양식의 수많은 거장이 자신의 경험을 더욱 면밀히 이해하고자 사실을 변형하곤 했다는 것을 알게 됩니다. 자, 이것은 도덕적으로 용인이 가능할까요? 글쎄요, 일부 문화에서는 사실상 용인이 가능했던 것으로 보입니다. 때로는 작가들이 사실을 조작했지만 전혀 알아차리지 못한 사례도 존재하고요. 그럼 우리는 어떻게 해야 할까요? 이제부터라도 그들이 남긴 에세이에 대해—그중 일부는 이 장르의 근간을 형성함에도 불구하고—더 부

레이터 발치에서 판매하는 여성을 향해 걸었다. 트레이에는 계속

• 1960년대 새롭게 등장한 저널리즘 조류로, 사실에 충실한 기존 스트레이트 기사에서 금기시하던 자세하고 구체적인 묘사, 대화의 인용, 맥락의 재구성 등 문학적 구성과 필치를 가미한 내러티브적 요소를 활용해 독자를 경험 속으로 끌어들이고자 했다.

정적인 평가를 내려야 온당한 걸까요? 바라건대 그렇지 않습니다. 왜냐하면 헤로도토스가 세상에 관해 펼친 사유의 진정성은 그의 사유가 우리에게 불러일으키는 감정의 상태와 아무런 관련이 없으니까요. 그는 자신이 제시한 사실의 정확성을 우리가 인정하든 말든, 우리에게 경이감을 심어주기 위해 노력합니다. 요컨대 저는 우리가 이 장르를 다시 그 가장 본유적인 활동에 의거한—다소 임의적인 진실감의 충족이라기보다 호기심 어린 연구의 일종이라는—정의에 기반해 묘사한다면, 이 장르 안에서 작가들이 내린 선택에 대해 도덕적 판단을 내리려는 경향은 줄어들고 오히려 그러한 선택들을 문학을 위한 노력으로 인정하게 될 것이라고 생각합니다.

짐 어째 대화가 허공을 맴도는 기분이네요. 둘 다 자기 이야기만 하고 있으니. 저는 그런 유의 에세이가 예술로서 무가치하다고 말하는 것이 아닙니다. 그런 에세이가 엄격한 사실에 기반을 두지 않았다고 나쁜 문학의 표본이라고 말하는 것도 아니고요. 또한 그 때문에 도덕적 비난을 받아야 마땅하다고 말하는 것은 더더욱 아닙니다. 다만 저는 팩트체커의 관점에서, 검증 가능성을 기준으로 엄격히 따져봤을 때, 그런 에세이가 '픽션이 아닌' 글로서는 훌륭한 본보기가 아니란 얘길 하는 겁니다.

존 좋습니다. 그리고 고맙습니다. 어차피 저도 그런 에세이가 '픽션이 아닌 글로서 훌륭한 본보기'로 간주되는 것을 바람직하다고 여기진 않으니까요. 제 글이 그와 같은 잣대로 평가되기를 바라지도 않고요.

짐 그럼에도 덧붙여 말씀드리자면, 만약 그런 에세이가 '픽션이 아닌' 텍스트로서 소개된다면, 저는 아마 진실을 호도당했다고 느낄 겁니다.

존 그럴 만도 하시겠지요.

짐 그럴 만도 하다고요?

존 편집자님이라면 분명 진실을 호도당했다고 느끼실 거라고요.

짐 아, 그게 끝입니까?

존 예, 편집자님은 제 에세이가 진실을 호도한다고 느끼십니다. 저는 그 점을 인정하고요. 편집자님은 제가 이러는 것이 부적절하다고 느끼시죠. 하지만 저는 그것이 제 일에서 꼭 필요한 부분이라고 느낄뿐더러, 이런 식의 자유를 택함으로써, 사실에 천착할 때보다 실제로 더 좋은 예술작품을 만들어낼 수 있다고—또한 그로써 독자에게 더 훌륭하고도 진실한 경험을 제공할 수 있다고—자부하거든요. 그러니 괜찮습니다. 우리끼리 의견이 달라도, 저는 개의치 않아요. 다른 길이 있을 것 같지도 않고요.

빛날 수도 있고 무시로 깜빡일 수도 있고 심지어 "기분을 나타내주도록!" 설정할 수도 있는 파란 별 목걸이며 빨간 구슬 목걸이며 노란 십자가 목걸이가 진열되어 있었다. 그날 저녁 근무를 섰던 에이미는 레비가 아무것도 사지 않았다고 장담하면서, 만일 그 또래의 소년이 목걸이를 샀다면 자신이 기억하지 못할 리가 없다고 말했다. "남자들은 보통 여기서 파티용품을 사거든요. 그럼 전 항상 어딜 가는지 물어보고요. 실은 저도 못말리는 파티광이라서요." 이어서 레비는 에스컬레이터를 타고

이어서 레비는, 어깨에 걸어 가슴 아래로 늘어뜨린 작은 트레이에 담배며 시가며 전지식 목걸이를 담아 에스컬레이터 발치에서 판매하는 여성을 향해 걸었다. 트레이에는 계속 빛날 수도 있고 무시로 깜빡일 수도 있고 심지어 "기분을 나타내주도록!" 설정할 수도 있는 파란 별 목걸이며 빨간 구슬 목걸이며 노란 십자가 목걸이가 진열되어 있었다. 저자의 노트에 나오는 내용입니다. 하지만 엄밀히 말하면 내용이 살짝 수정된

것 같긴 합니다. 노트에는 '붉은 십자가 목걸이'와 '노란 구슬 목걸이'가 있었다고 적혀 있거든요. 그리고 여기 묘사된 정교한 기능이 장난감 목걸이에 탑재돼 있을 것 같지도 않고요. 더구나 제가 방문했을 때는 그런 물건을 판매하는 여성이 한 명도 눈에 띄지 않았습니다.

이어서 레비는 에스컬레이터를 타고 올라갔다. 그는 타워 꼭대기행 입장권을 사려고 호텔 매표소 앞에 줄을 섰을 것이다. 그러나 토요일 이른 저녁이었기에, 호텔 매표소 앞으론 긴 줄이 늘어섰을 것이다. 레비는 힙색과 미드리프 톱과 포장 음식과 플립플롭 대열의 틈에 서서… 심지어 제가 토요일 오전 11시경에 방문했을 때도, 플립플롭을 신은 사람이며 미드리프 톱을 입은 사람이며 포장 음식을 들고 있는 사람이 수두룩했습니다. 따라서 이 내용은 확인되었습니다. 라스베이거스 사람들은 일분일초도 허투루 쓰는 법이 없죠.

올라갔다. 그는 타워 꼭대기행 입장권을 사려고 호텔 매표소 앞에 줄을 섰을 것이다. 그러나 토요일 이른 저녁이었기에, 호텔 매표소 앞으론 긴 줄이 늘어섰을 것이다. 레비는 힙색과 미드리프 톱과 포장 음식과 플립플롭 대열의 틈에 서서, 호텔 매표소 뒤쪽에 설치된 조명 광고판에서, 9월에 있을 빌리 레이 사이러스 콘서트라든지 11월에 있을 헤비급 권투 빅 매치

…호텔 매표소 뒤쪽에 설치된 조명 광고판에서… 앞서 지적했다시피, 스트래토스피어 호텔은 입구가 여러 군데입니다. 우선 '주요 에스컬레이터'(1번 에스컬레이터)가 있고, 추가로 '월드 레스토랑 및 라운지 및 타워 쇼핑몰이 있는 꼭대기층으로 가는 에스컬레이터'(2번 에스컬레이터)가 있죠. 그런데 매표소와 인접한 벽에는 조명 광고판이 몇 개 설치돼 있지만, 레비가 탔다고 나오는 (2번 에스컬레이터 쪽) 출입구에서 이어지는 매표소 뒤쪽으로는 광고판이 하나도 설치돼 있지 않습니다. 가장 눈에 띄는 조명 광고판은, 레비가 탔다고 나오는 에스컬레이터가 아닌 1번 에스컬레이터 꼭대기 인근 매표소 뒤쪽 구역에 설치돼 있습니다. 그런데 만약 레비가 1번 에스컬레이터를 탔다면, 그 모든 카드 테이블을 지나 걷지는 못했을 것입니다. 또 만약 2번 에스컬레이터를 타고 올라갔다면, 뒤이어 기술된 타워 쇼핑몰 내 그 모든 상점을 지나 걷지 못했겠지요. 자, 이쯤 되니 저자가 묘사하는 경로를 따라 걷는다는 것이 사실상 불가능하게 여겨집니다. 혹시라도 레비가 주차장을 빠져나와 2번 에스컬레이터까지 (그 모든 카드 테이블을 지나) 걸어갔다가, 방향을 되돌려 1번 에스컬레이터를 타고 문제의 광고판이 있는 매표소에 들른 뒤 타워 쇼핑몰 내 그 모든 상점을 지나는 도무지 있을 법하지 않은 일이 벌어진 게 아니라면 말이죠. 제 생각엔 저자가 이 두 경로를 하나로 짜깁기해놓은 듯합니다. 아무래도 레비가 그 모든 장소를 지났다고 해야 독자에게 당시의 풍경을 일목요연하게 그려 보일 수 있으니까요.

…9월에 있을 빌리 레이 사이러스 콘서트라든지… 실제로 그해 9월 6일에 빌리 레이 사이러스 콘서트가 있었다는 것을 스트래토스피어 호텔 이벤트 일정표를 통해 확인했습니다.

…11월에 있을 헤비급 권투 빅 매치라든지… 라스베이거스의 한 권투 관련 웹사이트에 따르면, 저자가 언급한 경기와 비슷해 보이는 행사는 그해 11월이 아닌 9월에 있었습니다. 그리고 경기 명칭은 '헤비급 권투 빅 매치'가 아닌 '헤비급 빅 매치'였는데요, 아무래도 '권투' 경기라는 내용은 덩치 큰 몸에 기름을 듬뿍 바

른 두 남자가 권투 장갑을 끼고 서로를 노려보는 포스터를 통해 간접적으로 전달되기 때문에 생략한 듯합니다.

…게임에서 잃은 돈의 15퍼센트를 되돌려준다는 스트래토스피어의 새로운 환불 보장형 슬롯머신 프로그램… 이 내용은 『갬블링 타임스 *Gambling Times*』 2002년 10-12월호에 실린 스티브 버리의 기사 「라스베이거스 슬롯머신 클럽 환불 프로그램」[1]을 통해 확인했습니다. 하지만 프로그램의 적용 범위가 지극히 제한적입니다. "해당 프로그램은 오로지 '슬롯머신 클럽' 신규 회원에게만 적용"되는데, "오로지 라스베이거스를 방문한 사람에 대해서만 유효하고 (라스베이거스와 노스라스베이거스, 헨더슨카운티, 볼더시티 주민에게는 자격이 주어지지 않으며), 단 한 번밖에는 [그 환불 프로그램을] 사용할 수 없다"고 명시돼 있습니다. 또한 "자격을 갖추기 위해서는 스트래토스피어 플레이어스 클럽 신규 회원으로 가입한 다음, 슬롯머신이나 비디오 포커 머신을 이용할 때마다 슬롯머신 클럽 카드를 제시해야" 하는데, 그러면 "카지노 측에서는 해당 회원이 게임을 시작하고 처음 30분 동안 투입한 금액(기기를 이용하는 데 들어간 자금의 총액) 가운데 15퍼센트를, 5센트짜리 동전부터 100달러짜리 지폐에 이르기까지 액면가를 따지지 않고 상환해준다"고 합니다. 따라서 "게임에서 잃은 돈의 15퍼센트를 되돌려준다"를 "특정 조건하에서는 게임에서 잃은 돈의 15퍼센트를 되돌려준다"로 고쳐야 할 것도 같네요.

…이어서 그는 세 명의 매표소 직원 가운데 한 명에게서 라스베이거스 시민 할인을 적용받아 6달러가 아닌 4달러에 입장권을 구매했을 것이고… 사실 충돌: 그해 호텔에서 낸 한 보도자료에 따르면, "타워 입장료는 성인 6달러, 네바다주 주민 4달러"였기 때문에, 오로지 라스베이거스 주민에 대해서만 할인이 이뤄졌다고 말하는 것은 부정확합니다. 네바다주 사람이라면 누구나 할인을 받을 수 있었으니까요.

…마침내 스트래토스피어 타워 내 쇼핑몰 반대편 끝에 위치한 타워 엘리베이터를 향해 걷기 시작했을 것이다. 플래그마니아를 지나. 알파카 피츠를 지나… [이하] 우선 첫째, 상점의 나열 순서가 부분적으로 틀렸습니다. 그리고 둘째, 그중 일부는 심지어 존재하지도 않는 상점입니다. 플래그마니아와 알파카 피츠는 확인했습니다.

…패뷸러스 라스베이거스 매직숍과 그레이트 월 오브 마그네츠와 금목걸이를 야드 단위로 판매하는 골드파더스라는 간이 매장을 지나. 아쿠아 마사지를 지나, 레비는 걸었다. 하겐다즈. 쇼핑몰 목록에는 '라스베이거스 매직숍'이라고 기재되어 있지만, 실제로 상점의 상

라든지 게임에서 잃은 돈의 15퍼센트를 되돌려준다는 스트래토스피어의 새로운 환불 보장형 슬롯머신 프로그램에 관한 공고를 보았을 것이고, 이어서 그는 세 명의 매표소 직원 가운데 한 명에게서 라스베이거스 시민 할인을 적용받아 6달러가 아닌 4달러에 입장권을 구매했을 것이고, 마침내 스트래토스피어 타워 내 쇼핑몰 반대편 끝에 위치한 타워 엘리베이터를 향해 걷기 시작했을 것이다. 플래그마니아를 지나. 알파카 피츠를 지나. 패뷸러스 라스베이거스 매직숍과 그레이트 월 오브 마그네츠와 금목걸이를 야드 단위로 판매하는 골드파더스라는 간이 매장을 지나. 아쿠아 마사지를

부 간판에는 '패뷸러스 라스베이거스 매직숍'이라고 적혀 있습니다. 따라서 이 불일치는 용인이 가능합니다. 하지만 '그레이트 월 오브 마그네츠'에 관한 증거는 아무것도 찾아내지 못했습니다. **또한 골드파더스라는 간이 상점에서는 '금목걸이를 인치 단위로' 판매하고 있었고요** — 물론 엄밀히 말하면, 물건을 인치 단위로 판매하는 상점에서는, 더 나아가 야드 단위로도 판매할 가능성이 높지만 말이죠. 하겐다즈 건은 확인했습니다.

지나, 레비는 걸었다. 하겐다즈. 일회용 헤나 에어브러시 타투. 퍼퓨마니아와 레더 랜드와 기프츠 플러스와 아케이드를 지나. **또 하나의 재미있는 상점이 곧 오픈 예정인 자리를 지나.** 스티치 잇 온이라는 모자 자수점 간이 매장을 지나. 베이거스 캔들의 '초대형 파격 세일' 현장을 지나. 웨츨스 프레츨과, 클레오 귀금속상과, '1991년식' 슬롯머신을 4995달러에 판매하는 CJ 카지노 엠포리엄이라는 대형 소매점을 지나. 15달러에 15분간 산소를 마시며 "기운을 되살리고 정신을 환기하고 마음을 가라앉히고 생기를 북돋우는" 한편,

일회용 헤나 에어브러시 타투. 제가 알기로 헤나는 사실상 에어브러시로 작업이 불가능합니다. 그렇지만 일회용 헤나 타투를 하는 사람이 일회용 에어브러시 타투 시술까지 하는 사례도 흔하긴 해서, 이 내용은 그대로 두어도 괜찮을 듯합니다. 현재로서는 아무도 모르는 일이니까요.

퍼퓨마니아와… 확인했습니다.

…레더 랜드와… 쇼핑몰 목록에 기재된 상점명은 〔붙여 쓴〕 레더랜드입니다. 이곳 역시 상부 간판에는 '레더 랜드'라고 적혀 있지만요.

…기프츠 플러스와… 맞습니다.

…아케이드를 지나. 맞고요.

'또 하나의 재미있는 상점이 곧 오픈 예정인 자리'를 지나쳤다. 제가 쇼핑몰을 방문했을 무렵에는 이 재미있는 상점이 이미 오픈한 상태였던 것으로 기억합니다.

스티치 잇 온이라는 모자 자수점 간이 매장을 지나. 간이 매장이 아니고, 정식 매장입니다.

베이거스 캔들의 '초대형 파격 세일' 현장을 지나. 웨츨스 프레츨과, 클레오 귀금속상과, '1991년식' 슬롯머신을 4995달러에 판매하는 CJ 카지노 엠포리엄이라는 대형 소매점을 지나. '베이거스 캔들'이라고 언급된 상점의 실제 이름은 '베이거스 라이츠'입니다. CJ 카지노 엠포리엄이라는 상점은 제가 방문했을 당시 어디에서도 눈에 띄지 않았습니다. 덧붙여, 저자의 노트에는 해당 슬롯머신의 할인 가격이 4995달러가 아닌 4895달러였다고 적혀 있습니다. 다만 웨츨스 프레츨과 클레오 귀금속상은 확인했습니다.

15달러에 15분간 산소를 마시며 "기운을 되살리고 정신을 환기하고 마음을 가라앉히고 생기를 북돋우는" … 브리드라는 산소방을 지나, 레비는 걸었다. 저자의 노트에 따르면, 브리드에서는 15분간 산소를 마시는 데 15달러가 아닌 16달러를 받습니다.

…이를테면 니르바나 향이나 워터멜론향, 클래리티향, 피치향, 서블라임향, 카푸치노향, 시너지향, 드림향, 초콜릿향, 이클립스향, 리바이털라이즈향, 탄제린

향 등을 비롯한 열여덟 가지 향 가운데 하나를 추가 비용 없이 선택할 수 있는… 저자의 노트에 열거된 향의 종류는 열여덟 가지를 훌쩍 넘습니다. 그 밖에도 바닐라, 펌프킨 스파이스, 코코넛, 스트로베리, 클로브, 레몬그라스, 페어, 워터멜론, 재스민 따위의 향이 추가로 적혀 있거든요. 그나저나 그런 사기성 상품에 적잖은 금액을 턱턱 지불하는 사람들의 심리를 저로서는 도저히 이해할 수가 없네요.

브리드의 여자 직원들은 그날 저녁 레비가 산소방에 잠시 들렀다는 건 기억하지 못하면서도, 사건 발생 직후 그의 투신에 관한 소문을 들었다는 것만은 기억해냈다. "너무 안됐다는 말밖에 달리 드릴 말씀이 없네요. 다만 제가 아는 사실을 하나만 말씀드리면, 사건 당시 그 남자애는 산소에 취한 상태가 아니었습니다." 산소방 관리자 제니가 말했다. 제니의 이름은 저자의 노트에 기록돼 있지 않습니다. 다만 제니의 발언, 즉 레비가 "산소에 취한 상태가 아니었다"는 내용은 적혀 있습니다. 당최 말이 되는 소리 같지는 않지만 말이죠.

이를테면 니르바나향이나 워터멜론향, 클래리티향, 피치향, 서블라임향, 카푸치노향, 시너지향, 드림향, 초콜릿향, 이클립스향, 리바이털라이즈향, 탄제린향 등을 비롯한 열여덟 가지 향 가운데 하나를 추가 비용 없이 선택할 수 있는 브리드라는 산소방을 지나, 레비는 걸었다. 브리드의 여자 직원들은 그날 저녁 레비가 산소방에 잠시 들렀다는 건 기억하지 못하면서도, 사건 발생 직후 그의 투신에 관한 소문을 들었다는 것만은 기억해냈다. "너무 안됐다는 말밖에 달리 드릴 말씀이 없네요. 다만 제가 아는 사실을 하나만 말씀드리면, 사건 당시 그 남자애는 산소에 취한 상태가 아니었습니다." 산소방 관리자 제니가 말했다. 이어서 레비는 쇼핑몰 끝자락에 도착했고 또다시 줄을 서기 위해 경사로를 걸어 내려갔다. 그러나 토요일 이른 저녁이었기에, 줄은 로프가 둘러쳐진 구역을 네댓 바퀴쯤 휘감고는 다시 쇼핑몰 안으로 길게 늘어졌을 것이다. 이윽고 보안 요원 해럴드가 주머니에 금속성 소지품이 있는지 물었을 때, 레비는 갖고 있던 자동차 키를 꺼내 하얀 스트래토스피어 슬롯머신용 동전 통에 담고는 금속 탐지기를 통과한 뒤 차 키를 도로 집어

이어서 레비는 쇼핑몰 끝자락에 도착했고 또다시 줄을 서기 위해 경사로를 걸어 내려갔다. 그러나 토요일 이른 저녁이었기에, 줄은 로프가 둘러쳐진 구역을 네댓 바퀴쯤 휘감고는 다시 쇼핑몰 안으로 길게 늘어졌을 것이다. '로프'가 아닌 쇠줄이 둘러쳐져 있었습니다. 그런데 제가 방문했을 때는 입구가 여러 곳인데도 대기선이 일곱 바퀴나 휘감겨 있었을 뿐 아니라 사람들 사이의 간격도 빽빽했습니다. 이 지점에서 고작 15미터 남짓 떨어진 엘리베이터까지 가는 데만 40분이 걸렸죠. 그런데 레비는 토요일 저녁에 그곳을 찾았으므로, 저자가 추정한 것보다 한참 더 긴 줄에 서서 기다렸을 것으로 사료됩니다.

이윽고 보안 요원 해럴드가 주머니에 금속성 소지품이 있는지 물었을 때 레비는 갖고 있던 자동차 키를 꺼내 하얀 스트래토스피어 슬롯머신용 동전 통에 담고는 금속 탐지기를 통과한 뒤 차 키를 도로 집어 든 다음 타워행 엘리베이터를 기다리기 위해 좁은 복도로 걸어 들어갔을 것이다. 이 구역 보안 요원과 금속 탐지기에 관한 내용은 확인했습니다. 하지만 저자의 노트

에서 해당 요원의 이름은 찾지 못했습니다.

그러나 토요일 이른 저녁이었기에, 레비는 복도에 줄을 서 있던 다른 이들과 함께 유난히 더 긴 시간을 기다려야 했을 것이다. 혼잡하고도 무더웠을 그 밤 노란 불빛 아래서 긴 시간을 기다리는 동안, 어쩌면 레비는 스트래토스피어의 오락시설 스트래토페어를, 호텔 수영장 옆 통로에 설치된 그 카니발 게임 구역을 난간 너머로 흘깃 내려다보았을 것이다. 제가 방문했을 때는 그 복도가 그리 심하게 붐비지 않았습니다. 그렇다고 사람이 적었다는 뜻은 아닙니다만, 실제로 병목 현상은 금속 탐지기를 통과하는 과정에서 나타나고, 이후에는 통로 맨 끝에서 더 짧은 줄에 합류하게 되는데, 그쪽 엘리베이터는 금방금방 오는 편이라는 점을 지적하는 겁니다. 그런데 좀 당황스러운 것이, 이 오락시설의 위치가 묘연합니다. 저자가 묘사한 내용에 부합하는 장소를 도저히 못 찾겠더라고요. 하지만 없는 공간을 마치 있는 것처럼 꾸며냈다고는 생각되지 않는 것이, 다만 제가 그 호텔에서 찾아내지 못했을 뿐 이 오락시설을 명소로 소개하는 보도자료는 찾았거든요.

든 다음 타워행 엘리베이터를 기다리기 위해 좁은 복도로 걸어 들어갔을 것이다. 그러나 토요일 이른 저녁이었기에, 레비는 그 복도에 줄을 서 있던 다른 이들과 함께 유난히 더 긴 시간을 기다려야 했을 것이다. 혼잡하고도 무더웠을 그 밤 노란 불빛 아래서 긴 시간을 기다리는 동안, 어쩌면 레비는 스트래토스피어의 오락시설 스트래토페어를, 호텔 수영장 옆 통로에 설치된 그 카니발 게임 구역을 난간 너머로 흘깃 내려다보았을 것이다. 그곳에는 '캣 스플랫'이라는 소프트볼 투구 게임기와 '오버토스'라는 고리 던지기 게임기, 그리고 '베이거스 카우보이'라는 위험천만한 황소 기구가 설치되어 있다. "경고! 이 황소 기구는 살아 있는 황소의 움직임을 본떠 설계되었습니다. 그러므로 탑승 시 이 기구로 인해 낙상 및 충돌 사고를 당할 위험이 큽니다. 이 기구는 강력한 내구성을 기반으로 탑승자를 격렬하게, 불규칙하게, 불가측하게, 빠른 속도로 휘돌리고 회전시킵니다. 이 황소의 탑승 가능 연령은 최소 13세 이상입니다!" 이어

그곳에는 '캣 스플랫'이라는 소프트볼 투구 게임기와… 위 보도자료에서 확인했습니다.

…'오버토스Orb-a-Toss'라는 고리 던지기 게임기… 그 보도자료에 따르면 '오브에이토스Orb-A-Toss가 맞는 듯합니다.

…그리고 '베이거스 카우보이'라는 위험천만한 황소 기구가 설치되어 있다. "경고! 이 황소 기구는 살아 있는 황소의 움직임을 본떠 설계되었습니다. 그러므로 탑승 시 이 기구로 인해 낙상 및 충돌 사고를 당할 위험이 큽니다. 이 기구는 강력한 내구성을 기반으로 탑승자를 격렬하게, 불규칙하게, 불가측하게, 빠른 속도로 휘돌리고 회전시킵니다. 이 황소의 탑승 가능 연령은 최소 13세 이상입니다!" 이 놀이기구 역시, 비슷한 것조차 찾아내지 못했습니다. 다만 저자의 노트에 따르면, 실제 해당 경고문에 적힌 글귀는 이렇습니다. "경고! 본 황소 기구는 살아 날뛰는 황소의 움직임을 본떠 설계되었습니다. 그러므로 탑승 시 본 기구로 인해 낙상 및 충돌 사고를 당할 위험이 큽니다. 본 기구는 강력한 내구성을 기반으로 탑승자를 격렬하게, 불규칙하게, 불가측하게, 빠른 속도로 휘돌리고 회전

시킵니다. 이 황소의 탑승 가능 연령은 최소 14세 이상입니다! 임신부는 탑승이 불가합니다."

확실히 단정하다는 인상을 준다." 하나같이 저자가 묘사한 복장과는 차이가 있죠.

이어서 레비는 엘리베이터에 올랐다. 안에서는 아마도 캐럴라인이라는 젊은 여성이 분홍색과 청록색이 섞인 스트래토스피어 폴로 셔츠에 검은 바지 차림으로 레비를 맞이했을 것이고… 요즘에는 스트래토스피어 직원들 옷차림이 좀더 차분하게 바뀌었습니다. 검은 바지 흰 셔츠에 검은 바람막이를 걸치거나, 검은 바지 흰 셔츠에 검은 조끼를 걸치거나, 황갈색 폴로 셔츠에 검은 스포츠 재킷을 걸치던데요. 1990년대 유니폼와 관련해서는 치포베이거스닷컴cheapovegas.com에서 이런 글을 찾았습니다. "주얼 톤jewel tone• 이 구식이라는 말은 이제 그만! 스트래토피어에서는 모든 사람이 루비와 자수정, 에메랄드 빛으로 반짝거린다. 금실로 수놓인 검은 조끼는 잔돈 교환원들이 입는 새틴 셔츠의 붉은색을 보완하고, 딜러들이 입는 자주색 블라우스는 장난스러운 해적을 연상시킨다. 또한 칵테일 담당 웨이트리스의 보랏빛으로 반짝이는 미니드레스는

서 레비는 엘리베이터에 올랐다. 안에서는 아마도 캐럴라인이라는 젊은 여성이 분홍색과 청록색이 섞인 스트래토스피어 폴로 셔츠에 검은 바지 차림으로 레비를 맞이했을 것이고, 문이 닫히자 그는 레비를 비롯해 그날 저녁 엘리베이터에 있던 최대 스물다섯 명의 탑승객이 곧 분속 566미터의 속도로 스트래토스피어 타워 꼭대기 층까지 이동하게 되리라는 사실을 고지했을 것이며, 탑승객들은 복층식 엘리베이터 한 대에 자기들끼리 머릿수를 헤아리지도 못할 만큼 빽빽하게 들어찬 상태로 스트래토스피어 타워 꼭대기 층까지 고작 261미터를 함께 이동하는 동안, 어쩌면 일부가 술에 취해 있었을 것이고, 어쩌면 일부는 엘리베이터의 상승에 관한 운행 직원의 설명에 저마다 말을 보탰을 것이고, 또 어쩌면 일부는 그 한 번의 이동 시간 동안 엘리베이터 운행 직원의 이야기를 몇 번이나 가로막아가면서 그에게 하루에 몇 번씩 그 수직 통로를 오르내

문이 닫히자 그는 레비를 비롯해 그날 저녁 엘리베이터에 있던 최대 스물다섯 명의 탑승객이 곧 분속 566미터의 속도로 스트래토스피어 타워 꼭대기 층까지 이동하게 되리라는 사실을 고지했을 것이며… 스트래토스피어의 한 보도자료에 따르면, 이 엘리베이터의 속도는 분속 566미터라는 저자의 설명과 달리 분속 548미터입니다.

…스트래토스피어 타워 꼭대기 층까지 고작 261미터를 함께 이동하는 동안… 스트래토스피어 웹사이트에서 확인한 결과 전망대는 타워 108층에 있고 높이가 약 261미터입니다. 그런데 호텔 측에서 낸 보도자료에 따르면 108층의 높이는 약 260미터입니다. 그러니까 호텔 측 계산에 뭔가 착오가 있는 셈이죠.

…어쩌면 일부가 술에 취해 있었을 것이고, 어쩌면 일부는 엘리베이터의 상승에 관한 운행 직원의 설명에 저마다 말을 보탰을 것이고, 또 어쩌면 일부는 그 한 번의 이동 시간 동안 엘리베이터 운행 직원의 이야기를 몇 번이나 가로막아가면서, 그에게 하루에 몇 번씩 그 수직 통로를 오르내리느

• 사파이어블루나 에메랄드그린과 같이 보석 색깔을 닮은 깊고 그윽한 색조를 이르는 말.

냐고 키득거리며 물어보았을 것이다. 저자의 노트에는 이에 관한 증거 자료가 없습니다. 하지만 음담패설•은 워낙 다들 좋아하니까, 이 부분은 그냥 넘어가겠습니다.

…문 닫힌 선물 가게를 지나, 문 닫힌 스낵바를 지나… 이 선물 가게에서 셔츠를 개는 여자분 말로는, 영업 시간이 오전 2시까지라고 합니다. 그러니까 레비가 그곳에 있던 오후 6시경에는 필시 문이 열려 있었을 거란 얘기죠. 스낵바에서 프레첼을 만드는 남자도 그렇게 말했고요. 따라서 아마도 저자는 전망대에 썰렁하고 음울한 '분위기'를 입히고 싶었던 듯합니다. 하지만 오히려 그곳은 활기로 가득해야 마땅합니다. 누가 뭐래도 그 타워가 스트래토스피어를 대표하는 주요 명소인 만큼, 호텔 측에서는 되도록 많은 상점이 문을 열고 영업해주기를 바랄 테니까요.

리느냐고 키득거리며 물어보았을 것이다. 이어서 레비는 엘리베이터에서 내려, 문 닫힌 선물 가게를 지나, 문 닫힌 스낵바를 지나, 창유리에 그림이 그려져 있지만 다년간 아무것도 방송하지 않은 라디오 방송국을 지나, 2층짜리 타워 전망대 1층 복도의 푸른 빛 속으로, 그리고 1994년 개장에 앞서 호텔 측에서 배포한 보도자료에 따르면, 천장부터 바닥까지 안쪽으로 비스듬히 기울어져 있는 전면 유리창에 발끝이 닿도록 바짝 다가서서 라스베이거스를 내려다보며 이른바 '자유낙하'를 경험할 수도 있는, 카펫이 깔린 둥그런 전망대 내부로 걸어갔을 것이다. 이어서 레비는 위층으로, 바깥으로

…창유리에 그림이 그려져 있지만 다년간 아무것도 방송하지않은 라디오 방송국을 지나… 제가 그 타워 위층에서 (정장을 입고 이름표를 단 것으로 미루어 직원이 아닐 리 없는) 한 남자에게 들은 이야기에 따르면, 이 공간은 용도가 불분명합니다. 창문 밖에서 내부를 슬쩍 들여다보았을 때는, 'Kool 93.1 2006년 여름의 재미있는 시작'이라는 문구가 시야에 들어왔고요. 이런저런 CD와 마이크가 눈에 띄긴 했지만, 그걸 제외하면 그냥 일반적인 사무실처럼 보였습니다. 그런데 Kool 93.1 웹사이트에 따르면, 이 방송국의 주소는 '우편번호 89102, 네바다주 라스베이거스시 미드 대로 2880번지 250호 스위트룸'이란 말이죠. 따라서 저는 여기가 뭐하는 장소인지 도통 모르겠습니다.

…2층짜리 타워 전망대 1층 복도의 푸른 빛 속으로… 현재 그곳은 노란 빛이 돕니다. 엘리베이터 문 주변의 밝은 자주색 빛이 그 공간으로 퍼지면서 영향을 미치기 때문이죠.

…그리고 1994년 개장에 앞서 호텔 측에서 배포한 보도자료에 따르면, 천장부터 바닥까지 안쪽으로 비스듬히 기울어져 있는 전면 유리창에 발끝이 닿도록 바짝 다가서서 라스베이거스를 내려다보며 이른바 '자유낙하'를 경험할 수도 있는… 저자의 노트에는 호텔의 자체 보도자료가 아닌 1994년 『라스베이거스 선』 기사에서 인용한 것으로 기록돼 있습니다. 출처가 잘못 표기된 것이죠.

…카펫이 깔린 둥그런 전망대 내부로 걸어갔을 것이다. 카펫은 깔려 있습니다. 또한 스트래토스피어 타워 최상부는 〔시애틀의〕 스페이스 니들 타워와 형태가 매우 흡사하기 때문에, 전망대가 실제로 둥글다는 것은

• 엘리베이터 수직 통로를 가리키는 영단어 shaft는 음경을 속되게 이르는 말이기도 하다.

틀림없는 사실로 보입니다.

이어서 레비는 위층으로, 바깥으로 걸음을 옮겼다. 토요일 이른 저녁이었기에 여기저기 사람이 많았다. 아이 몇이서 타워 전망대를 이리저리 뛰어다녔다. 어른 몇 명은 동전 투입식 망원경을 들여다보며 정말 동전을 넣어야만 작동이 되는 건지 확인하려 들었다. 이 내용은 대체로 확인이 불가능합니다. 어느 때든 그 전망대에서 행해진 일들은 그 전망대에 있던 군중을 구성하는 개개인의 결정에 의해 행해지는 것이니까요. 하지만 그곳에 동전 투입식 망원경이 있다는 부분은 제 선에서 확인할 수 있었습니다.

노인 몇 명은 전망대 내측 철망 난간을 붙잡고 있다가 헬기가 상공을 지날 때마다 다시금 단단히 움켜쥐었다. 그 난간은 철망 구조가 아닙니다. 6.4밀리미터 규격의 수직 막대로 제작됐어요.

레비는 막 지기 시작한 해를 등진 채 왼쪽으로, 동쪽으로 걸었고… 확인 완료: 문을 나와 왼쪽으로 걸으면 동쪽 방향입니다.

…어느 신혼부부가 서로의 모습과 눈앞의 경관과 91미터 높이의 타워 최상부를 차례로 사진에 담는 사이… 한 보도자료에 따르면, 스트래토스피어의 야외 전망대는 (실내 전망대의 한 층 위에 자리하며) 그 높이가 약 265미터입니다. 그런데 타워 최상층에서 관광객들에게 배부되는 전단에는 그 높이가 약 264미터라고 적혀 있습니다. 어느 쪽이든, 그 350미터짜리 타워의 전망대에서 맨 꼭대기까지의 거리는, 길면 86미터 짧으면 85미터로, 91미터라는 저자의 설명에 배치됩니다.

… 1미터 22센티 높이 난간에 잠시 몸을 기댔다. 검시관 보고서에 따르면, 전망대 내측 난간의 높이는 약 1미터 9센티로, '1미터 22센티' 높이라는 저자의 설명에 배치됩니다.

이어서 레비는 그 1미터 22센티 높이의 난간을 타고 넘어가, 전망대 가장자리를 내측에서 둘러싼 이 1미터 22센티 높이 난간과 그 외측을 둘러싼 3미터 5센티 높이 난간 사이, 스트래토스피어 보안 팀에서 '해자'라고 부르는 콘크리트로 포장된 1미터 83센티 너비의 사이 공간에 발을 디뎠고… 수정: 검시관 보고서에 따르면, 이 해자의 너비는 저자의 설명과 달리 1미터 83센티가 아닌 2미터 13센

걸음을 옮겼다. 토요일 이른 저녁이었기에 여기저기 사람이 많았다. 아이 몇이서 타워 전망대를 이리저리 뛰어다녔다. 어른 몇 명은 동전 투입식 망원경을 들여다보며 정말 동전을 넣어야만 작동이 되는 건지 확인하려 들었다. 노인 몇 명은 전망대 내측 철망 난간을 붙잡고 있다가 헬기가 상공을 지날 때마다 다시금 단단히 움켜쥐었다. 레비는 막 지기 시작한 해를 등진 채 왼쪽으로, 동쪽으로 걸었고, 어느 신혼부부가 서로의 모습과 눈앞의 경관과 91미터 높이의 타워 최상부를 차례로 사진에 담는 사이, 1미터 22센티 높이 난간에 잠시 몸을 기댔다. 이어서 레비는 그 1미터 22센티 높이의 난간을 타고 넘어가, 전망대 가장자리를 내측에서 둘러싼 이 1미터 22센티 높이 난간과 그 외측을 둘러싼 3미터 5센티 높이 난간 사이, 스트래토스피어 보안 팀에서 '해자垓字'라고 부르는 콘크리트로 포장된 1미터 83센티 너비의 사이 공간에 발을 디뎠고, 이어서 레비는 그 3미터 5센티 높이 난간을

티입니다. 또한 레비가 해자 '안으로 발을 디뎠'을 가능성은 매우 희박합니다. 난간 발치에서 이 바깥쪽 보도〔해자〕까지의 낙하 거리만 해도 벌써 1미터 47센티라서요. 게다가 검시관 보고서에도 그 낮은 난간 꼭대기에서 보도 바닥까지의 낙하 거리는 2미터 57센티라고 명시돼 있습니다. 따라서 레비는 그곳에 '발을 디뎠다'기보다 거기로 '떨어져 내렸을' 가능성이 농후합니다.

…이어서 레비는 그 3미터 5센티 높이 난간을 타고 넘어가 거기 걸터앉았다. 외측 난간의 높이는 여기 적힌 대로 3미터 5센티가 맞습니다.

그 토요일 이른 저녁, 호텔 보안실에서 경보음이 울렸다. 경보음이 울렸다는 사실은 검시관 보고서를 통해 확인했습니다.

레비는 전망대의 그 돌출부에서 48초 동안 곁에 아무도 없이 앉아 있었다. 이 48초에 관한 내용은 검시관 보고서에서 확인했습니다. 하지만 막상 그 외측 난간 밖으로는 딱히 앉을 만한 돌출부가 없어서, 레비가 어디에 앉았다는 건지 잘 모르겠네요. 난간 아래쪽을 빙 둘러서 금속 지지대가 부착돼 있긴 한데, 혹시 그 위에 앉아 있었다는 얘기일까요? 하지만 그게 과연 의자 노릇을 할 수 있었을까요?

어느덧 해는 저물었다. 토요일 밤이 되었다. 레비가 자란 라스베이거스밸리 일대가 환해졌고, 그 빛은 이 도시를 영원히 지금 모습 그대로 지켜줄 인근의 보이지 않는 검은 산맥의 장벽까지 시종 환하게 퍼져 나갔다. 그때 왼쪽에서, 동쪽에서 보안 요원 프랭크가 레비에게 다가가 "어이"라고 말했거나, "어이, 이봐"라고 말했거나, "이봐, 안 돼"라고 말했거나, 아무 말도 하지 않았고, 그가 나타나자 레비는 이내 고개를 왼쪽으로 돌리곤, 자리에서 일어나, 그 보안요원을 향해 손을 흔들더니, 이 장면이 담긴 비디오 화면에는 잡히지 않은 그에게 그렇게 손을 흔들어 인사를 건네고는, 그예 뛰어내렸다. 또한 검시관 보고서에 따르면, 레비는 뛰어내리기 전에 "안녕"이라는 말도 했다고 전해집니다. 하지만 이 시나리오를 저자가 기술한 내용을 토대로 살펴보면 더 많은 문제가 드러나는데요. 첫째, 일기예보에 따르면, 그날 저녁 6시에는 날씨가 '대체로 흐렸'습니다. 한데 그렇다면 저자가 묘사한 경관을 구름이 가렸을 테니, 레비가 먼 곳의 풍경을 내다볼 수 있었을 리 만무합니다. 상황이 복잡해진다는 얘기죠. 추가로 그날 저녁의 일몰시는, 태평양표준시 기준 저자가 말한 시각보다 두 시간 늦은 오후 7시 58분이었습니다. 그렇다면 "어느덧 해는 저물었다. 토요일 밤이 되었다"라는 저자의 서술은, 그날 저녁 지구의 자전에 경천동지할 문제가 생겼던 게 아니고서야 도무지 불가능한 얘기가 됩니다. 그뿐 아니라 레비가 뛰어내렸을 법한 지점에서 경관을 내다보면, 그가 보았던 산맥은 검은색이 아닌 갈색이었다는 게 확실해집니다. 하지만 이름이 '블랙마운

타고 넘어가 거기 걸터앉았다. 그 토요일 이른 저녁, 호텔 보안실에서 경보음이 울렸다. 레비는 전망대의 그 돌출부에서 48초 동안 곁에 아무도 없이 앉아 있었다. 어느덧 해는 저물었다. 토요일 밤이 되었다. 레비가 자란 라스베이거스 밸리 일대가 환해졌고, 그 빛은 이 도시를 영원히 지금 모습 그대로 지켜줄 인근의 보이지 않는 검은 산맥의 장벽까지 시종 환하게 퍼져 나갔다. 그때 왼쪽에서, 동쪽에서 보안 요원 프랭크가 레비에게 다가가 "어이"라고 말했거나, "어이, 이봐"라고 말했거나, "이봐, 안 돼"라고 말했거나, 아무 말도 하

틴Black Mountains'(검은 산맥)인 산맥도 존재하긴 합니다. 어쩌면 저자가 언급한 산맥도 그것일지 모르죠. 그런데 만약 레비가 글에 묘사된 경로로 이동했다면, 이 산맥은 정면이 아닌 우측에 위치해야 타당합니다. 레비에게 다가간 보안 요원에 대한 나머지 세부 사항과 그때 있었던 일에 대해서는, 검시관 보고서에 기록된 호텔 측 보안용 비디오테이프 관련 세부 사항을 통해 확인했습니다. 하지만 이와 관련해 검시관 보고서의 정확성 자체를 의심하게 만드는, 다소 걱정스런 부분들이 존재합니다. 이를테면 레비의 죽음으로 이어지는 일련의 사건 전체를 놓고 볼 때 커다란 의문들이 아직 해소되지 않은 채로 남아 있거든요. 검시관 보고서의 진술에 따르면, "고인이 스트래토스피어 호텔앤드카지노 타워 109층에서 뛰어내리는 모습이 호텔 보안 요원에 의해 목격"되었고, "고인이 뛰어내린 장소와 그가 떨어진 장소의 수직 거리는 약 254미터"였습니다. 그러나 앞서 지적한 바와 같이, 타워 108층, 그러니까 레비가 뛰어내린 층의 바로 아래층은 (저자의 노트와 스트래토스피어의 보도자료 가운데 어느 쪽을 믿느냐에 따라) (지상으로부터의) 높이가 약 261.21미터가 될 수도 있고 260.3미터가 될 수도 있습니다. 또한 타워 109층, 그러니까 레비가 실제로 뛰어내린 층은 (스트래토스피어 웹사이트와 전단 가운데 어느 쪽을 신뢰하느냐에 따라) 높이가 약 264.87미터가 될 수도 있고 약 263.96미터가 될 수도 있습니다. 따라서 설령 레비가 예의 그 전망대 해자에 착지하기 위해 낙하해야 했던 1미터 47센티를 제한다고 해도, 그가 실제로 뛰어내린 위치의 고도는 검시관 보고서에 기술된 254미터가 아니라, 못해도 262미터가량이 나옵니다. 만약 254미터 높이에서 뛰어내린 것이 맞다면, 레비는 106층에서 뛰어내렸어야 하는데, 그런 일은 불가능한 것이, 106층은 전체가 톱 오브 더 월드라는 식당 자리인데다, 모든 외벽이 유리창으로 막혀 있습니다. 달리 말해 레비는 그 층에서 뛰어내릴 수 없었다는 얘기죠. 어떻게든 그 판유리 창을 기어오르지 않았다면 말입니다. 하지만 이 역시 불가능합니다. 창이 수평면에 대해 대략 70도 각도로 경사져 있으니까요. 그것참, 난감하게 됐지요. 한데 문제는 이게 다가 아닙니다. 레비가 오후 5시 즈음에 집을 나섰을 가능성도 극도로 낮아 보이거든요. 역으로 계산해보죠. 우선 검시관 보고서에 따르면, 레비의 투신 시각은 오후 5시 58분입니다. 이 내용은 호텔 보안 카메라에 녹화된 영상이 있으니 선뜻 동의하실 겁니다. (카메라에 내장된 시계가 틀렸을 가능성은 일단 배제하겠습니다.) 자, 이제 그 시각을 사실상의 종착점, 즉 레비가 건물에서 뛰어내린 시점이라고 가정해보겠습니다. 이 오후 5시 58분을 기준으로, 레비가 집을 나선 시각이 오후 5시가 되려면, 자택 현관에서 타워 돌출부까지 이동하는 데 걸린 시간이 58분이었어야 합니다. 이 여정을 구간별로 쪼개서 조목조목 들여다보죠. Ⓐ 현관에서부터 승용차까지 Ⓑ 집에서부터

지 않았고, 그가 나타나자 레비는 이내 고개를 왼쪽으로 돌리곤, 자리에서 일어나, 그 보안요원을 향해 손을 흔들더니, 이 장면이 담긴 비디오 화면에는 잡히지 않은 그에게 그렇게 손을 흔들어 인사를 건네고는, 그예 뛰어내렸다.

주차장 입구까지 Ⓒ 주차장 입구에서부터 주차장 내부까지 Ⓓ 주차장 내부에서부터 카지노 입구까지 Ⓔ (저자가 서술한 비상식적 경로는 논외로 하고, 상식적으로 가장 짧은 경로를 통해) 카지노 입구에서부터 가장 가까운 주요 에스컬레이터를 타고 위층 매표소까지 Ⓕ 매표 대기 줄 끝에서부터 입장권을 구매하기까지 Ⓖ 입장권을 구매하고부터 쇼핑몰을 가로질러 걷다가, 타워 아래 입장 대기 줄 끝에 도착하기까지 Ⓗ 타워 아래 대기 줄 끝에서부터, 보안 검색대와 금속 탐지기를 통과해 계단을 오른 뒤 엘리베이터를 타기 위해 줄을 서서 기다리기까지 Ⓘ 엘리베이터 탑승 대기 줄 끝에서부터 엘리베이터를 타기까지 Ⓙ 엘리베이터를 타서 타워 밑에서부터 꼭대기에 올라가기까지 Ⓚ 타워 꼭대기에 도착해 엘리베이터에서 내리고부터 계단을 올라 문밖으로 나선 다음 난간 너머에 다다르기까지. 이제 이 시간표가 개연성을 가지려면, 각 구간에서 소요된 시간의 합이 58분으로 맞아 떨어져야 합니다. 레비가 스트래토스피어 주차장에 차를 세운 시각이 오후 5시 18분이라는 저자의 설명은 근거가 전무하기 때문에 사실상 무시해도 무방합니다. 또한 『라스베이거스 리뷰 저널』에서 보도한바 레비가 전망대에 도착한 시각이 오후 5시 45분이라는 호텔 홍보 매니저 마이클 길마틴의 추정 역시 부정확한 어림값일 공산이 크기 때문에 마찬가지로 무시하겠습니다. 자, (레비가 문제의 돌출부에서 뛰어내린) 오후 5시 58분을 기점으로 사건을 거꾸로 되짚어보면, 레비가 엘리베이터 문을 나서서 타워 난간에 도착하기까지 걸린 시간은 아마 1분쯤이었을 겁니다. 그러니까 엘리베이터에서 내려 스낵바를 지나 계단을 오른 뒤 문 밖으로 나가 난간을 넘기까지의 시간이 되겠죠(Ⓚ = 1분). 엘리베이터를 타고 이동하는 데 걸린 시간도 아마 약 1분이었을 겁니다. 260미터 높이를 분당 548미터의 속도로 이동하는 데 걸리는 시간 28.5초에, 맨 아래층에서 엘리베이터 탑승객을 내려주고 새로 태웠다가 꼭대기 층에서 다시 내려주는 데 걸린 시간을 더해야 하는데, 아무래도 그날은 엘리베이터가 만원이었을 테니까 1.5분쯤 걸렸다고 하죠(Ⓙ = 1.5분). 그 전에 엘리베이터 밖 복도에서 기다린 시간은, 줄이 얼마나 길었느냐에 따라 달라지겠지만, 아마 3-5분은 될 겁니다. 일단은 낙관적으로, 3분으로 가겠습니다(Ⓘ = 3분). 그때가 7월의 토요일 저녁 오후 5시에서 6시 사이였다는 점을 감안할 때, 그리고 제가 직접 비슷한 계절, 비슷한 날짜와 시간대에 그곳에 줄을 서본 경험에 비춰볼 때, 장담컨대 레비가 줄을 서서 기다리다 금속 탐지기를 통과한 뒤 엘리베이터로 가는 데까지 걸린 시간은, 짧게 잡아도 40분은 됐을 겁니다(Ⓗ = 40분). 매표소에서부터 타워 아래쪽 대기 줄 끝까지 걸어가는 데는, 레비의 걸음이 매우 빨랐다는 가정하에, 2분이 걸렸다고 하지요(Ⓙ = 2분). 또 입장권을 사는 데는, 이 역시 제 개인적 경험에 비춰볼 때, 적어도 10분은 걸렸을 겁니다(Ⓕ = 10분). 주차장 출구와 카지노 입구를 지나서 계단과 에스컬레이터를 통해 카지노로 내려간 다음 카지노 내부를 가로지르고 계단과 에스컬레이터를 통해 매표소 앞으로 올라가 줄을 서기까지는 2분(Ⓔ = 2분). 만약 레비가 주차장 건물 5층에서 엘리베이터를 기다리지 않고 계단으로 해서 카지노 입구까지 걸어갔다면 1분(Ⓓ = 1분). 입구에서부터 주차 공간을 찾다가 5층에서 자리 하나를 발견하기까지는 최소 3분(Ⓒ = 3분). 자, 이 사악한 도시의 사악한 교통량을 고려할 때, 토요일 이른 저녁 자택에서 카지노까지 20.3 킬로미터를 이동하는 데 걸린 시간이 구글 지도의 예상처럼 17분이었을 가능성은 죽었다 깨도 없겠죠. 토요일 저녁에 라스베이거스 대로(즉 '스트립')를 뚫고 지나가야 했다는 점은 차치하더라도 고속도로의 교통 체증을 감안하면, 시간이 적어도 두 배는 더 걸렸을 테니까, 이 구간은 35분으로 잡겠습니다(Ⓑ = 35분). 끝으로 당시 레비는 화가 난 상태였다는 점을 고려할 때, 또한 자동차는 변속기 상태가 양호했으며 시동을 거는 데 아무런 문제가 없었다고 가정할 때, 그가 차 문을 세게 닫고부터 운전을 시작하기까지 걸린 시간은 얼추 30초쯤 되겠네요(Ⓐ = 0.5분). 이때 Ⓐ부터 Ⓚ까지 소요 시간을 더한 값은 99분입니다. 5시 58분에서 이 시간을 빼면, 실제로 레비가 집을 나선 시각은 오후 4시 19분이 되어야 하고요. 다시 말해 레비의 양친이 검시관에게 진술한 시각보다 39분 일찍 집을 나선 셈이죠. 그런데 부모가 자식의 살아 있는 모습을 마지막으로 본 시각을 잊는다고요? 물론 가능성은 다 열어둬야겠죠. 하지만 몇 시 대인지조차 잊었다는 건 좀 심하잖아요. 솔직히 이젠 프레슬리 부부의 진술도 의심스럽습니다. 물론 레비가 (집을 나섰다고 그들이 주장하는 시각과 그런대로 가까운) 오후 5시 언저리에 집을 나서서 5시 58분에 스트래토스피어 전망대 난간에 도착하는 것이 인간적으로 아예 불가능하진 않지만, 그 시나리오는 모든 상황을 고려할 때 실현성이 극도로 희박합니다. 고로 남은 시나리오는 두 가지입니다. 레비가 차를 몰고 교통 체증이라곤 없는 고속도로를 지나 신호등 앞에서 멈추는 일도 없이 곧장 주차 건물에 진입해 카지노의 모든 구간을 조금도 헤매지 않고 통과한 다음 토요일 저녁치고는 신기하게도 짧았던 대기 줄에서 기다렸다 이내 탑승한 엘리베이터에서 가장 먼저 내린 뒤 그길로 전망대 2층으로 올라가 난간을 따라 미리 정해둔 지점으로 가서 곧바로 난간을 타넘어 즉시 뛰어내렸는데, 용케도 이 모든 일을 대략 58분 안에 해냈거나, 검시관 보고서가 레비 양친의 진술로 인해 상당 부분 사실에서 벗어났거나. 그리고 이는 당연한 의문으로 이어집니다. 레비 프레슬리의 죽음에 대한 공식 기록이 담긴 현존하는 유일한 문서에서 이 하나의 사실마저 이토록 심각하게 신빙성이 떨어진다면, 검시관 보고서 전체의 신뢰성이라든지 레비 양친의 신뢰성은 과연 어느 정도까지 기대할 수 있는 걸까요? 물론 이 모든 일이 벌어졌을 때 정서적 충격을 받은 상태였을 레비 양친의 기억이 흐릿한 것은 십분 이해가 갑니다. 하지만 검시관의 조사는 과연 철저했을까요? 물론 검시관들은 라스베이거스에서 발생하는 각각의 자살 사건에 대해 1년에 264회의 조사를 해야 하고, 그 주말에 자살 사건이 유독 많았던 것도 틀림없는 사실입니다. 하지만 그 점을 감안하더라도, 이건 일처리가 너무 허술합니다. 혹시 자기들이 제시한 시간표의 실현성을 수학적으로 확인하는 일조차 귀찮아했던 걸까요? 그런 게 아니라면, 이 문서에 적힌 나머지 내용의 신뢰성은 또 어떻게 보장하나요? 그들 역시 목격자들의 '공식' 진술을 아무런 의심 없이 곧이곧대로 믿었을까요? 라스베이거스 경찰 보고서는 또 어떤가요? 그 모든 언론사의 취재기사는요? 만약 이 모든 자료에 그날 저녁 실제로 일어난 일들을 어떤 식으로든 부정확하게 대변할 가능성이 존재한다면, 대관절 이 가운데 '진정한' 권위를 가졌다고 믿을 수 있는 건 뭐죠? 그리고 이 시점에서 과연 그런 게 중요하기는 할까요? 그러니까 제 말은, 설령 모든 의문점이 불편부당한 제3의 목격자에 의해 검증될 수 있었다 해도, 또 설령 제가 레비가 언제 집을 나섰고 얼마나 높은 곳에서 투신했는지, 그가 오후 6시 1분 53초에 스트래토스피어 타워에서 뛰어내려 갈색 벽돌이 헤링본 무늬로 배치된 보도 위로 도합 8초에 걸쳐 곤두박질치기까지 바람은 어떤 방향으로—얼마나 세게, 어떤 온도로, 먼지를 머금거나 머금지 않은 채—불고 있었는지까지 틀림없이 아주 세세하고도 정확하게 판정할 수 있었다 한들… 음, 그랬다면… 글쎄요, 저는 제 소임을 다했겠지요. 하지만 그런다고 그가 죽었다는 현실이 달라지나요?

감사의 말

이 프로젝트를 믿고 과감하게 추진해준 우리 편집장 질 비알로스키와, 이 프로젝트의 실현을 놀랍도록 섬세히 이끌어준 앨리슨 리스, 그리고 처음부터 변함없는 지지를 보내준 맷 맥가윈에게 깊은 고마움을 전한다.

또한 이 프로젝트의 토대가 된 에세이를 최초로 의뢰해준 전 『하퍼스*Harper's*』 담당자 존 설리번과, 마침내 글이 발표되기까지 온갖 궂은일을 도맡아준 전 『빌리버*The Believer*』 담당자 앤드루 릴런드에게 감사드린다. 그리고 특히 그 에세이를 지면에 싣겠다는 기획을—무려 7년 동안—포기하지 않고 뚝심 있게 진행해준, 단언컨대 당대 가장 관대하고 탁월한 편집자 하이디 줄러비츠에게도 고마움을 전한다.

마지막으로 게일 프레슬리와 레비 프레슬리 두 분께, 이 책의 출간을 축복해준 것에 대해 감사드린다. 비단 아들의 귀천만이 아니라 라스베이거스에 만연한 자살 문제를 다루는 데 있어 그들이 보여준 담대한 진정성은—라스베이거스가 그것을 받아들일 준비가 되어 있든 안 되어 있든—정말이지 특별한 선물이었다. 두 분께 우리의 존경과 사랑을 바친다.

레비 프레슬리를 기리며

이 책의 수익금은—출판이 지속되는 한—라스베이거스에서 레비의 절친한 벗과 그 모친이 운영하는 퀘스트 ATA 마셜아츠라는 태권도 도장에 레비의 이름으로 설립된 장학재단에 기부됩니다. 장학금은 라스베이거스 소외계층 아동에게 레비가 사랑한 그 운동에 대한 재능을 발견할 기회를 제공할 것입니다.

주

1장

1 Erin Neff, "Political Notebook," *Las Vegas Sun*, July 12, 2002.

2 Angie Wagner, "Vegas Sex Industry Fights Gov't Crackdown on Lap Dances," *Adult Industry News*, January 3, 2003.

3 Scott Sonner, "Hot Sauce Bottle Used in 1870s Found," *Las Vegas Review-Journal*, June 28, 2002.

4 "Las Vegas Police Officer Arrested after Scuffle," *Las Vegas Review-Journal*, June 30, 2004.

5 Richard Lake, "Suicide of Son Gives Mom's Life a New Meaning," *Las Vegas Review-Journal*, December 1, 2002.

2장

1 Adam Goldman, "The Suicide Capital of America," *Associated Press*, February 9, 2004.

2 Hal Rothman and Mike Davis ed., *The Grit Beneath the Glitter: Tales from the Real Las Vegas*, University of California Press, 2002, p. 136.

3 Larry Wills, "Mind Matters," *Las Vegas Mercury*, April 29, 2004.

4 Damon Hodge, "Five Reasons WestCare Needs To Be Saved," *Las Vegas Weekly*, July 15, 2004.

5 "Vegas Rated Nation's Meanest City," *Associated Press*, August 5, 2003.

6 Hubble Smith, "Execs: Affordable Housing in Las Vegas Hinges on Planning," *Las Vegas Review-Journal*, February 13, 2003.

7 Dean E. Murphy, "Seekers, Drawn to Las Vegas, Find a Broken Promised Land," *New York Times*, May 30, 2004.

3장

1 Andrew Kiraly, "Lives on the Line," *Las Vegas Mercury*, December 16, 2004.

2 Joan Whitley, "Calling for Help," *Las Vegas Review-Journal*, March 9, 2000.

3 Stacy Willis, "Stopping Suicide: Nevada Lags Behind Nation in Prevention Programs," *Las Vegas Sun*, November 23, 2001.

4 Joan Whitely, "Suicide-Prevention Experts Say More Needs to be Done to Reach Vulnerable People," *Las Vegas Review-Journal*, March 9, 2000.

4장

1 E. Isometsä et al., "Differences Between Urban and Rural Suicides," *Acta Psychiatrica Scandinavica 95*, 1997, pp. 297–305.

2 "Suicide Numbers Up in Rural Iowa," *Daily Iowan*, June 11, 2010.

3 A. Preti and P. Miotto, "Diurnal Variations in Suicide by Age and Gender in Italy," *Journal of Affective Disorders* 65(3), August 2001, pp. 253–261.

4 Zahide Doganay et al., "Climatic and Diurnal Variation in Suicide Attempts in the ED," *American Journal of Emergency Medicine* 21(4), July 2003, p. 271.

5 Paul S. F. Yip and Kris C. T. Yang, "A Comparison of Seasonal Variation between Suicide Deaths and Attempts in Hong Kong SAR," *Journal of Affective Disorders* 81(3), September 2004, pp. 251–257.

6 S. Atezaz Saeed and Timothy J. Bruce, "Seasonal Affective Disorders," *American Family Physician* 57(6), 1998, pp. 1340-1346.

7 Helinä Hakko, "Seasonal Variation of Suicides and Homicides in Finland: With Special Attention to Statistical Techniques Used in Seasonality Studies," Department of Psychiatry, University of Oulu, FIN-90220 Oulu, Finland, and Department of Forensic Psychiatry, University of Kuopio, Niuvanniemi Hospital, FIN-70240 Kuopio, 2000.

8 Kawachi I et al., "A Prospective Study of Coffee Drinking and Suicide in Women," *Archives of Internal Medicine* 156(5), March 1996, pp. 521–525.

9 Stephen A. Robinson et al., "Do the Emotional Side Effects of Hormonal Contraceptives Come from Pharmacologic or Psychological Mechanisms?," *Medical Hypotheses* 63(2), 2004, pp. 268–273.

10 D. Dhossche et al., "A Case-Control Study of Tattoos in Young Suicide Victims as a Possible Marker of Risk," *Journal of Affective Disorders* 59(2), August 2000, pp. 165–168.

11 DAMS Inc., "The Dental Amalgam Issue", August 2005.

12 P. K. Jones and S. L. Jones, "Lunar Association with Suicide," *Suicide and Life Threatening Behavior* 7(1), Spring 1977, pp. 31–39.

13 Catherine W. Barber, "Fatal Connection: The Link Between Guns and Suicide," Harvard Injury Control Research Center, September 26, 2005.

14 Vincent Lorant et al., "Socio-Economic Inequalities in Suicide: A European Comparative Study," *British Journal of Psychiatry* 187(1), July 2005, pp. 49-54.

15 "Men and Suicide," *Men's Health*, January 4, 2007.

16 Ian R. H. Rockett et al., "The Black-White Suicide Paradox: Possible Effects of Misclassification," *Social Science and Medicine* 63(8), October 2006, pp. 2165–2175.

17 "Suicide Among the Elderly: A Fact Sheet," National Strategy for Suicide Prevention, U.S. Department of Health and Human Services, 2008.

18 Joseph Allen, "How Cadavers Help Save Lives," *Las Vegas Mercury*, October 23, 2003.

19 Damon Hodge, "Grim Reaping: Suicide Prevention Center Is on Life Support," *Las Vegas Weekly*, August 29, 2002.

20 Damon Hodge, "Still Homeless for the Holidays," *Las Vegas Weekly*, December 6, 2001.

21 Hal Rothman, *Neon Metropolis: How Las Vegas Shed Its Stigma to Become the First City of the Twenty-First Century*, Routledge, 2002; *Devil's Bargains: Tourism in the Twentieth-Century American West*, University Press of Kansas, 1998; *Saving the Planet: The American Response to the Environment in the Twentieth Century*, Ivan R. Dee, 2000; *LBJ's Texas White House: "Our Heart's Home,"* Texas A&M University Press, 2001); *The Greening of a Nation?: Environmentalism in the U.S.*

Since 1945, Wadsworth Publishing, 1997; *"I'll Never Fight Fire With My Bare Hands Again": Recollections of the First Forest Rangers of the Inland Northwest*, University Press of Kansas, 1994; *On Rims & Ridges: The Los Alamos Area Since 1880*, University of Nebraska Press, 1992; *Preserving Different Pasts: The American National Monuments*, University of Illinois Press, 1989.

22 Hal Rothman ed.,, *The Culture of Tourism, the Tourism of Culture*, University of New Mexico Press, 2003; *Reopening the American West*, University of Arizona Press, 1998.

23 Hal Rothman and Mike Davis ed., *The Grit Beneath the Glitter: Tales from the Real Las Vegas*; Char Miller and Hal Rothman ed., *Out of the Woods: Essays in Environmental, History* University of Pittsburgh Press, 1997.

24 "Outsiders Looking In," *Gambling Magazine*, 발행일 미상.

25 Steve Sebelius, "Truth and the Media," *Las Vegas Review-Journal*, June 12, 2003.

26 John L. Smith, "Inaccuracies Don't Impair Sales of Book That Led to Goodman Complaint," *Las Vegas Review-Journal*, June 13, 2003.

27 "Full-Page Apology to Goodman Appears in *New York Times*," *Las Vegas Review-Journal*, July 8, 2003.

5장

1 Ryan Oliver, "Clark County Coroner Rules That French Inmate Died of Asphyxia," *Las Vegas Review-Journal*, February 13, 2001.

2 Leonardo Tondo, M.D. and Ross J. Baldessarini, M.D., "Suicide: Historical, Descriptive, and Epidemiological Considerations," *Medscape.com*, March 15, 2001.

3 Ch. W. Reines, "The Jewish Attitude Toward Suicide," *Judaism* 10, Spring 1966, p. 170.

4 Josh Burek and James Norton, "Q&A: Islamic Fundamentalism: A World-Renowned Scholar Explains Key Points of Islam," *Christian Science Monitor*, October 4, 2001.

5 Richard G. Snyder and Clyde C. Snow, "Fatal Injuries Resulting from Extreme Water Impact", *Aerospace Medicine* 38(8), August 1967, pp. 779–783.

6 Zoe Smeaton, "Can You Survive a Plane Crash?," *BBC News Magazine*, August 11, 2005.

7 Russel Noyes Jr., M.D. and Roy Kletti, "The Experience of Dying from Falls", *Omega* 3, 1972, p. 46.

6장

1 John L. Smith, *No Limit: The Rise and Fall of Bob Stupak and Las Vegas' Stratosphere Tower*, Huntington Press, 1997, pp. 142–144.

2 John Galtant, "Stupak Sets Sights on Steel Tower," *Las Vegas Review-Journal*, October 5, 1989.

3 Kristen Peterson, "Couple's Exit Leaving Void in Vegas Art Scene," *Las Vegas Sun*, May 21, 2010.

4 Ken McCall, "Tower Went Up Easier Than It Could Come Down," *Las Vegas Sun*, July 29, 1996.

5 "Las Vegas News Briefs," *Las Vegas Sun*, October 30, 1999; Cathy Scott, "Smoke, but No Towering Inferno," *Las Vegas Sun*, April 26, 1996; "Las Vegas News Briefs," *Las Vegas Sun*, July 5, 1996; "Wastebasket Fire Leads to Evacuation at Stratosphere," *Las Vegas Sun*, April 16, 1997; *Fire Engineering* 153(3), March 2000, p. 46; "Sprinklers Douse Stratosphere Fire," *Las Vegas Sun*, January 13, 2003; Mary Manning, "Traffic, Lake Deaths Mar Weekend," *Las Vegas Sun*, September 6, 2005.

6 "Smoke Strands Guests Atop Tower," *Las Vegas Sun*, May 1, 1996.

7 "Court Briefs for October 9, 2001," *Las Vegas Sun*, October 9, 2001.

8 "Police Defend Coverage of Violence-Prone Area," *Las Vegas Sun*, March 12, 1997.

9 John Wilen, "Stratosphere to Honor Stupak's Vacation Packages," *Las Vegas Sun*, April 6, 1998.

10 "Consultant Calls Tower Obstacle to Air Traffic," *Las Vegas Sun*, June 3, 1994.

11 John Wilen, "Stratosphere to Honor Stupak's Vacation Packages," *Las Vegas Sun*, April 6, 1998.

12 Gary Thompson, "Stratosphere Stock Mystery Explained," *Las Vegas Sun*, February 26, 1998.

13 Adam Steinhauer, "Stratosphere Files Bankruptcy," *Las Vegas Review-Journal*, January 28, 1997.

14 Brian Seals, "Stratosphere Creditors Coming Out of the Woodwork," *Las Vegas Sun*, May 1, 1998.

15 Gary Thompson, "Stratosphere Stock Mystery Explained," *Las Vegas Sun*, February 26, 1998.

16 Trevor Hayes, "Man Jumps to Death from the Top of 1149-foot Hotel-Casino Tower," *Las Vegas Review-Journal*, January 6, 2000.

17 "Man Jumps from Stratosphere Tower," *Las Vegas Review-Journal*, February 8, 2006.

18 "Tragedy Follows Elvis Show Work," *Las Vegas Review-Journal*, March 30, 2005.

19 "Heartbreak Hits Vegas Elvis Reality Show," *Casino City Times*, April 13, 2005.

8장

1 Allan Gillis, "Cape Breton/Uist Folklore: I Have a Charm for You, https://www.electricscotland.com/webclans/minibios/mc/macinnes_allan.htm.

2 Mark Rose, "Nine-Tenths of the Law: English Copyright Debates and the Rhetoric of the Public Domain" *Law and Contemporary Problems* 66(75), 2003, 75–87.

3 E. Cobham Rev. Brewer, *Dictionary of Phrase and Fable*, 1898.

9장

1 Steve Bourie, "Las Vegas Slot Club Refund Program," *Gambling Times*, October–November, 2002.

사실의 수명
진실한 글을 향한 예술과 원칙의 대결

초판인쇄 2025년 3월 10일
초판발행 2025년 3월 20일

지은이 존 다가타 짐 핑걸
옮긴이 서정아
펴낸이 강성민
편집장 이은혜
책임편집 박은아
디자인 강혜림
마케팅 정민호 박치우 한민아 이민경 박진희 황승현 김경언
브랜딩 함유지 박민재 이송이 김희숙 박다솔 조다현 김하연 이준희
제작 강신은 김동욱 이순호

펴낸곳 (주)글항아리 | 출판등록 2009년 1월 19일 제406-2009-000002호

주소 경기도 파주시 문발로 214-12 4층
전자우편 bookpot@hanmail.net
전화번호 031-955-2689(마케팅) 031-941-5161(편집부)

ISBN 979-11-6909-127-5 03800

잘못된 책은 구입하신 서점에서 교환해드립니다.
기타 교환 문의 031-955-2661, 3580

www.geulhangari.com